KB166309

을 유 세 계 문 학 전 집 · 7

커플들, 행인들

PAARE, PASSANTEN by BOTHO STRAUSS

커플들, 행인들

Paare, Passanten

보토 슈트라우스 지음 · 정항균 옮김

❖ 을유문화사

옮긴이 **정항균**

서울대학교 독어독문학과를 졸업하고 동 대학원에서 석사학위를, 독일 부퍼탈 대학교에서 박사
학위를 받았다. 현재 서울대학교 독어독문학과 교수로 재직하고 있다. 전공 분야는 독일 사실주
의 문학과 독일 현대 소설이다. 저서로는 *Dialogische Offenheit. Eine Studie zum Erzählwerk
Theodor Fontanes*(2001), 『므네모시네의 부활』(2005), 『자본주의 사회와 인간 욕망』(공저,
2007)이 있고, 역서로는 『악마의 눈물』(공역, 2004)이 있다. 논문으로는 「페터 바이스의 작품에
나타난 기록 문학적 요소와 초현실주의적 요소의 기능에 관하여」(2000), 「역전의 미학, 보토 슈
트라우스에 관한 고찰」(2004), 「미로 속 나비의 날갯짓: 포스트모던 시대의 카오스 이론의 문화
적 의미 연구」(2005), 「추리소설의 경계 변천 1, 2」(2006), 「Die Ästhetik der Kälte in *Die
Klavierspielerin* von Elfriede Jelinek」(2007) 등이 있다.

을유세계문학전집 7
커플들, 행인들

발행일 · 2008년 8월 20일 초판 1쇄 | 2014년 10월 15일 초판 2쇄
지은이 · 보토 슈트라우스 | 옮긴이 · 정항균
펴낸이 · 정무영 | 펴낸곳 · (주)을유문화사
창립일 · 1945년 12월 1일 | 주소 · 서울시 종로구 우정국로 51-4
전화 · 734-3515, 733-8153 | FAX · 732-9154 | 홈페이지 · www.eulyoo.co.kr
ISBN 978-89-324-0337-3 04850 · 978-89-324-0330-4(세트)

차례

커플들

지나치게 짧은 회색 양복을 입은 한 남자가 레스토랑에 혼자 앉아 있다. 그는 한창 수다를 떨고 있는 손님들을 향해 "쉿!" 하고 소리친다. 그 소리가 얼마나 큰지, 그가 두 번 더 크게 "쉿" 하자, 모두들 그가 앉아 있는 테이블 쪽을 바라본다. 웅성거리던 소리가 멈추면서 거의 사라지더니, 그가 마지막으로 "쉿!" 하고 힘차게 외친 뒤에는 마치 쥐 죽은 듯 정적만이 남는다. 그는 손가락을 쳐들고 무슨 소리에 귀를 기울이기라도 하는 듯 옆을 바라본다. 그러자 다른 사람들도 모두 그와 함께 옆쪽으로 조용히 귀를 기울인다. 이윽고 그는 머리를 가로젓는다. "아니야, 아무것도 아니었어." 그러자 손님들은 다시 웅성거리며 바보 같은 웃음을 터뜨린다. 비록 몇 초간이라도 자신들을 귀 기울이게 만들고, 다양하게 뒤섞인 무리를 하나의 청중으로 바꾸어 놓았던 그 남자를 조롱하면서.

어느 레스토랑에서 한 무리의 젊은 남녀들이 자리에서 일어난다. 계산을 한 뒤 활발하게 대화를 나누며 출구 쪽으로 걸어간다. 그러나 한 여자는 아직까지 자리에 앉아 방금 한 남자가 말한 엄청난 일에 대해 생각에 잠겨 있다. 다른 사람들은 이미 레스토랑 문 앞에 서 있다. 그때 그녀의 남편이 그녀가 있는 곳으로 되돌아온다. 그는 출구에 거의 다 와서야 아내가 없다는 것을 깨달았다. 하지만 그가 돌아온 순간 이미 그녀도 자리에서 일어나 그의 곁을 스쳐 지나 밖으로 나가 버린다.

시간을 알 수 없는 종소리가 울리자 수년간 권태와 혼란을 겪으며 몇 차례 이별을 시도했던 두 남녀가 그들의 집에서 눈을 동그랗게 뜨고 서로를 바라본다. 결국에 가서는 모든 성적인 욕망을 자극하는 것만이 하나의 혁명과도 같이 그들을 공동의 이야기라는 짐에서 해방시키고 그 이야기를 종결지을 수 있는 것처럼, 이제 서로에 대한 인식과 갈망이 그들을 서로 끌어당긴다. 그들이 항상 같은 발걸음으로 걸어 내려왔던 모든 골목길에서 마지막 욕망이 솟아 나온다. 그들 자신조차 단순한 반항으로 경험했던 욕망이. 그들은 폭력을 일삼는 팔로 서로를 포옹한다. 그들의 친숙함과 회상 그리고 한없이 길었던 동행, 즉 모든 습관들은 그러한 폭력 속에 압축되어, 꺼져 가는 별처럼 암흑 같은 나체의 나락으로 떨어진다.

서로 다툰 그들은 여행 중 이틀 동안을 거의 아무 말도 하지 않는 중압감에 시달려야 했다. 별 식욕도 없이 고기 조각을 마구 포크로 쑤셔 대던 여자는 분명 언짢은 기분이었지만, 갑자기 고개를 들더니 바의 스피커에서 흘러나오는 옛 유행가에 빠져 큰 소리로 노래를 흥얼거린다. 남자는 그녀가 선한 영혼을 상실하고 이제 정신마저 나가 버린 것은 아닌가 하는 표정으로 그녀를 쳐다본다.

모든 사랑은 등 뒤에 유토피아를 만든다. 이 보잘것없는 파트너 관계의 근원도 행복과 노래로 넘쳐나던 아득한 옛날에 있다. 그러한 시작은 이제 꽁꽁 얼어붙은 경직된 순간으로 바뀌어 그 여인의 가슴속에 간직된다. 세월이 흘러 모든 것이 끔찍하게 타락하고 변해 버린 지금도 그녀의 마음속에는 여전히 그 시간이 존재한다. 꽁꽁 얼려 냉동된, 그래서 별로 영양이 풍부하지 않은 여행용 식량과 같은 바로 그 최초의 시기가.

아직 만난 지 얼마 안 된 두 사람이 처음으로 밤을 함께 보내다가 시간이 너무 늦어 버렸다. 그들은 이제 다시 각자의 가정과 결혼이라는 울타리 속으로 돌아가기 위해 서둘러 낯선 도시를 빠져나간다. 자신들의 늦은 귀가를 눈치 채지 못하게 지하철을 타고 집으로 가기 위해서이다. 조급한 마음, 불어오는 바람, 휘청거리는 발걸음이 평온할 때는 아직 발설하기 힘든, 준비가 덜 된 고백을 하게 만든다. 그리고 여자가 남자보다 두 걸음 앞서 달려가는 동안, 남자는 숨을 헐떡이며 그녀의 뒤를 쫓아간다. 그의 외침은 기수가 경주마의 목을 쓰다듬으며 하는 격려와도 같아서, 행운이 그녀를 채찍질이라도 하듯 애인을 더 빨리 앞으로 내달리게 한다.

그녀는 시간에 쫓긴 나머지 자신도 그를 사랑하고 있다고 뒤돌아 외칠 수조차 없다. 그 후 두 사람은 인파에 묻혀 서로를 놓치고, 다음날이 되어서야 비로소 서로를 다시 찾아낸다.

　오전에 호텔의 맨 꼭대기 층에서 뛰어내리려 한 여인의 외침이 오랫동안 내 귓가를 맴돌 것이다. 처음에는 저음의 지속적인 외침이 끊임없는 도로의 소음에 묻혀 아주 천천히 퍼져 나가며 들려왔다. 호텔은 내가 사는 집과 맞닿아 있어서, 뛰어내릴 준비를 하고 있던 그 여인을 관찰할 수는 없었다. 하지만 잔뜩 기대를 하고 그녀가 외롭게 서 있는 지점 맞은편에 모여든 사람들의 무리는 볼 수 있었다. 그 건물의 높이는 아마 지붕까지 약 15미터쯤 되고, 최대 20미터를 넘지는 않을 것이다. 그렇게 낮은 건물에서 뛰어내린다고 반드시 죽거나 끔찍한 부상을 당할지는 솔직히 의문이다. 그녀의 외침은 점점 더 커져 갔고, 이제는 애원하면서도 거의 환호에 가깝게 "도와주세요! 도와주세요!" 하고 목청껏 소리를 지르고 있었다. 절체절명의 위기에 처한 여왕처럼 그녀는 자신의 발 밑에 사람들을 조금씩 끌어 모으기 시작했다. 그들은 그녀가 지닌 열정의 지배를 받는 충복들인 셈이다. 그 호텔 맞은편 건물 사무실에서는 일하다 말고 자리에서 일어난 직원들이 도처에서 창가로 몰려들어 위쪽을 쳐다보고 있었다. 그러나 아무런 결정도 내리지 못한 채 주저하면서 창문턱에 서 있던 여왕은 자신의 백성들을 그리 오래 긴장 상태에 빠뜨리지 못했다. 왜냐하면 그 순간에 이미 경찰과 소방대원들이 나타났기 때문이다. 사이렌 소리가 점점 가까이 들려오자 ─ 여기서 이 단어는 다시 한 번 심연에서 울려 퍼지는 유혹의 노래라는 옛 의미와 생명 구조의 경보라는 지금의 의미 사이에서 동요하고 있었다─ 그 여자는 점점 더 격하게, 점점 더 슬픈 목소리로 "도와주세요, 도와주세요", "제 말 좀 들어보세요" 하고 외쳤다. 하지만 그녀는 다시 한 번 "도와주세요, 도와주세요"라고밖에는 할 말이 없었다. 소방대원들은 구명망(救命網)을 펼쳤다. 그리고 여섯 사람이 쫙 편 구명망을 창문 밑에서 붙잡고 있었다. 하지만 그들은 이내 위쪽을 제대로 한 번 쳐다보는가 싶더니 이제는 도리어 올려다보고 있는 수많은 이들의 얼굴을 관찰하면서, 자신들의 숙련된 작업과 쫙 뻗은 단단한 몸매로 틈틈이 향하는 이들의 시선을 즐기게 되었다. 그들은 자신들의 의무를 수행하면서 주위를 빙 둘러보았다. 소방대원들은 그녀가 뛰어내리지 않으리라는 것을 알고 있었다. 그들은 뛰어내리려던 여자의 태도와 상태 그리고 몸짓을 노련한 시선으로 슬쩍 한 번 살펴본 뒤, 이곳에서 아무런 사고도 일어나지 않으리라는 것을 감지했다. 그리고 정말 얼마 지나지 않아 아주 밝은 금발머리가 이마까지 내려온 젊은 여성이 들것에 단단히 매인 채 경찰의 인도를 받으며 호텔에서 실려 나와 구급차로 옮겨졌다. 구조된 것이다.

그녀의 모습을 다시 본 것은 저녁이 되어서였다. 이번에는 텔레비전 지역 뉴스가 자살을 시도했다가 방금 깨어난 사람들을 소개하고 있었다. 우리는 텔레비전 화면을 통해 그들이 수면제 과다 복용에서 막 깨어나는 광경과 새로운 생을 향해 눈을 뜨는 순간을 같이 체험하게 된다.

구조된 사람들에게서 받는 인상은 일반적으로 실망스럽다. 그들은 과격한 돌발 행동을 하기 전 상황에 대해 나중에는 아무 말도 하지 못하거나 아니면 기대에 전혀 미치지 못하는 말을 할 뿐이다. 또한 그들이 자신의 주변 환경을 서슴없이 받아들이는 모습 역시 신기할 따름이다. 저승이 아닌 병원 침실에서 자신의 모습을 다시 보게 되는 것을 그들은 금방 의식하는 모양이다. 몇몇 사람들이 깨어난 후 가장 먼저 하는 행동은 세면대로 가서 이를 닦는 것이다. 호텔 창문에서 뛰어내리려 한 젊은 여성은 이제 텔레비전 방송 팀에게 이렇게 말한다. "페터가 질투심에 가득 차 있었어요. 그래서 어찌해야 할지 몰랐죠. 내게는 다른 선택의 길이 없었어요." 사태가 이렇게 설명되면, 오전에 있었던 이 고귀한 여성의 외침, 인간이 할 수 있는 유일한 마지막 최고의 행동을 하려던 그녀의 의지가 인간적으로 너무 쉽게 이해할 수 있는, 별 대수롭지 않은 동기로 인해 단숨에 사라져 버린 것처럼 보인다. 하지만 진정한 불행은 그것이 밖으로 표출될 수 없다는 데 있다. 그것은 의식을 비하하기는 하지만, 폭파하지는 못한다. 큰 슬픔은 수천 개의 사소한 슬픔 안에 자리 잡고 있다. 그녀가 수다를 떨듯이 외쳐 대기만 하고 뛰어내리지 않는 한, 페터와 죽음 사이에서 계속해서 이중적인 행동을 하게 될 것이다.

며칠 전 밤 울프의 애인에게 일어난 일이다. 아주 끔찍한 하루를 보낸 그녀는 다음날 아침 일찍 울프의 집에서 나와 자기 남편이 있는 집으로 돌아왔다. 집은 반쯤 불에 타 있었다. 그녀의 남편은 불길을 잡기 위해 애썼고 소방대원들도 와 있었다. 집은 물바다였다. 그 상황이 조금만 더 진척되었더라면, 불길이 아이들 방까지 번졌을 것이다.

평소 모든 일에 무관심하고 정신이 딴 데 팔려 있곤 하던 그녀가 사고가 발생한 날 밤에는 이상하리만치 활기찼고, 직접 나서서 말하지는 않았지만 나름대로는 우리의 대화에 참여했다. 우리의 대화는 이번에도 예술이 어떻게 긍정적인 길을 갈 수 있을까라는 문제를 둘러싸고 진행되었다. 결국 예술은 생명을 보존하고 자기 성찰을 요구하는 프로그램과 연결될 수밖에 없다는 주장이 제기되었다. 무엇보다도 예술은 우선 새로운 내용으로 자성의 시간을 채우는 데 기여해야만 한다는 것이다. 따라서 새로운 예술의 일차적인 과제는 단순히 역설적이고 비판적이며 오류 폭로 기능만 갖는 지성과 결별하는 것이라고 울프는 덧붙였다. 울프의 주장에 따르면, 이미 오래 전에 숙고된 내용이 희석에 희석을 거듭하며 이러한 지성의 공허한 형식 속으로 흘러 들어오기 때문이다. 따라서 새로운 예술은 그 대신 (예를 들면 릴케처럼) 위대하고도 무거운 긍정을 받아들여야만 한다는 것이다. 비판적인 것이 아니라, 무언가를 만들어 내고 위를 향해 소리치는 힘들, 창조하고 선사하는 것이야말로 전적으로 미래의 미학적 욕망의 영역이라는 것이다. 파운드와 릴케의 노래가 다시 한 번 울려 퍼지게 하라. 그들의 노랫소리가 결코 멈추어서는 안 된다!

울프의 애인은 모든 대화에 알게 모르게 나지막한 목소리로 참여했다. 하지만 그녀가 끼어들거나 보충 설명을 하거나 의문을 제기한 것은 아니었다. 그보다는 그녀 혼자서 중얼거렸고, 그가 말할 때 현이 울리듯 그녀의 목소리가 함께 메아리쳤을 뿐이다. 그것은 마치 정신병 환자에게 말을 걸면 그들이 아무런 생각 없이 그냥 그 소리를 반복하는 경우와 흡사했다. 그럼에도 불구하고 상당히 흥분해 있던 그녀는 모든 사안에 대해 이야기하고 싶어했다. 하지만 그녀의 말소리는 작았고 표현도 미약해서 분명한 의사 전달은 되지 않았다. 한번은 내가 실수로 '관능'이라는 말을 사용했다가 즉시 그 말을 취소했다. 하지만 그때는 벌써 그녀가 이 단어를 낚아채서는 애매모호하게 "관능, 그 자체로는 좋은 말이야. 감각들이란!" 하고 말하면서 울프의 아래팔을 붙잡았다. 이러한 행동은 이 말이 기본적으로 얼마나 단순하고 명확한 의미를 가지는지 보여 주기 위한 것이었다. 그러나 이 역시 대화에 기여할 수 있을 정도로 생명력 있는 말은 아니었다. 사실 우리는 그녀의 말에 귀 기울이지 않았고 그녀도 그것을 알고 있었다. 여느 때 같으면 그녀는 말을 멈추었을 것이다. 하지만 그날 밤에는 어떻게든 함께 이야기하려 했다. 남들이 신경 쓰든 말든, 또 어떤 방식으로든 상관없이 말이다. 늘 자신의 말이 무시됨으로써 생기는 수치와 좌절감이 주는 고통보다 함께 말하고자 하는 욕구가 이번에는 더 강한 것 같았다.

그녀는 마음이 동하면 때때로 옷을 잘 차려 입은 건장한 사내를 찾아간다. 대개 그 남자가 그녀를 위해 대기하고 있다. 그녀가 그에 대한 대가로 돈을 지불할 필요는 없다. 그들은 육체적인 관계만 갖는 친구 사이이기 때문이다. 그들은 서로에 대해 잘 모른다. 상대방의 인생행로에 대해서는 잠깐 쉬는 동안 이야기를 나눈 뒤 바로 잊어버리는 정도로만 알고 있을 뿐, 더 내면적인 부분은 전혀 알지 못한다. 수천 권의 잡지에서 이미 묘사된 바 있고 거기서 심지어 그렇게 하라고 권유하는 일과 똑같은 일이 행해진다. 아무런 구속도 받지 않고 혼자 살기를 선호하는 두 남녀가 여기에서 그토록 모범적으로 서로를 돕고 있는 것이다. 그녀는 집 앞에서 하얀 바지를 입고 서 있는 그 남자의 뺨을 쓰다듬으며 작별 인사를 한다. 그 모습은 연약해 보이고 고마움을 표하는 듯하며, 처세에 능해 보이기는 하지만 경박해 보이지는 않는다. 그럼에도 불구하고 이것은, 이제는 사랑이라는 것이 정말 사랑과 전혀 관계없는 현실 도피 수단이자 맥 빠진 선행이라는 것을 포괄적으로 보여 주는 몸짓일 뿐이다. 바로 여기에서 우리는 혼란이나 두려움이 없고, 사랑이 선에 예속되어 길들여진 채 자유를 위해 봉사하는 자유 민주주의라는 제도와 마주하게 된다. 두려움은 원자력 발전소에나 속하는 것이다. 그 어느 누구도 이제는 더 이상 성관계 자체에서 오는 두려움을 견디도록 강요당하지는 않는다. 그리고 많은 사람들이 성관계에 대한 두려움을 대수롭지 않게 여기며, 그 두려움을 다른 곳으로 전이시키는 데 성공을 거두고 있는 것처럼 보인다.

'**관계**'라는 말만 계속해서 들어도 손바닥에 흐르던 땀이 멈춰 버린다. 무척이나 무미건조하게 들리는 '관계'라는 말은 사랑이 그 본성상 공익(公益)을 심각하게 위협할 위험이 있을 때, 그 위험을 냉정하게 다루어 억지로 숨기려고 한다. 이 말은 지금까지도 인간의 가장 근원적이고, 가장 꿰뚫어 보기 어려운, 그러면서도 가장 복잡 미묘한 영역으로 남아 있는 사랑을 예측할 수 있는 것으로 만들려고 한다. 이러한 관계에서 모든 것이 가능해지고, 모든 것이 다 허락되며, 모종의 소비가 이루어지면, 결국 그 관계 내에서 어떤 변화가 일어나 관계를 지속시켜 주는 결속이라는 끈이 전부 느슨해지거나 약해질 수 있다. 역사의식이 없는 사람이 냉정하게 연출된 과거를 즐기는 것처럼, 즉 갑작스럽게 펼쳐지는 프로이센과 호엔슈타우펜 가(家) 왕족 그리고 파라오의 무덤과 같은 장면들을 즐기는 것처럼, 애정이 없는 사람을 흥분시키는 것도 바로 보존된 사랑의 흔적들이다. 애정이 없는 사람도 소위 성애라는 모험이 실제로 어떤 것인지, 또는 주위의 반대를 무릅쓰고 규칙과 풍습을 깨뜨릴 때에야 비로소 커지는 열정이 어떤 것인지 한 번쯤은 경험해 보고 싶을 것이다.

유동적이고 늘 바삐 서두르며 이성(異性)과 함께 사는 우리 도시인들에게 파트너의 선택은 밀고 끌어당기는 힘들의 '자유로운' 유희, 즉 욕망과 기분 그리고 어떤 자극이 제공되는가에 따라 결정된다. 늘 새로운 기회가 생겨나는 외적인 장면으로서의 성애의 현실은 뒤엉키고 정돈되지 않은 욕구들과 풍부한 양면적 특성을 지닌 마음을 완벽히 모사하고 있는 것처럼 보인다. 우리가 이 사람이 우리와 가장 잘 어울리는 사람이고 우리가 원하던 바로 그 사람이라고 단번에 생각하게 될 그러한 사람은 더 이상 만나지 못하게 될 것이다. 개인적으로 우리는 점점 더 독립적인 삶을 살지만, 전체적으로는 점점 더 의존적이 되고 있다. 이러한 삶에서 운명적인 사람을 만날 수 있으리라는 마음이 주는 달콤한 기만은 이제 더 이상 아무 도움이 되지 못하며, 우리는 그러한 감정을 점점 더 잃어버리게 될 것이다. 하지만 마음이 외적인 목적을 따를 필요가 거의 없는 상황에서는, 양면성을 띠고 있는 가장 내면적인 감정이 더욱 노골적으로 지배하게 된다. 남녀를 맺어 주는 언어는 오직 감정에만 의존할 뿐, 이제 더 이상 어떤 공통적인 사회의 운명을 짊어질 필요가 없다. 긍정과 부정이 복잡하게 뒤얽혀 있는 이 언어의 본질적인 핵심은 바로 사랑의 냉기이다. 사랑을 결정하는 것은 오로지 그 사람이 지금 내 마음에 드느냐이다. 그런데 우리 모두가 이미 알고 있듯이, 변덕스러운 마음 때문에 이전에 마음에 들었던 사람이 곧 더 이상 마음에 들지 않게 된다. 왜냐하면 마음이란 서로 반대되는 것들이 모여 있는 곳이기 때문이다. 외적으로는 최대의 자유를 누리되 아무런 책임도 지지 않는다는 조건 아래서 이루어진 만남은, 곧 무의식이 행사하는 강압과 변덕스러운 쾌락 및 파괴 욕구로 인해 학대를 받는 희생자가 된다. 사회적인 것(공동체 건설, 번식, 문화유산의 전수 등)이 지배적인 역할을 더 이상 하지 못하는 이러한 장소에서 변덕은 아무런 방해도 받지 않고 새로운 기회들과 교류하고, 새로운 외적인 자극들은 신속히 주거지를 바꾸게 된다. 이와 같이 소망하는 것과 주어진 것이 항상 단기적으로만 일치할 수 있는 폭넓은 교류의 물결에서 확실하게 약속된 결합은 생겨날 수 없을 것이다. 이러한 물결은 우리 모두를 관통해 흘러가고 있다.

M의 방문. 그녀는 우리가 헤어진 지 4년 뒤에 나에게 책을 한 권 돌려준다. 좀 짧은 머리에 새 옷을 차려 입은 그녀는 지금 우리가 헤어지기 전날 밤 그녀가 앉았던 바로 그 창문턱에 다시 앉아 있다. 그녀는 곧 아무 거리낌 없이 '우리에' 관한 이야기를 시작한다. 그 당시에 내가 그녀 안에 있는 긍정적인 모든 면을 마구 말살시켰다고 말한다. 또한 내가 그녀의 직업, 그녀의 엄마, 그녀의 취향, 그녀의 과거에 대해서도 늘 업신여기는 말만 했다고 한다. 과거의 사랑에 대한 찬사는 그 어디서도 찾아볼 수 없다. 하지만 내가 저지른 사소한 잘못들은 모두 그녀의 기억에 생생히 보존되어 있는 것처럼 보인다. 게다가 그 당시에 내가 한 말을 토씨 하나 틀리지 않고 그대로 인용한다. 이 얼마나 재미없는 일인가! 그런 식의 재회는 그 당시의 고통을 현재의 가벼운 이야깃거리, 선수들끼리 주고받는 가벼운 농담거리로 만들 것이다. 그 당시에는 경악하면서 얼굴이 하얗게 질려 꺼냈음직한 말을 지금은 이렇게 아주 침착하게 거리낌 없이 말하다니, 이 얼마나 허무하고 허탈한 노릇인가! 그녀는 여기 있는 내내 이러한 따분한 결산의 형태로만 나를 생각했어야 하는가? 우리가 헤어지지 않았더라면, 바로 이 점, 즉 그녀가 우리를 가슴 아파하지도 않고 애틋하게 회상하지도 않는다는 점에서 가장 타당한 이별의 이유를 찾았을 것이다. 그녀가 헤어지면서 갑자기 나에게 키스했을 때, 나는 깜짝 놀라 뒤로 물러섰다. 더 이상 만나는 일은 없으리라! 너를 다시는 보지 않으리라!

시의 운수 회사에서 일하는 젊고 귀여운 그녀는 유산으로 집을 한 채 물려받았다. 그녀는 얼마 전에 돌아가신 할머니의 집에 대해 열광적인 어조로 이야기한다. 그녀는 "도처에 벽감(壁龕)들뿐이에요!"라고 말하며, 유부남이지만 주말은 그녀의 집에서 보내는 직장 동료를 집요하게 설득한다. 여러 가지 미래의 계획들이 이어진다. 그녀는 냅킨에다 집을 그려 가며 그를 그곳으로 유인하고자 한다. 생활 형편이 급변하자 그녀는 어쩔 줄 모른다. 막 좋아하다가도, 두려워하기도 한다. 그래서 그녀는 말없이 앉아 있는 그에게 함께할 그들의 미래를 점점 더 집요하게 제시한다. 사실 그에 대해 아는 바가 거의 없으면서도 말이다. 이 남자 쪽에서는 손가락에 낀 결혼반지를 점점 더 초조하게 돌리며 불신의 미소를 짓는다. 그리고 이것은 매우 불가사의한 일이라는 듯 고개를 가볍게 가로젓는다. 그러면서 시험 삼아 그녀와의 성관계가 자신의 삶에 미칠 변화를 머릿속에 은밀히 그려 본다.

30대 중반의 한 공무원이 아무 말 없이 우두커니 마주 앉아 있는 아내에게 자신의 지적 능력을 뽐내려고 한다. 그는 직장에서 있었던 어떤 사건들을 비판하기 시작한다. 저녁에 바에서 술을 마시고 있는 지금, 그는 자신의 직무에 거리를 둔 관찰자 행세를 하는 것이다. 하지만 아내에게서는 어떤 이의 제기나 우스꽝스러운 자기 모습을 통찰해 낼 어떤 시선도 기대할 수 없다. 그렇기 때문에 점점 더 심하게 허풍을 떨면서 관청 내 직권 남용 사례와 이에 맞설 그의 행동거지에 대해 이야기한다. 그렇게 자기 혼자 이야기하고 다른 사람의 눈치를 살필 필요가 없게 되자, 자신의 지적 능력이 점점 커져 가는 것을 느끼고 급기야 사태의 연관 관계를 통찰했다는 생각에 도취된다. 그 순간 갑자기 아내의 모습도 눈에 들어온다. 자기만족을 위해서는 지금보다 더 총명한 아내의 모습이 필요하다. 그래서 그는 그 모습을 한 번 상상해 본다. 그녀는 지금처럼 조용히 그의 곁에 앉아 있음으로써 자신을 좀 더 높은 존재로 생각하도록 만드는 최고의 흥분제 역할을 한다. 비록 그녀가 이따금씩 엉뚱한 말로 거들려다가 본래 주제에서 얼마나 이탈해 있는지 그리고 지적인 면에서 그에게 얼마나 뒤처져 있는지를 드러내더라도 말이다. 이것은 그들의 파트너 관계에 있어서 큰 결함이다. 그 때문에 이 젊은 공무원은 자신의 고공비행을 짜증 섞인 아쉬움으로 중단해야 했다. 그는 (업무 중 야단치듯이) "납세자에게 지나치게 많은 비용이 든단 말이야!" 하고 말한다. 그녀는 "그 일을 처리할 다른 부서는 없어?" 하고 묻는다. 이에 그는 "바보 같은 소리 좀 하지 마. 납세자에게 얼마나 많은 비용이 드는지 생각 좀 해 보란 말이야!"라고 대답한다. 그는 이 말을 좀 더 강한 톤으로, 거의 화난 듯이 내뱉는데, 이는 아내를 흥분시키기 위한 것이다. 그러나 그녀는 그와 달리 기질적으로 쉽게 흥분하지 않는다. 그 어떤 것도, 그 어느 누구도 진정으로 그녀를 격분시키지는 못한다. 그 순간 그는 갑자기 말을 멈춘다. 그녀 쪽에서는 더 이상 다른 질문을 하지도, 좀 더 자세한 내용을 묻지도 않는다. 그 남자는 종업원에게 가서 계산을 한다. 잠시 후 두 사람은 자리에서 일어난다. 그녀의 외투를 받아 든 그와 그녀가 서로 마주 보게 되었을 때, 그의 눈에는 무의식적으로 무시하는 듯한 동정의 눈빛이 또렷하다.

우리는 아주 다양한 계층의 사람들이 모여 있는 술집에서 40대 초반의 한 남자를 발견한다. 외관상으로는 아주 얌전해 보이며, 자신이 사는 시대에 맞지 않게 낯을 가리는 이 남자는 직장 생활을 편하게 하고 있는 사무직 직원이다. 그는 토요일 밤이면 주변을 좀 구경하고 싶어한다. 그의 옆에는 오리처럼 입이 툭 튀어나온 키가 작고 통통한 아내가 있다. 그들은 둘 다 긴장한 채 의자에 쪼그리고 앉아 있다. 아니 그들 나름대로는 바의 분위기를 여유 있게 즐긴다고 생각한다. 그들은 동성연애자와 마약 거래상, 사회 일탈자와 펑크족 들로 빼곡히 둘러싸여 있다. 매주 토요일마다 그들은 마약 중독자들이 모이는 곳으로 바람을 쐬러 간다. 이들 부부는 자신들의 평범하고 일상적인 모든 모습들이 그것과 전혀 다른 이 환경에서 갑자기 아웃사이더가 되는 것을 흥분된 감정으로 체험한다. 그들은 시 외곽 지역에서 시내 중심가로 떠나지만 사실은 중앙에서 외곽 지역으로 떠나는 것이며, 이곳에서는 속물들이 이국적인 사람들이 된다. 그의 아내는 술집의 공기가 무더운데도 모피 모자를 그대로 쓰고 있다. 바깥은 겨울이기 때문이다. 막 자리가 빈 그녀 옆 팔걸이 없는 의자에 남성 동성애자들이 앉는다. 이들은 오소바주*를 뿌렸고, 실크 셔츠 차림으로 작은 가방을 들고 있다. 이들을 본 순간 이 순진한 남자와 그의 아내는 서로를 쳐다보며—그들은 이런 광경을 아마 '의미심장하다'고 부를 것이다—터져 나오는 웃음을 참느라 애를 먹는다. 발전하지 못하고 뒤처진 모습, 어린애 같은 모습이 그들에게서 풍겨 나온다. 그 모습은 둘 다 별 차이가 없다. 하지만 그들은 사이가 좋으며, 불쾌하거나 난폭해질 경우에도 그런 감정을 얼굴 표정에서 숨기지 않는다. 그들은 공산국가 중국의 연인들처럼 순수하지만, 다른 한편으로는 타인들의 움직임을 변태적으로 염탐하는 습관에 빠져 있다. 이렇게 하지 않고서는 더 이상 살아갈 수가 없다. 그래서 매력을 상실한 지 오래되었고 노곤한 타락만이 지배하는 이곳에 계속 끌리게 되는 것이다. 이 기이한 커플을 관찰하면서, 저주받은 성교와 결별이 난무하는 일반 사회에서 이들이 어떤 성적인 치외법권 지대에 살고 있는지 알고 싶어진다. 그들의 포옹은 항상 똑같은 모습으로 끝이 난다. 남편은 떨리는 눈꺼풀을 치켜들고 있고, 두 사람 중 어느 누구도 그 포옹이 언제 끝났는지 제대로 알지 못할 때, 키 작은 부인이 질문이라도 하듯 눈썹을 치켜들고는, 온화하지만 조금 어색한 미소를 짓는다. 그리고 나서 그들은 서로를 꼭 붙잡는다. 시내로 가서 기이한 사람들이 뒤섞여 모여 있는 이 술집에서 열정을 느껴 보자고 점점 더 자주 조르는 사람은 아마 그녀일 것이다. 이곳은 전라에 가까운 노출이 보잘것없는 빈약함을 드러낼 뿐, 그 이상의 것을 기대하거나 엿듣거나 발견할 수는 없는 값싼 유흥업소와는 전혀 다른 자극들을 제공한다. 그렇기 때문에 베드타운에 사는 이 여성은 남편과 멀어지지 않고도, 뚜렷한 목적의식을 지닌 몽상가가 될 최적의 상황에 있는 것이다. 이러한 변화에 있어서 그녀는 남편을 뒤쫓는다기보다는 오히려 그를 앞서 간다. 그 두 사람은 언제나 불완전한 사랑을 두고 **같이** 킥킥거리며 웃을 준비가 되어 있었다.

그녀가 지배하는 곳은 음란의 제국이다. 이 젊은 여성 연구원은 성적인 것이 암시되고 변형되어 나타나는 한여름 밤의 꿈속에서 살고 있다. 그녀가 어디에 앉든, 어디를 쳐다보든 그곳들은 모두 성적인 암시들로 가득 차 있다. 다른 사람의 귓속을 파고드는 말이라면 설령 그것이 재떨이에 들어 있는 담배 같은 사소한 것에 관한 것일지라도, 끊임없이 **성적인 것**과 연관시켜 말하지 않고는 못 배긴다. 일요일에 레스토랑에서 가족과 만날 때도—식탁의 한편에는 아버지와 어머니가 앉고 다른 한편에는 그녀 혼자 앉아 있다—그녀가 곧장 추구하는 목표는 한 가지뿐이다. 즉 부모를 제대로 부추겨서 점심 식사 내내 신독일적이고 소시민적인 음란한 분위기를 퍼뜨리는 것이다. 그녀는 자신이 방사선과 실험실 전체에서 가장 매력적인 여성이라고 자화자찬하면서, 최근에 사우나탕에서 연구소 소장이 그녀 옆자리에 앉은 상황을 생생하게 묘사한다. 그녀는 사우나탕 안에서는 모든 사람이 다 똑같아 보이지만 사실 꼭 그런 것은 아니라고 말한다. 부모를 대하는 그녀의 말투는 클럽 메디테라네에서 알게 된 휴양객들에게 하는 말투와 비슷하다. 부모에게조차 아니 바로 그들에게 그녀는 외설적인 이야기만 한다. 그녀는 이런 대화를 통해 부모를 도발하려는 것도, 자신의 해방을 추구하는 것도 아니다. 오히려 그녀가 추구하는 것은 모두 같은 기분과 같은 생각으로 하나가 되어 다 같이 요란한 웃음을 터뜨리는 것이다. 그래서 다음과 같은 상황이 눈에 확 들어온다. 어머니는 점점 거세지는 딸의 유혹에 바로 말려들어 처음에는 킥킥거리더니, 점점 더 경박하고 거친 톤으로 아버지의 성기 주위를 옭아매 오는 노골적인 암시도 주저하지 않는다. 딸은 아버지를 엄청나게 넓은 어깨와 작은 골반을 가진 육체적 존재로 묘사한다. 그러고는 딸과 어머니 모두 함께 웃음을 터뜨린다. 이 육체적 존재는 조용히 식탁에 앉아 있다. 그런 그는 이 말에 싱긋이 웃으면서도 조금은 점잔을 빼는 소시민이다. 딸과 어머니가 합작하여 음모를 꾸미고, 아주 외설적인 어조로 그를 칭찬한다. 반면 조용하고 착실한 아버지는 가정에서의 그의 지위가 이전부터 교묘한 사랑의 기술이 아니라 돈과 상냥함에 토대를 두고 있었다는 사실을 분명하게 보여 준다. 오뚝한 콧날에 굴곡이 진 코를 가진 어머니는 딸에게 윙크하며, 딸의 어투를 그대로 흉내 내어 "이젠 욕실에 잠옷 걸어 두는 일이 더 잦아야겠네"라고 뻔뻔스럽게 말한다. 그러자 딸은 요란하게 웃으며, "보세요, 아빠 얼굴이 빨개졌어요!"라고 말한다. 그러고 나서 선탠을 하는 곳에서 하얀색의 긴 남자 셔츠를 입은 채로 나온 이 요정은 기지개를 켜더니 아버지에게 이렇게 말한다. "아빠가 침대에서 어떤 모습일지 정말 궁금해요. 아빠가 이제 더 이상 손에 칼과 포크를 든 모습이 아니라면, 그 모습이 어떻지 정말 알 수 없다니까……" 그녀는 줄곧 이런 식의 말을 내뱉는다. 이런 말을 듣고 있으면, 이 아이가 정말 유별나게 교활한 것인지 아니면 실제로 포르노가 지배하는 암흑 세계의 핍박을 받고 있는 것인지 헷갈리게 된다. 확실한 것은 그녀가 사람들과 이야기할 때는 언제나 매우 활기차다는 것이다. 그런데 그녀에게 있어 활기차다는 것은 동시에 음란하다는 것을 의미한다. 원하는 것은 많지만 가난한 그녀는 싱글이고 여느 사람처럼 적당히 방탕하다. 하지만 그녀는 말을 한다. 그녀는 **그것을** 말로 표현한다. 이로써 그녀는 섹스가 아닌 에로틱의 형태를 실현한다. 그녀는 말하고 **그것을** 요구한다. 무엇을? 아마 그것은 다름 아닌 고갈되지 않고 끝없이 쏟아 넘쳐나는 그녀의 음란한 말 자체와 그 홍수 같은 말에서 헤엄치려는 선행일 것이다. 그녀의 상상력이 그리 대단히 풍부한 것은 아니다. 그녀가 보고 이름 붙이는 것이 그로테스크한 것도 아니다. 하지만 가끔씩 그녀는 기발하기도 하다. 그녀는 의심할 나위 없이 책 한 권 읽지 않는데도 언어가 갑자기 주체할 수 없을 정도로 계속 터져 나오는 듯 기발한 말을 한다. 하지만 그녀가 성적인 성향을 띤 이야기를 전혀 꾸며 내지 못하는 경우도 빈번히 발생하곤 한다. 그럴 때면 그녀는 그런 암울한 상황에서 벗어나기 위해 부산을 떨며, 텔레비전 시청자들의 어록에서 진부한 상투어를 임시변통해 온다. 그렇게 되면 그녀의 '한여름 밤의 꿈' 속에서는 사우나탕에서 벌거벗은 모습으로 변신해 있는 연구소 소장을 마법으로 불러내는 방법 외에는 다른 방도가 없다.

임산부 모임에서 본 임산부들의 삶. 이들 모두 연대 의식은 있지만 서로에 대한 이해는 극히 부족하다. 매주 화요일마다 임산부들의 모임이 헬렌의 집에서 열린다. 건물 관리인만이 불평 많은 노인처럼 은둔하고 있다. 이제 막 담배를 끊은 이지적인 이 임산부들은 창백한 얼굴빛에 윤기가 약간 흐르는 머릿결을 가지고 있다. 또한 청바지와 티셔츠 차림에 민속풍의 니트웨어를 걸치고 있다. 그들은 세상에 대해 좀 더 많이 알고 싶어하고(그들은 이것을 간단명료하게 '문학'이라고 부른다), 끝없이 토론하는 것을 제일 좋아한다. 그 이유는 행복이나 불행 그리고 그들이 이해할 수 없는 여타의 것들로부터 스스로를 보호하기 위해서이다. 머리숱이 적은 금발에 턱수염이 있는 헬렌의 남편은 법률가로서, 헬렌이 임신한 지 4개월 되었을 때 사민당에 입당했다. 그는 스칸디나비아산 가구에 애착을 가지고 있어, 방 세 개 반짜리 집 내부를 이 가구들로 꾸몄다. 그들은 현대적이면서도 이상적인 둘만의 관계를 유지하고 있다. 서로에게 친절하지만 별 부담 없이 대하기 때문에, 그들의 관계에 과장이나 열정의 불꽃은 생기지 않는다. '소위 비합리적인 것'은, 바로 이와 같은 상투어*로 처리되어 통제된다. 직업과 의무에 대한 그들의 입장은 가능한 한 쾌락 지향적이다. 그들은 많은 것들에서 즐거움을 얻는다. 그들은 성관계를 가지면서 아이를 만들었다. 탁 트인 벽감에 오밀조밀하게 모여 있는 같은 처지의 여성들 중에 임신한 그녀도 있다. 이 지역의 임산부들은 자신들의 경험과 근심거리를 교환한다. 그들은 지금 출산에 대해 조금씩 걱정을 하면서도, 당연히 알아야 할 것조차 거의 모르고 있다. 최소한의 의견 일치만 보아도 그곳은 이미 연대 의식을 지닌 아주 따뜻한 둥지이다. 그 둥지 안에서 사람들은 정말로 끔찍한 이 세상이라는 전체에 맞설 수 있도록 그들의 '작은 전체'*

를 지킨다. 그것은 잘한 일이다. 왜냐하면 집단에 속하지 않은 단독자 주위에는 낭떠러지밖에 없기 때문이다(거기에는 자신은 뭔가 다르다는 공격적인 자기기만의 낭떠러지도 있다). 그래서 가장 쓸데없는 잡동사니이기는 하지만, 사회적인 장치를 함께 만들어 가는 것 외에 별다른 도리가 없다. 즉 아버지와 어머니 그리고 딸은 '부모-자식'이라는 집단을 만들고, 전일제 탁아소, 같은 어려움을 지닌 사람들이 모여 자구책을 강구하는 모임, 자가 수요를 충당하는 작업장과 주점 총회 그리고 도시의 이동식 심리 치료 센터와 네트워크로 연결된다. 그런데 어째서 사람들은 순간에 빠져 사는 이러한 인간들, 전적으로 현재에만 몰두하는 사람들과 점점 더 구분되고 싶어하는 것일까? 전적으로 현재형 인간이 된다는 것은 얼마나 불만족스러운 일인가! 열정, 즉 삶 자체가 필요로 하는 것은 (예견보다는) 회상이다. 삶이 힘을 비축하는 곳은 이미 지나간 왕국들인 역사적 기억 속이다. 하지만 이제는 어디서 그 힘을 끌어낸단 말인가? 역사의 뿌리는 조각조각 잘려 나가고, 그 뿌리가 있던 장소에 피상적인 사회적 네트워크가 들어섰다. 통시적인 것, 수직적 구조는 허공에 떠 있을 뿐이다.

호기심에 가득 차 보이는 젊은 여자 한 명이 안으로 들어왔다. 내게 어떤 소식을 전해 준 한 남자가 그녀와 동행했지만, 그녀와 별 관계가 없는지 곧 혼자서 그곳을 떠났다.

그녀는 허락을 구한다거나 별다른 구실을 대지도 않고 내 의자에 앉아 있었다. 내가 그녀를 말없이 바라보자, 그녀는 알 수 없는 웃음을 나지막이 지었다. 그 웃음은 그녀의 또 다른 의도를 숨김 없이 드러내 보였다. 나는 지금까지 그녀를 한 번도 만난 적이 없으며, 그녀의 이름조차 몰랐다. 그녀는 책이 어지럽게 널려 있는 내 방에 눌러앉았는데, 그녀의 진짜 모습은 무수한 전범(典範)과 은밀한 기대 그리고 유보된 행복으로 이루어진 섬세한 거미줄에 걸려 있었다. 저절로 생겨난 먹이는 아무런 활동도 하고 있지 않은 사냥꾼을 놀라게 할 뿐만 아니라, 원칙적으로는 심지어 그를 조롱하기까지 한다. 사람들은 우선은 수다를 떨면서 그런 포획물, 즉 그런 이물질을 침이 고일 정도로 씹어 댄다. 눈이 아직까지 엄두를 내지 못하는 지점으로 입은 벌써 옮겨 가고 있다. 그 젊고 예쁜 여자도 억지로 내숭을 떨지 않는다. 오히려 그녀는 예술과 시사 문제에 대해 솔직하게 많은 이야기를 함으로써 마음의 부담을 덜어 낸다. 처음에는 그렇게 서로의 견해를 표명할 수 있는 문제들이 쌓이게 마련이다. 동시에 사람들은 공짜 상품 어딘가에 틀림없이 숨겨져 있을 하자를 주의 깊게 찾게 된다. 틀림없이 그녀는 어떤 결함을 가지고 있을 것이다. 그렇지 않다면 두말할 나위 없이 그녀는 예전에 나가 버렸을 것이다. 어쨌든 눈에 띄는 점은 그녀의 목소리가 매우 불안정하고, 때때로 안정된 어조가 순식간에 사라지기도 하며, 큰 소리와 작은 소리 사이에 아주 심한 격차가 나타난다는 것이다. 자신의 목소리를 아주 힘겹게 조절해야 하는 청각 장애인처럼 그녀도 부지불식중에 지나치다 싶을 정도로 격정적이고 큰 목소리로 말한다. 그녀가 이야기하는 내용이 평범하고, 이야기를 듣는 사람이 자신의 바로 가까이에 있는데도 말이다. 나는 그녀가 쌍둥이라는 사실을 알게 된다. 하지만 내게는 그녀가 꼭 자기 엄마와 쌍둥이인 것처럼 여겨진다. 왜냐하면 지금 그녀가 내뱉는 말들이 갑자기 단호하고 대담해졌으며, 다소곳이 있던 손으로 이제 책상 위를 닦기 시작하더니 급기야는 계단 위에서 소리 지르는 가정주부처럼 마구 팔을 휘두르고 있기 때문이다. 지금 드러나듯이, 그녀를 엄호해 주고 심리적으로 무장시켜 주는 것은 바로 그녀의 어머니이다. 그런데 그 총의 조준 장치를 위로 젖히면, 그 아래 배꼽 정도의 높이에서 작은 여자 아이가 당혹스러운 시선으로 위를 올려다보는 모습을 발견하게 된다. 이렇게 처음에는 **자유 의지로** 유유히 걸어 들어온 사람들 중 많은 이들이 아마 심약한 사람들일 것이다. 이 자유 의지라는 것도 어느 정도 강요된 것이라고 말하는 편이 낫겠다. 그 이유는 오늘날 어느 누구도 생활 형식들이라는 외적인 자유에서 벗어날 수 없기 때문이다. 그녀의 나이 열다섯에 이미 첫 애인이 생겼다. 결혼 생활에 요구되는 모든 규칙들을 내포하고 있는 그 견고한 관계는 어쨌든 5년간 지속되었다. 그리고 스무 살이 된 지금 다시 완전히 혼자가 된 것이다. 그녀는 주변이 불안정해지면 가사(家事)에 몰두하고, 어머니들처럼 맥 빠진 소리를 낸다. 그녀와 부딪치면 '불화'라는 그로테스크한 상황에 빠지게 된다. 나는 그것을 막연하게나마 눈치채고 있었다. 하지만 일단 내 마음속에서 깨어나, 열광적으로 상상의 나래를 펼치는 사랑의 감정에서 다시 금방 빠져 나오는 것은 그리 쉽지 않다. 그렇다고 하더라도 안이 훤히 들여다보이는 그녀의 벌어진 부드러운 입에서 쏟아져 나오는 말을 들으면서, 그녀에게는 내 사랑에 응답할 힘이 모두 소진되었음을 알아차렸어야 했다. 하지만 나는 그렇게 하지 못하고, 그녀의 말을 고이 간직한 채 그녀의 몸을 애정어린 손길로 어루만지면서, 그저 그녀에게 열광하지 않을 수 없었다. 이 모든 것은 오로지 미지의 그녀를 붙잡고 그 존재를 견뎌 내기 위해서였다. 그러나 그녀는 한창 포옹하는 중에 갑자기 "네가 두려워"라고 말한다. 그 이유는 내가 그녀에게 너무 열광해 있기 때문이라는 것이다. 하지만 나에게는 그 말이 거의 들리지 않는다. 나는 그저 그녀를 계속해서 애무하면서, 그녀에게 두려움을 가르칠 뿐이다. 성관계를 갖는 중에 내가 말을 함으로써 그녀에게 돌이킬 수 없는 어리석은 잘못을 저질렀다. 내가 그녀를 말없이 지배만 하고, 그녀에게서 약간의 도피처를 찾으려고 하지 않았더라면, 그러한 잘못은 일어나지 않았을 것이다. 이제 의견을 교환하고 토론을 한다. 그러다가 적당히 피곤해지면 동침을 한다. 하지만 이제는 더 이상 아무 말도 하지 않고 조용히 동침을 하는 것이다! 이러한 동침은 가벼운 호감을 지속해 나가는 또 다른 방법일 뿐이다. 이상한 일이다. 내가 이전에 그녀의 들쑥날쑥한 목소리에 놀란 것처럼, 그녀는 내 언어가 책상에서 침대로, 견해에서 고백으로, 선언에서 속삭임으로, 확고한 지식에서 불확실한 말더듬으로 바뀐 것에 놀란 듯했다.

아이슬란드의 북쪽 해안에 있는 블뢴두오스라는 곳에서 이 장소와 같은 이름의 호텔에 머무르고 있다. 이 호텔에는 레스토랑이 없다. 에쏘 주유소에서만 무언가 먹을 것을 판다. 이를테면 젤리로 뒤덮인 희멀건 닭다리 같은 것 말이다. 자동차 정비소의 작업용 불빛같이 작고 어두운 가로등 불빛이 혓바닥처럼 빨간 지붕의 단층집 앞을 비추고 있다. 바다는 구름의 움직임과 수심에 따라 갈색이 되기도 하고, 또 녹색이 되기도 한다. 바닷가 언덕에는 지저분한 녹색을 띤 풀밭이 있고, 양들이 거기에서 풀을 뜯어먹고 있다. 전신주 네 개가 자기들끼리만 서로 연락을 취하는 듯, 그 언덕 위에 고독하게 서 있다. 좀 더 멀리 떨어져 있는 두메산골과 좀 더 높은 곳에 있어 가기가 힘든 북쪽 지방을 은밀히 동경하는 이 외진 장소처럼, 이 전신주들은 세계의 통신망에서 떨어져 나와 있다. 그러한 전신주의 모습은 마치 꽉 묶어 놓은 빈 올가미처럼 보인다. 그리고 이 불빛은 언제나 인위적으로 멈추어 놓은 어느 시간에 비친다. 그때가 황혼녘인지 새벽인지는 분간하기 어렵다. 태양이 하늘을 뚫고 나와 휘황찬란한 탐조등처럼 재빨리 황량한 지상을 쓸고 지나가면, 용암같이 어두운 구름으로 덮인 하늘 아래 있는 용암처럼 어두운 해변에서 자정 무렵에조차 그것을 판별하기가 쉽지 않다.

비행을 저질렀거나, 강도짓을 했거나 아니면 비인간적인 중범죄를 저지른 뒤 이곳으로 온 것일까? 바다를 바라본다는 것은 항상 무언가를 기대한다는 것을 의미한다. 사람들은 바닷가에 도착한 것에 대해 계속 수군거린다. 배라는 소문도 있고 부유물이나 시체 또는 요정 혹은 바다 괴물이라는 소문도 있다. 그것이 무엇인지 바다가 드러내 준다. 바다는 전혀 경청할 줄을 모른다. 그것은 혼자 말할 뿐, 판결을 내리거나 소통할 줄을 모른다. 반항적이며 지상의 소리를 들을 수 있는 귀를 가지고 있지도 않다. 바다는 모순이 없는 모든 방식을 의미한다. 마치 둥글게 휜 물음표처럼 움푹 들어간 모양을 한 대지는 바다를 향해 있다. 물음표는 귀의 형상을 하고 있다. 귀는 품속처럼 그저 받아들이기만 한다. 모든 형태들은 성(性)적이다. 그래서 뾰족하거나 둥글다. 결국 그것들의 정신적 의미는 완전히 사라져 버린다. 그리하여 대답은 남자답게 질문의 품속으로 돌진해 들어간다.

동쪽으로 150킬로미터 떨어진 아쿠레이리라는 항구 도시에 에다 호텔이 있다. 이 호텔 프런트에 한 노파가 서 있다. 원래 학교 건물인 그곳은 여름철에만 관광 숙소로 바뀐다. 이 호텔 복도 어디서나 우유가 든 수프 냄새를 맡을 수 있다. 노파는 프런트 안에 서 있는 젊은 여직원에게, 여행 가방 두 개를 들고 조용히 계단을 올라온 남편과 자기가 다음날 아침 몇 시까지 객실에 머물 수 있는지를 아주 조심스럽게 독일어로 묻는다. 젊은 여직원은 목구멍에서 억지로 짜낸 목소리로 느릿느릿 "에, 열한시 삼십분까지요"라고 대답한다. 노파는 계속해서 상냥한 목소리로 아침 식사 시간은 언제까지인지, 이곳에서 택시는 어떻게 잡을 수 있는지 등 다음날 출발 상황에 대해서도 조심스럽게 물어 본다. 프런트 여직원은 쉰 목소리로 "첫 번째 길에서 왼쪽으로 꺾은 다음, 두 번째 길에서 오른쪽으로 가세요"라고 말한다. 노파는 "이 방을 얻을 수 있어 우린 매우 행복해요"라고 말한다. 그녀는 의사를 분명하게 전달하기 위해서, 닥치는 대로 말하지 않고 정선된 표현을 사용한다. 그녀는 손을 프런트 위에 가지런히 모으고 천천히 계속해서 말한다. 약간 황홀해하는 말투이기는 하지만, 그렇다고 가식적이지는 않다. 그래서 그녀가 지금 자신의 온 마음을 이 쓸모없는 대화에 쏟아 붓고 있다고 말해도 좋을 듯하다. 성수기인데 예약도 하지 않고 그냥 찾아와 바로 방을 구할 수 있게 되어서, 남편과 자신은 행복하다고 말한다. "성수기이지 않나요?" 하고 문의하면서도, 노파는 상대방이 자신의 말을 제대로 이해했는지 확신이 서질 않는다. 노파는 이 아이슬란드 아가씨에게 좀 지나치다 싶을 정도로 다시 한 번 감사를 표한다. 마치 이 아가씨가 몸소 헌신적으로 손님을 환대라도 한 것처럼 말이다.

도착한 뒤 곧바로 계단을 올라갔던 그녀와 그녀의 남편은 그날 저녁 전혀 모습을 드러내지 않았다. 다음날 아침 그들은 자기들이 칭찬했던 호텔방의 나란히 붙여 놓은 좁은 침대 위에서 죽은 채로 발견된다. 둘 다 독약을 먹고, 프런트에서 기다릴 때처럼 손을 나란히 잡고 누워 있었다. 그들은 잠깐 동안 일어난 심한 경련을, 손가락이 거의 부서질 정도로 세게 깍지를 끼며 견뎌 낸 것이다. 모든 다른 정황으로 미루어 볼 때, 노파가 불치병에 걸리자 부부가 이 같은 행동을 하게 된 것이 분명했다. 딸과 사위 그리고 손자 손녀와 한 지붕 아래 사는 집에서는 감히 그런 행동을 할 수 없었을 것이다. 그래서 그들은 집에서 나와 아이슬란드 여행을 한 후, 여행 마지막 날 죽으면서, 편지와 돈 그리고 치밀히 세운 사후(死後) 계획을 잘 정돈하여 남긴다. 충실히 아내를 따르던 그 노인은 오래 전부터 아무 말도 하지 않았다. 그는 부부간에 한 번 약속이 이루어지고 나면, 거기에 더 이상의 말을 덧붙이지 않고, 그 순간부터 그것을 묵묵히 따를 필요가 있다고 생각한 듯했다.

한 주정뱅이 부부가 **크벨레** 백화점 계산대 앞의 길게 늘어선 줄에 서 있다. 남편은 아내 옆에 서서, 바닥을 주시한 채 웅얼거리고 있다. 겉으로 보기에 별다른 이유 없이 아내는 오른쪽 눈을 여러 차례 꼭 감는다. 그것은 마치 눈에 보이지 않는 무언가와 은밀한 비밀이라도 공유하는 듯한 모습이었다. 교란된 신경은 계속 반복되는 짧은 프로그램을 수행하고 있다. 그녀는 자동적으로 밀려오는 두려움으로 인해 간간이 자신의 머리를 홱 돌리고는, 친절하면서도 두려움에 일그러진 모습으로 한 방향을 바라보며 미소를 짓는다. 하지만 그녀가 바라보는 곳에는 아무도 없었고, 그녀를 부르는 소리도 들리지 않았다. 붓기가 있는 데다 각질까지 일어난 그녀의 붉은 얼굴 위로 변덕스러운 드라마가 펼쳐진다. 이것은 괴롭게 긴 줄을 서서 기다리는 것, 낯선 사람들 사이에서 좁은 자리를 차지하며 서 있는 데서 비롯된 것이었다. 이 미소, 웃음의 파편들은 온 사방에서 닥쳐오는 엄청난 곤경을 친절로 방어하려는 것처럼 보인다. 환하게 웃으면서도 찡그린 입은 부러진 이빨들을 드러내 보인다. 그 이빨들은 왼쪽에서 오른쪽으로 갈수록 점점 크기가 작아지지만 그에 반비례하여 점점 더 많이 썩어 있다. 그녀는 아주 큰 레몬색 자명종을 샀다. 무엇 때문에 억지로 일어나야 하지? 첫 술잔을 들이켜려고? 나는 유리문 옆 출구 앞에서 운반하기 힘든 정원용 가구를 들고 서서, 나머지 가구를 들고 나올 친구를 기다리고 있었다. 우리가 짐을 나르기 위해 차에 싣고 있을 때, 이 주정뱅이 부부가 막 나오고 있었다. 우리가 출구 가까이에서 짐을 싣는 것을 보더니, 그녀는 남편에게 "정말 약삭빠른 놈들이야"라고 말했다. 우리가 그들의 길을 직접 가로막은 것은 아니었지만, 그들은 질서를 지키는 쪽은 자신들이고 질서를 깨는 훼방꾼은 우리라고 생각하면서 이러한 사실을 확인하는 것이 분명 즐거운 듯했다. 내 친구는 그녀에게 "입 닥쳐, 이년아" 하고 거친 욕을 퍼부었다. 이 말을 들은 나는 누군가가 이미 사고를 당한 사람의 배를 한 번 더 짓밟는 것 같은 느낌을 받았다. 왜냐하면 나는 잠시 동안 운명이 그녀에게 남긴 흔적을 바라보며 동정심을 느끼지 않을 수 없었기 때문이다. 우리가 도로에서 이들 두 사람을 추월했을 때, 그 여자는 남편을 멈춰 세우면서, 마치 유명한 누군가가 옆을 지나가기라도 한 듯 나지막한 목소리로 이렇게 말했다. "저 사람이 나를 이년이라고 했어." "어떤 놈이" 하고 남편이 물었다. 그녀는 "저기 있는 저 사람이"라고 말하고는, 우리 쪽을 가리키며 고개를 끄덕거렸다. 이제 그녀는 자신에게 일어날 수 있는 나쁜 일들을 사전에 예방하려는 듯 미소를 짓고 허깨비에 홀린 것같이 친절하게 행동함으로써, 자신의 마음에 상처를 줄 만한 것들을 모두 몰아내려고 애썼다. 하지만 결국 그녀는 마음에 심한 상처를 받았다. 심하게 화가 난 것은 아니었지만, 마음이 정말 무거웠기 때문에 그녀는 그대로 선 채 그 욕을 되풀이하고 있었다. 그러자 그 욕은 그녀에게 더 불가사의하게 여겨졌다.

아마존의 원시림에 사는 인디언 부족이 등장하는 영화에서, 우리는 끔찍한 복통으로 괴로워하며 소리 지르는 어린아이 앞에 벌거벗은 채로 앉아 있는 한 어머니를 본다. 이 어머니는 병든 소년에게 계속해서 말을 건다. 하지만 어찌할 바를 모른 채, 그를 도울 방도를 알지 못한다. 이때 문명인인 우리가 응급 상황에서 한 인간의 생명을 구하기 위해 알고 있는 것을 이와 같은 곳에서는 전혀 알지 못한다는 것이 얼마나 무시무시한 감옥이며 고통스러운 무력감을 의미하는지를 우리는 한순간에 체험한다. 그녀의 염려와 공포 그리고 고통의 몸짓이 우리의 그러한 몸짓과 완전히 일치하면 할수록, 그리고 내면에서 나오는 이러한 친숙한 표현이 평범한 이성과 완전히 다른 이성에 속한다는 사실을 우리가 이해하지 않으려 하면 할수록, 무지함으로 인해 생긴 이러한 궁지는 우리에게 더 억압적인 것으로, 심지어 거의 악몽처럼 느껴진다. 여기에서 말한 전적으로 다른 이성이란 정확히 경계가 그어진 의식을 가리킨다. 이 이성은 동경과 경탄, 악의와 의심에서 벗어난, 예리하면서도 깨어 있는 시선으로 바라본다. 그것은 사냥과 신앙 그리고 생생한 공동체의 지성을 의미하기도 한다. 이러한 생생한 공동체는 소유욕도 이기심도 알지 못한다. 그러고 나서 이 여자는 풀밭에 앉아 어찌할 바를 모르며, 불로 따뜻하게 데워진 손을 어린 소년의 배에 올려놓고 그 위에 따뜻한 동물의 피를 바른다. 온기만이 그녀가 줄 수 있는 약의 전부이다. 하지만 그 소년은 죽고 만다. 우리는 그의 엉덩이가 벌써 푸른색을 띤 붉은 빛으로 부풀어 오르는 것을 본다. 이때 그의 어머니는 그에게 검은 스웨터를 입힌다. 어쩌면 그것은 그녀가 지금까지 얻은 것 중에서 가장 값진 것일지도 모른다. 왜냐하면 수공업적인 도기 제작 기술을 마스터한 그녀의 부족은 그들이 만든 그릇과 이웃 부족이 가진 여러 가지 문명의 잡동사니를 교환하고 있기 때문이다. 그녀는 벌써 시체에 스웨터를 입혀 주고 있다. 그녀는 아이에게 뭔가 말하라고, 눈을 떠 보라고, 그리고 다시 목청 높여 소리 질러 보라고 간청한다. 그녀는 오랫동안 눈물을 흘리더니, 눈물을 쥐어짜 내려는 듯 여러 차례 눈을 꼭 감는다. 얼마 있지 않아 죽은 아이는 마을 밖의 아주 평평한 무덤에 매장된다. 어머니는 아이의 몸에 스웨터를 그대로 입혀 둔 채로, 아이가 먼 길을 떠날 수 있도록 물 한 병과 잔을 무덤에 함께 넣어 준다. 이 무덤이 흙으로 덮이고, 아들이 단말마에 시달리는 동안에는 없었지만, 매장을 할 때 함께 도와준 다른 여성들이 모두 떠나가자, 흙으로 덮인 무덤 앞에 앉은 그녀는 아들을 잃었다는 사실에 슬픔에 가득 찬 목소리로 다시 한 번 아이의 이름을 불러 본다. 그러나 다음날 아침이 되자 슬픔은 이미 사라진 것같이 보인다. 그녀는 다른 사람들과 함께, 그들이 교역하는 한 이웃 부족을 향해 길을 떠난다. 그곳까지의 길은 비로 진흙투성이가 된 원시림을 지나갈 경우 족히 일곱 시간은 걸릴 것이다. 한 번 황천길로 떠난 아이는 이제 산 사람의 손이 닿아서도 안 되고, 애도하는 어떤 추모도 뒤따라서는 안 되는 그런 영역에 속한다. 이 관습은 사람들로 하여금 갑작스럽고도 완전하게 과거를 잊게 함으로써 그들을 구원한다.

우리가 그렇게 지난하게 감상적으로 애도하는 이유는 무엇보다도 우리가 너무 고독하다는 것과 우리의 사회적 결속이 2인용 감방을 결코 넘어서지 못하기 때문은 아닐까? 이 감옥에 우리는 각각 어머니, 아버지, 연인, 아이와 함께 단둘이 갇혀 있다. 사랑하는 **한** 사람을 잃는 순간 세상은 무너지고, 그제야 비로소 우리가 얼마나 사회성이 결여된 삶을 살아왔는가 하는 것이 드러난다. 그곳에는 자기 보존 및 그 모든 구성원의 보존을 위협하지 않기 위해 우리의 망각과 활동력을 전적으로 필요로 하는 어떤 살아 있는 공동체도 존재하지 않는다.

1949년에 탈영한 한 미군 병사가 거의 30년을 서베를린에 은신해 있었다. 그가 은신한 곳은 바로 자신의 독일 여자 친구 집이었다. 그녀는 죽기 전까지 그를 부양했고, 그를 외부 세계로부터 차단해 주었다. 그는 급변하는 현실의 모습들을 여자 친구의 이야기와 텔레비전을 통해서만 전해들을 수 있었다. 그는 발코니에 나갈 엄두조차 내지 못했다. 탈영병인 그는 자신의 은신처에서 나와, 자수하기 위해 경찰에 전화를 걸려고 했다. 하지만 그는 주변에서 일어나는 일상적인 일들에 관해 아는 것이 거의 없었기에, 독일 동전 전화기 사용법 역시 몰랐다. 그는 그것을 어떻게 사용하는지 아예 몰랐다. 그래서 지나가던 한 행인이 그에게 전화기 사용법을 시범 보여야만 했다.

직장에서 성공하지 못한 남편과 그의 아내 그리고 더 이상 잘 닫히지 않는 문. 아내는 "제발 문 좀 고쳐"라고 소리를 지른다. 남편은 아주 의기소침해서 문을 고치고 있다. 문을 **고칠 때** 엿보이는 헤아릴 수 없는 그의 비애.

그는 무릎을 몸 쪽으로 꽉 잡아당긴 채 바닥에 쪼그리고 앉아, 엉덩이를 가볍게 까닥거리며 몸을 앞뒤로 흔들고 있다. 여자는 그의 쪽으로 몸을 굽히고 두 팔을 쭉 편다. 그러고 나서 삶을 즐기는 여러 방식 중의 하나를 골라내어, "햇볕을 쬐는 건 어때?"라고 묻는다. 이 물음에 남자는 별 관심 없다는 듯이 어깨를 치켜 올리며 냉담하게 계속해서 몸을 앞뒤로 흔든다. 그에게는 아무런 욕망이 없다.

"세계는 온갖 사건들로 가득 차 있어. 어쩌면 변혁의 시기에 있는지도 몰라. 그런데도 너는 멍청하게 몸뚱이만 이리저리 흔들어대고 있으니."

그 남자와 그 여자는 둘 다 영어책 번역가이다. 그들은 작고 방음이 잘 안 되는 새 집에서 마치 수도원 생활을 하듯이 외부와 고립되어 살고 있다. 집 안은 수천 권의 책과 수많은 잡지로 빼곡하다. 두 사람 다 잡지광이어서 그런지 특히 잡지가 많다. 게다가 그들은 하루에도 몇 번씩이나 라디오 앞에 마주 앉아서 정치와 사상에 관한 방송뿐만 아니라 전 세계에서, 심지어는 먼 위험 지역에서 단파를 통해 전해지는 보도들까지 관심 있게 듣는다. 이와 같은 라디오 청취는 정확한 시간 계획과 매주 한 번씩 작성되는 라디오 프로그램 개요에 맞춰 이루어진다.

시사 사건들로 가득 찬 이 동굴 속에서 이렇게 과도한 수업을 받아 과잉 정보로 머리가 터질 듯해진 두 사람은 서로에게서 거의 벗어날 수가 없다. 여기에서는 이제 더 이상 정치 참여적인 사람들에게서 발견되는 토론이나 논쟁 따위는 일어나지 않는다. 오히려 두 사람 사이에서는 본격적인 세계관 대결이 벌어진다. 아니 마치 뺑뺑 돌며 춤을 추듯 정치적 입장을 재빨리 바꿔 가며 상대방의 견해에 맞서고 있다고 말하는 편이 낫겠다. 만약 **그가** 지난번 소련 공산당 전당 대회 결의에서 나온 외교 지침을 대변하려는 생각을 잠시 했다면, **그녀는** 비동맹국 헌장을 인용하거나 이슬람 해방 운동의 정신에 근거해 그를 격렬히 반박할 것이다. 만일 이와 반대로 그가 서독의 외국인 정책 현안에 있어서 외국인 통합에 우호적인 자유주의적 입장을 취한다면, 그녀는 보수적인 입장에서 그에게 몇 번 신랄하게 독설을 퍼부을 것이다. 이를테면 "우리 민족을 탄생시킨 정신이 무엇이지? 외국인 학생 비율이 20퍼센트인 학급에서 선생이 무엇을 가르칠 수 있겠어?"라는 말을 하면서 말이다. 그가 다른 기회에 감히 이탈리아 파시즘이 지닌 무정부적이고 생디칼리슴적인 잔여 요소를 상기시키려고 한다면, 그녀는 프롤레타리아 국제주의의 관점에서 그를 가차 없이 질책할 것이다. 하지만 30분 뒤 그녀가 후회막급하며 원자력과 태양열의 국가, 즉 심각한 위기와 시련을 극복하고 생겨난 전례 없이 가혹한 거대 산업주의의 미래를 상상한다면, 그는 이에 반대하며 부드러운 혁명의 구상, 즉 후기 산업적인 서비스 사회의 설계안을 신중하게 내세울 것이다. 이러한 사회에서는 대다수의 노동자들이 생활의 질적 개선이나 여가 선용과 관련된 직장에서 일하게 될 것이다. 그들은 이러한 방식으로 날마다 서로를 맞바꾸고, 좌파와 우파, 과거와 현재, 낙관주의와 비관주의 사이에서 자신들의 입장을 바꾼다. 한 사람이 오늘 제기한 논거가 내일은 다른 사람의 반박 논거로 다시 등장하는 일도 드물지 않게 일어난다. 그들의 대화에서는 모든 정치적인 근거가, 풍부한 시나리오와 갈등 모델로 해체된다. 그리고 그들은 이것들을 끊임없는 유희와 상대방을 자극하는 수단으로 사용할 수 있다. 만일 이 모든 일의 핵심에 두 사람을 그런 행동으로 내모는 유일무이한 열성이 존재하지 않는다면, 이러한 행동을 '예술을 위한 예술'과 비교할 만한 '논박을 위한 논박'이라고 부를 수 있을 것이다. 이 유일무이한 열성이란 바로 다름 아닌 똑똑하면서도 채워지지 않는 사랑이다. 그것은 마치 사랑에 빠진 첫날처럼 강렬하다. 이 사랑은 쳐 놓은 커튼과 생기를 북돋워 주는 정보의 물결 그리고 세계관이라는 따스한 보금자리에 보존되어 잘 자라나고 있다.

나이 든 자매가 전화기 앞에 나란히 앉아 있다. 그 중 하나의 남편은 병원에 재차 입원했다. 충분히 잠을 자고 또 자도 사라지지 않는 이겨 낼 수 없는 삶의 피로. 격렬하고 힘차게 울리는 전화벨 소리와 그 뒤로 들리는 병상에 누워 있는 노인의 나지막하고 가련한 목소리. 그는 마지막으로 장거리 통화를 하고 있다. 이 연결은 신체적으로 떨어져 있기에 더 더욱 하나의 감각, 즉 청각에만 의존해 있다. 다음 번 통화는 기억 속에서나 이루어질 것이다. 이렇게 그는 점차 자매의 외적인 감각*에서 벗어나 그들의 감각 안*으로 들어온다.

남편의 우아한 리드에 따라 몸을 뒤로 젖히며 춤을 추는 한 여성이 연주되는 노래를 입으로 따라 부르고 있다. 매주 화요일 밤 그들은 레지에서 1950년대 풍의 유행가에 맞춰 춤을 춘다. 이전에 레지는 베를린의 유흥업소였지만, 이제는 철거되어 사라져 버렸다.* 기억하는 노래 가사가 거의 없는 남편은 가끔 후렴구만 따라 중얼거린다. 반면 아내는 느린 폭스트롯 음악이 나올 때면 그의 팔에 기댄 채, 꿈속에서 속삭이듯 립싱크로 노래를 쭉 따라 부르는데 아직까지 그 가사를 전부 다 외우고 있다. 하지만 과거를 상기시키는 이 멜로디를 따라 부를 때 그녀의 생각은 누구를 향해 있을까? 그녀는 고집스럽게 머리를 흔들며, 재회에 대한 생각에 얼굴이 창백해져, 그들 주변을 맴돌고 있는 한 쌍에게서 시선을 돌려 싸늘한 강당의 구석진 곳을 바라본다. 공동의 회상이란 존재하지 않는 법이다.

화요일에 댄스홀 레지에서. 오직 대중의 것이고, 그들이 북적대야만 열기가 느껴지는 댄스홀이 이렇게 싸늘하게 텅 비어 있으니 얼마나 슬픈 일인가. 그들은 이제 더 이상 이곳에 오지 않는다. 실버 하우스에서 온 고독한 손님이 앉아 있는 테이블 쪽 기송관 우편 통로에서 바람이 새어 나왔다. 순간 그는 은밀히 '이게 설마 너를 여기서 삼켜 버리려고 지하에서 튀어 나온 어둠의 존재는 아니겠지' 하고 생각했다. 다음에는 기송관에서 보석함이 하나 튀어나왔다. 떨리는 손으로 열어 보니, 그 안에는 쪽지가 들어 있었다. 하지만 그 쪽지에는 노르웨이어인지 스웨덴어인지 알 수 없는 언어로 무언가가 적혀 있었다. 261번 테이블에서 온 것이었다. 261번 테이블에 가서 자신을 소개하거나, 아니면 테이블에 있는 전화로 연락을 해야만 했다. 하지만 스칸디나비아어로? 그는 그 언어를 전혀 모른다. 그 테이블 사람들은 신사숙녀로 구성된 스칸디나비아에서 온 단체 여행객으로, 우리의 훌륭한 유흥업소인 옛 레지를 다시 한 번 마음에 새기고자 온 것이었다. 그래서 그에게 한 장의 편지를 보낸 것이다. 하지만 그는 그 편지 내용을 전혀 이해할 수 없기에 자리에서 움직이지 않는다. 하지만 그로 인해 그가 기뻤던 것은 사실이다.

'초 지역에 있는 실버 하우스'에서 온 또 다른 신사는 이 기송관 우편을 통해 중년 여성 두 명이 앉아 있는 테이블의 한 자리를 차지하였다. 친구 사이인 이 여성들은 브릭스라는 곳에서 왔다. 그들은 우아하면서도 좀 더 젊어 보이도록 치장을 했고, 마른 다리에는 굽이 높은 부드러운 부츠를 신고 있었다. 당신은 그들이 거기서 누구를 낚았는지 이미 알고 있다. 또 다시 익살꾼을 낚은 것이다! 그러나 어쨌든 최근에 켐핀스키 무도회장에서 만난 무뚝뚝한 사무원이나 끊임없이 불평을 늘어놓던 포츠담에서 온 남자보다는 훨씬 낫다.

여기서 만난 이 남자는 분위기 메이커이며, 독일인 특유의 유쾌함을 지녔다. 그는 노소를 불문하고 모든 서클에서, 거의 모든 사무실, 가족 친지, 모든 단체 여행, 아니 이미 모든 학급에서 한 번쯤 만났을 그런 유형이다. 지금까지는 이러한 성격이 전적으로 남자들 사이에서만 널리 퍼져 있는데, 앞으로는 어쩌면 남성성과 남성적인 정복의 제스처만이 가질 수 있는 마지막 특권이자 완전히 쇠퇴한 특권이 될지도 모른다. 그렇다면 열성적인 익살꾼이 된다는 것은 슬픈 운명일 것이다. 그런 익살꾼을 정말 매력적이라고 생각하는 사람이 드물다 하더라도, 그가 미치는 영향력은 모임에서 그가 하는 천박한 농담이나 웃음으로 예상할 수 있는 것보다 늘 훨씬 더 대단하다. 우리는 소규모 모임에서 그가 갖는 활력소로서의 역할이나 그의 지위에 대해 한 번도 확신한 적이 없다. 우선 그는 소위 가장 진부한 타입의 아웃사이더를 보여 주려는 것처럼 보인다. 즉 그는 누구하고나 문제 없이 지낼 수 있는 유형이다. 그는 중앙으로 내몰린 사람이다. 그는 아주 심각한 고립 상황에서 벗어나 중앙에 자리를 잡게 된다. 이때 그는 도가 지나칠 정도로 바보같이 행동함으로써, 극히 비정상적이고 부족한 점투성이인 자신의 사교 관계를 보완해야만 한다. 그의 바보 같은 행동은 상대방의 호감을 자극하여, 곧바로 그들의 마음에 들게 된다. 그가 계속해서 모임을 흥겹게 하는 한, 이 익살꾼이 어떠한 결함에 시달리고 있는지 그리고 어디가 아픈지 아무도 묻지 않을 것이다. 하지만 그의 끊임없는 재담(才談)은 누군가가 소리를 지르거나 정신이 나가 말을 더듬는 것 못지않은 미친 행동이다. 단지 그런 재담은 상투어라는 틀 안에서 날뛰고 있기 때문에, 질서를 사랑하는 모임 어디에서나 허용될 뿐이다. 왜냐하면 웃음이란 늘 건강에 좋은 법이기 때문이다. 하지만 외부에서 좀 더 거리를 두고 이 남자를 관찰하는 누군가에게는 그런 행동이 정신 나간 모습으로 비쳐진다. 그런 것은 아무 쓸모 없는 실패한 행동에 불과하다. 그에게 이 남자는 별안간 전적으로 실패한 평범한 예술가로 여겨진다. 원맨쇼를 하고 있는 이 연예인은 인기를 끌기 위해, 우리의 고독을 가장 조잡한 방식으로 패러디한다. 이와 동시에 우리는 그가 익살에 대해 절망적인 강박 관념을 가지고 있음을 인식한다. 그리고 그가 얼마나 제정신이 아닌지도 느낀다. 때때로는 거의 두려움을 느낄 정도이다. 덧붙여 말하자면 그가 나서서 맡은 역할은 청중들이 갈망할 만한 것은 아니지만, 그렇다고 그들에게 금지할 만한 것도 아니다. 그들은 그와 같은 입장에 서고 싶어하지도 않지만, 그렇다고 그를 속여 이득을 취하고자 하지도 않는다. 누구나 다 그가 불쌍한 사람이라는 사실을 은밀히 통찰한다. 그래도 그는 때때로 다른 사람들을 위해 아주 중요한 임무를 떠맡는다. 가령 그는 이제 막 형성된 그룹 내에서 대체적으로 가장 먼저 눈에 띄는, 별난 사람이다. 달리 도리가 없다. 그는 확 눈에 띄어야만 하는 것이다. 하지만 그런 그를 사람들이 따르는 경우는 거의 없다. 그는 단지 익살을 떪으로써 모여 있는 사람들 모두가 한 사람의 말에 귀 기울일 수 있도록 준비시키는 것이다. 말하자면 여기서는 바보가 먼저 앞장 선 다음, 왕에게 행동할 것을 촉구하는 것이다. 신뢰할 만한 지도자는, 호언장담만 하고 분위기는 고조시키지만 심각한 상황에서는 분명 아무런 지시도 할 수 없는 그런 사람과 자신을 대비해 스스로를 부각시킨다.

지금 레지에 있는 나이 든 익살꾼은 혼자 떠들기를 좋아하는 타입으로, 해학가인 동시에 자기를 떠벌리는 허풍쟁이이다. 그는 사람들이 나이가 들어 자신과 함께한다면 틀림없이 지루하지 않을 것이라고 떠벌린다. 마치 작은 무대에서 하는 것처럼 그렇게 이두 여성을 즐겁게 해 준다. 그리고 그들에게 자신이 실버 하우스에 살고 있긴 하지만, 사업가로서 때때로 서독으로 여행을 간다는 것과 그곳에서 자신이 겪은 일을 모두 이야기한다. 최근 그는 프랑크푸르트의 은행가에서 두들겨 맞았다고 한다. 그것도 예순여덟 살이나 먹은 자신이 말이다. 하지만 그는 **예전에** 유도를 배워 놓았기에, **항상** 자신을 방어할 수 있었다. 이번에도 마찬가지였다. 이미 그가 바닥에 쓰러져 있을 때, 그놈들이 자신의 허벅지를 짓밟으며 "이렇게 허벅지 위를 뛰어다니니 재미있네" 하고 외쳤다. 바로 그때 그가 당수를 날리자, 그 중 한 놈이 대자로 쓰러졌다. "그러고 나서 나는 코를 한 방 얻어맞았죠. 이런 이야기로 내코 모양에 대해 변명하려는 것은 절대 아닙니다. 그리고 이 눈물주머니도 내가 두들겨 맞기 전부터 있었답니다." 그가 지나치게 자기 자신의 이야기에 몰두하며 항상 '나' 라는 말로 자신의 이야기를 시작하는 것은, 한물간 볼품없는 오락 프로그램 사회자에게서나 볼 수 있는 나쁜 버릇이다. 이 사업가는 지금 그런 사회자를 연상시키기에, 두 여성은 잠시 머뭇거린 뒤 조금 당황해하면서도 호의적인 태도로 키득거리며 웃을 수 있었다. 그리고 그가 끈기 있게 계속해서 만담을 늘어놓자, 지금 전개되는 이야기가 그 자신이 만든 프로그램이 결코 아니라는 사실이 점점 더 명백해졌다.

심지어 '나'라는 사람조차 그가 아니었다. 오히려 '나'라는 사람은 그가 흉내 내야 했던 어떤 연예인의 모습에 불과했다. 그 연예인은 텔레비전에서 본 사람은 아니었다. 아니 그의 어투는 훨씬 이전의 것이었다. 어쩌면 그 사람은 그가 위험에 처했을 때 처음이자 마지막으로 경험했던 어떤 일선 장병 위문 공연단의 만담가였는지도 모른다. 그때 **한 번** 그 사람의 만담을 들은 후, 그는 레코드판처럼 **줄곧** 같은 레퍼토리를 늘어놓고 있었던 것이다. 그가 이 만담꾼의 **기술**을 자기 것으로 만들었기 때문에, 그와 유사한 만담을 독자적으로 만들어 내는 것은 그리 어렵지 않았다. 그래서 그가 자신의 생애에서 임기응변으로 방어해 내지 못할 공격이란 지금까지 거의 없었던 것이다. 자신이 한 그 밖의 다른 모든 말과 달리, 거짓말처럼 들린 가벼운 말 한마디로 갑자기 분열이 일어나고 일인이역이 번개처럼 생겨난다. 다시 말해 그는 프랑크푸르트에서 두 사람, 즉 "나와 내 대변자"로 나뉘어 사업차 여행을 했다는 것이다. 택시 승강장에서 그는 그의 대변자가 택시를 먼저 타고 가도록 했고, 그 자신이 다음 택시를 기다리는 동안 바로 습격을 당한 것이다. 이 말을 믿는 사람은 행복할지니. 두 여성은 그렇게 온화한 미소를 지었다.

맞은편 건물 4층 사무실에 한밤중까지 불이 환하게 켜져 있다. 오늘 이곳에서 생일 파티가 열린다. 보통 때는 서류와 컴퓨터로 만든 도표들을 뾰족한 손가락으로 서로에게 건네던 직원들이, 지금은 서로의 품에 안긴 채 함께 비틀거리거나 아니면 아직까지 나쁜 사무실 공기로 가득 차 있는 좁은 공간에서 춤을 춘다.

•

정확히 1년 전과 똑같이 오늘 또 다시 맞은편 건물 4층 사무실에서 생일 파티가 열린다. 하필이면 아침 일찍 또 다시 짜증스럽게 일하게 될 자신의 사무실에서 어떻게 새벽 한 시까지 술 마시며 어슬렁거릴 수 있을까? 아니 바로 그 때문에 그렇게 하는 것이다! 사람들은 평소에 깨끗한 도표들을 주고받는 바로 그 책상 위를 한 번 마음껏 더럽히고 싶은 것이다.

딴 데로 돌린 시선이 마음속을 파고든다. 한 카페에서 젊은 여자가 편지를 쓰고 있다. 그녀가 때때로 위를 올려다볼 때, 우연히도 내가 그녀가 바라보는 방향에 앉아 있다. 그녀가 곰곰이 생각하기 위해 머리를 들면, 그녀가 생각을 정리하는 곳에 내 눈이 자리하고 있어 그녀는 내 안경을 바라보게 된다.

우리 두 남녀가 얼굴에 미소를 지으면, 표면적으로는 아직까지 똑같은 기회를 가지고 있다. 그러나 그 속에는 육체의 불평등이 존재해 있어서 불화의 요인이 된다. 그래도 미소는 말 없는 우리의 육체가 지닌 최고의 사회적 성과이다.

그때 나는 이 젊은 여자를 만났다. 그녀의 아름다움이 좀 버거워서, 나는 종종 시선을 옆으로 돌리거나 아니면 내 손을 바라보았다. 나는 그녀가 말하게 내버려 두었고 그러면 금방 세 시간이 흘러가곤 했다. 그녀의 말에 귀 기울여 듣다 보니, 그녀가 얼마나 단순하고 응석받이인지 그리고 자신의 미숙한 생각들을 생기발랄하고 순수하게 펼치고는 있지만 사실은 그에 대해 아는 바가 전혀 없다는 것을 알 수 있었다. 나는 이 세상에서 아름다운 스무 살짜리 처녀의 관심을 가장 많이 끄는 것이, 그녀 자신의 판단과 이리저리 흔들리는 알 수 없는 그녀의 마음이라는 사실을 알게 되었다. "지난주 들어 갑자기 아무 이유 없이 자의식이 엄청나게 강해졌어요"라고 그녀는 말한다. 어제도 그녀는 혼자서 노래를 흥얼거리며 슈퍼마켓으로 들어갔다. 나는 거의 스무 살이나 어린 이 젊은 여성을 완두콩 위에 있는 어린 공주처럼 바라본다. 그녀를 향해 고개를 끄덕이고 힘없이 미소를 지으면서도, 단지 그녀의 순결을 빼앗고 싶다는 생각만 한다. 그러나 이 처녀가 세상 물정을 잘 모르기는 하지만, 그래도 '자의식'이라는 번쩍이는 비늘 갑옷은 그녀를 온갖 유혹과 외부의 영향 그리고 남자에게 홀딱 반하는 것으로부터 지켜 준다. 그래서 남의 말에 거의 귀 기울이지 않는 이 여자는 어느 누구에게도 종속되지 않는다. 이 나이에는 호기심에서 수준 높은 의식을 지녀야 한다는 생각에 혹할 수 있다. 하지만 자기 자신에게서 이미 충분히 즐거움을 발견하는 사람은 탐욕이 가미된 그런 호기심을 갖지 않는다. 그녀는 영화관에 가서 재미있는 영화만 본다. 그녀가 원하는 직업은 영화감독이다. 아니면 어떤 직업이든 상관없이 지위만 높으면 된다. 그녀를 보고 있으면, 부뉴엘의 영화에 나오는 차갑고 순수한 여자가 떠오른다. 하지만 그녀는 이렇게 말한다. "부뉴엘? 처음 듣는데요."

그녀가 내게 전화했을 때, 나는 그녀 자신이 전혀 부끄러워할 필요가 없는 어떤 특별한 점이 그녀에게 있다는 사실을 분명히 엿들을 수 있었다. 전화선의 다른 쪽 끝에서 터져 나오는 밝은 웃음이, '네가 나를 본다면, 틀림없이 너는 나와의 만남을 거절할 수 없을 거야……' 라는 그녀의 생각을 분명히 말해 주고 있었다. 목소리만 들어도 그 사람이 비방받는 사람인지 위축된 사람인지 아니면 응석받이인지 구애받는 사람인지 왜 모르겠는가? 나는 그녀가 자신이 열네 살 때 간절한 소망을 가졌고 그것을 기록해 두었다는 사실을 말한 것을 기억하고 있다. 그것은 잠자기 전에 읽어주는 동화 비슷한 내용이었다. 거기에서 그녀는 "내가 아닌 엄청나게 멋진 소녀로 등장했어요. 모든 사내아이들이 정말 먹음직하다(!)*라고 생각할 정도로 아주 멋진 소녀였지요……" 실언이라고? '흥분시키는(aufregend)', '매력적인(reizend)', '벌리다(aufreiβen)' 라는 단어가 뒤섞인 거라고?* 갑자기 실언이라는 틈을 통해 그녀의 처녀성을 들여다보았다는 느낌이 들었다. 나는 무슨 말이든 해야 했다. 그래서 "당신은 예쁘니까 정말 그런 꿈은 꿀 필요도 없어요"라는 바보 같은 칭찬의 말이 내 입에서 흘러나왔다. 그 말을 하면서 나는 얼굴이 빨개졌다. 그녀는 내가 말한 것을 제대로 이해하지 못한 듯이 보였다. 아니면 음탕한 생각으로 인해 당황한 내 얼굴을 보았는지, 그녀는 이 말을 은근슬쩍 재빨리 넘어갔다. 마지막에 그녀는 나에게 스케이트를 함께 타자고 제안했다. 나는 이 제안을 기꺼이 수락했다. 왜냐하면 그녀를 다시 만나고 싶었기 때문이다. 하지만 지금은 스케이트를 타서는 안 된다는 것을 잘 알고 있다. 스케이트를 타다가 넘어져서, 다섯 명의 아이들이 내 팔을 붙잡고 빙판 밖으로 끌고 나간 사건이 일어난 지 얼마 안 되었던 것이다.

올해 4월 말은 해가 난 날이 많아서인지 벌써 여름처럼 따뜻하다. 부동산업자들이 4월인데도 벌써부터 선탠을 한 여성들과 함께 술집으로 들어온다. 엉덩이가 예쁜 여자를 동반한 한 남자가 약간 떨어져 있는 구석진 자리의 테이블로 가서 앉는다. 그는 그녀의 외투를 내 의자 뒤의 옷걸이에 건다. 자기 자리로 돌아가던 그가 커플들의 세계에서 곁탁자에 홀로 앉아 있는 나에게 나지막이 이렇게 말한다. "그녀의 외투 좀 봐 주세요!" 그러니까 이 사람 눈에는 내가 외투나 지키는 사람으로 보이는 모양이다! 사람들이 감히 나를 이 부패한 집단, 이 조직의 옷 보관소에서 옷이나 지키는 사람으로 규정하다니. 게다가 크리스타 칼리피고스라는 '존경스러울' 정도로 평범한 미인과 친밀한 관계를 맺어 주며, 마치 나에게 봄의 행복과 같은 빵·부스러기라도 선사한다고 생각하다니. 그녀는 검정색 중에서도 가장 새까만 밍크코트를 입고 있다.

어머니와 딸 그리고 딸의 직장 동료가 저녁 식사를 하는 중에, 그들이 먹는 것에 전혀 즐거움을 느끼지 못하면서도 왜 그렇게 과도한 식탐을 버릴 수 없는지 그 이유를 밝혀 내려고 한다. 딸은 자기 자신도 달리 방도가 없다고 설명한다. 여덟 시간 동안 사무실에 앉아 있고, 저녁에는 너무 피곤해서 걸을 수도 없다는 것이다. 그러고 나서는 먹게 되고, 텔레비전을 본 다음에 또 다시 먹게 된다는 것이다. "군것질을 하는 거지! 어쩌겠어. 평범한 삶이 다 그런 거지." 한번은 그녀와 그녀의 옆자리에서 일하는 여자 직장 동료가 둘이서 같이 요양을 한 적이 있었다. 그때 운동도 많이 하고 다이어트도 했지만, 1년이 채 못 되어 모든 게 허사가 되었다고 한다. "어쩔 수 없지. 평범한 삶이란 다 그런 거니까." 그들은 그렇게 많이 먹어서는 안 된다는 것을 잘 알면서도, 항상 지나치게 많이 먹는다. "병은 없냐고? 그래, 병도 있어. 발과 심장에 말이야. 운동을 너무 하지 않아서 생긴 거야." (동사무소에서 일하는) 옆자리의 직장 동료가 1년 전에 담석증 수술을 받아서 담석을 빼내긴 했지만, 그것이 음식을 많이 먹어서 생긴 것은 아닐 거라고 말한다. 그렇지 않다면 그녀는 그것에 대해 불평할 수 없을 것이다. "어딘가에 앉으면 벌써 먹기 시작해. 어쩌겠어. '절반만 먹자' 하고 늘 결심은 하지만, 언제나 참는 것이 문제야. 저녁에 집에 돌아오면, 부모님은 열심히 식사를 하고 계셔. 그러면 나는 식탁에 앉고 싶지도 않고, 아무것도 먹을 수가 없어. 그러면 부모님이 '좀 먹어 보렴, 건강에 좋아. 맛도 좋고. 빨리 먹지 않으면 남는 건 아무것도 없을걸' 하고 말하시지. 만일 내가 혼자 산다면, 내 몸무게를 이전에 요양할 때의 몸무게인 70킬로그램 — 그때는 다이어트 중이었으니까 — 이하로 줄일 수 있을 거라고 말하고 싶어. 하지만 집이나 이곳에서 너희와 함께 지낸다면 그건 무리겠지. 어머니 말은 이래. '참는다는 것은 정말 어려운 일일 게야. 한 번, 두 번은 참을 수도 있겠지. 하지만 끝까지 견뎌 낸다는 것은!'"

식사하는 동안 그들이 끊임없이 자신을 학대해 가며 폭식의 해악에 대해 이렇게 이야기하는 것을 들을 수 있다. 비사교적인 생활공간 속에서 숨어 지내고, 일방적이면서도 어리석은 미(美)의 이상 때문에 괴로워하는 데다 주위의 많은 빼빼 마른 사람들로부터 조소를 받는 그들은 수상쩍은 다이어트 의학이라는 이름 아래 의사들에게까지 저주를 받고 있다. 그리하여 이 뚱뚱한 여성 대식가들에게는 성대하다든지 엄청나다고 부를 수 있는 모든 것들이 사라져 버린다. 그들이 무절제하게 마구 먹고 마셔 대기는 하지만, 그것에 대해 자랑스러워하거나 당당해하지도 않는다. 그들은 금지된 것을 몰래 손에 넣고, 잔뜩 움츠린 자세로 자제력을 잃고 있다. 비만한 몸으로 똑바로 당당히 서서, 쾌락과 자부심이 한눈에 함께 드러나는 쫙 벌어진 체형을 보여 주는 대신, 자신의 책상에 쪼그리고 앉아 스스로를 멸시한다. 이러한 자기 경멸은 때때로 갑자기 생겨나는 무관심에 의해서만 중단될 뿐이다. 예를 들면 그들이 경단을 자기 접시 위에 굴리면서, "아, 뭐 어때"라고 말하며 어깨를 으쓱한다. 경단은 정말 맛있다. 그렇다고 그것이 즐거움을 주지는 못한다.

무대 의상 디자이너인 L씨는 뉴욕과 도쿄 여행에 대해 이야기한다. 하지만 그녀가 진짜 궁금해하는 것은, 예술 활동을 하는 여성들이 그들의 창조적인 능력('창조성')을 어디에서 끌어내는가이다. 그녀의 어머니는 스물두 살에 첫 아이를 가졌다고 한다. 어머니의 말에 따르면 출산이 자신*의 유년 시절을 훔쳐 가서 흔적도 없이 지워 버렸다는 것이다. 그때부터 그녀는 관공서에 가거나 장을 보러 갈 때 더 이상 소심해하지 않았다고 한다. 하지만 애를 낳기 전에는 낯선 권력 앞에서 소심해졌고, 결혼 후에도 판매원과 마주 서 있기만 해도 어린 소녀처럼 변했다. 물론 지금은 판매원들이 그 당시처럼 탐욕을 노골적으로 드러내는 시장 점포들의 특성을 거의 가지고 있지 않지만 말이다. 그러나 그녀에게 있어 가게 카운터 **뒤**의 남자들은 모두 실질적인 소유주이자, 무언가를 구걸해야 하는 권력자였다. 그녀는 계산을 할 때마다 자신이 사무실에서 일한 대가로 받은 객관적이고 유동적인 교환 수단을 지불한다는 느낌을 받는 것이 아니라, 절약해서 모아 놓은 소중한 보물을 내놓는 듯한 느낌을 받았다.

그랬던 그녀가 아이를 낳으면서 그런 무능함에서 순식간에 해방되었다. 하지만 어머니가 노년에 딸인 L에게 솔직히 고백했듯이, 그 아이는 그녀 자신의 유년기를 빼앗아가 버리기도 했다.

하지만 지금 L은 유년기를 **빼앗긴다**는 것은 회상의 온상이 파괴됨을 의미한다고 말한다. 그리고 회상이 없으면 창조성도 없다고 말한다. 나는 그 자리에서는 아무 말도 하지 못했다. 하지만 L의 비논리적인 추론은 좀 더 긴 추측을 하기 위한 출발점이었고, 잠시 동안 나는 그러한 생각에서 벗어나질 못했다. 여자들이 (그들이 항상 어머니들이었던가?) 나에게 자신들이 유년기에 체험한 어떤 일에 대해 이야기할 때면, 지나칠 정도로 불쾌해지고 답답한 마음에 지루해지기까지 하던 기억이 떠올랐다. 일반적으로 그녀들의 이야기는 분명하지 않았고, 그렇다고 생생한 것도 아니었다.

게다가 거기에는 무엇보다도 한 인간이 상실했던 뭔가를 상기할 때 뒤따르는 열망이 결여되어 있었다. 듣는 이가 그 이야기를 하는 사람 **전반**에 관심을 가지려면, 화자의 회상에 흥분이라든지 핵심을 찌르는 비통한 요소가 담겨 있어야 하는데 그런 면이 결여되었던 것이다. 왜냐하면 듣는 이는 낯선 과거에서 비롯되는 덧없고 감상적인 시시콜콜한 이야기에는 거의 공감하기 어렵기 때문이다. 내 앞에서 과거를 회상한 여자들은 어떤 상실감에 빠져 회상을 한 것이 아니었다. 그들이 빠르고 정확하게 이런저런 과거지사들을 기억해 냈을 수는 있다. 그래, 그것은 어쩌면 이런 것인지도 몰랐다. 그 여자들은 무언가에 **대해** 회상했지만, 진정한 의미에서 그것을 기억해 내거나 떠올린 것은 아니었다. 그럴 때면 그것은 진부하기 그지없는 한낱 일화에 지나지 않을 뿐이었다. 그런 이야기에는 어떤 흥분된 감정도, 기억의 배경이나 흐름도 존재하지 않았다.

정말 여성들에게서는 회상이 갖는 힘이 파괴된 것일까? 그리고 그렇게 된 것이 정말 태어난 아이들 때문이었을까?

남자들이 나이가 들고 성숙해지면 어느 정도 큰 회상 능력을 축적하게 되는 반면, 여성들은 기억으로 떠오르는 것이 매우 적은 듯이 보였다. 전통적인 가정에서는 아이들의 양육에 관련된 대부분의 일이 여성들의 몫이었다. 그러한 가정에서 여성의 시선은 일반적으로 앞을 향해 있었으며, 온 사방에서 그녀에게 과도한 헌신을 요구하였다. 하지만 이것은 그사이에 일어난 사회생활의 변화로 인해 비난받을 만큼 받았고, 부분적으로 지양되기도 했다. 물론 특정한 심정적 요구와 뿌리 깊은 편견이 사회생활의 변화 속도만큼 그리 신속하게 개선된 것은 아니다. 헌신적인 여성은 기억을 상실할 수밖에 없는 여성이기도 했다. 단지 이기주의자들만이 기억을 잘한다. 남자가 어린아이 때문에 자신의 유년기를 침해받는 경우는 전혀 없다. 남자가 가장 훌륭한 자기 성찰의 도구로 삼는 것은 틀림없이 딸보다는 아들이다. 내 아버지가 아들인 나에게 유별난 열정을 가지고 당신의 이전 기억들과 잃어버린 시간들을 반강제적으로 심어 주려 한 기억이 아직도 생생하다. 그는 나에게 들려준 **자신의** 청소년기 이야기들을 내가 아직도 기억하고 있는지 확인했다. 나는 **그가** 노 젓는 배를 형제들과 함께 어떻게 만들었는지, 그리고 그가 처음으로 술에 취해 집에 들어온 날 엄격한 아버지께서 **그를** 어떻게 맞이했는지를 그에게 이야기해야만 했다. 그것은 명백히 권위적인 회상이었다. 이것을 통해 나는 내 아버지가 나를 배려와 일상적 신뢰라는 어머니의 영역으로부터 빼내려 한다는 것을 자주 느끼곤 했다. 나는 그와 함께 **그의** 과거로 되돌아가야 했다. 그의 생각에 따르면 우리 둘 다 그때가 더 행복했다는 것이다. 그의 회상은 다정하거나 차분한 적이 거의 없었고, 대개는 반항적이었다. 기억은 그가 감당할 수 있는 것보다 더 강하게 몰려왔다. 그것은 존재했던 것이, 모든 기대를 어떤 방식으로든 끝장냈던, 숨 막히고 황폐해 있으며 노후한 삶의 사슬에 맞서 저항하는 상황이었다. 이러한 저항은 그를 둘러싸고 있는 상황을 거부하는, 명백히 수구적인 행위로 이어졌다. 그리고 아무것도 모르는 이 아이는 지배하려는 열정을 지닌 아버지의 회상에 의해 일찍이, 그것도 너무나도 일찍이 실제 현실에 들어 있는 본질적인 결핍과 이러한 현실에 대한 비판을 알게 되었다. 이 아이가 이러한 여러 가지 유혹들을 이제야 겨우 이해하기 시작했는데도 말이다. 그리고 그는 이러한 현실에 맞서 창조적으로 활동하기 위해서는, 현실에 동의하지 않으면서 현실에 있는 결핍을 인식하는 힘이 필요하다는 것도 알게 되었다. 감상적인 비판의 근원에는 동경과 회상, 희망과 향수가 작열하는 불빛 한가운데에 함께 녹아들어가 있었다. 그러한 열기를 식히는 이성이 사회 계몽적 전망이라는 요소들과 반이성적이고 '병적인' 귀환 욕구를 서로 분리한 것은 그 후의 일이었다. 그것은 어쩌면 결코 진정한 분리가 아닐지도 모른다.

그래서 정말 회상은 남성적인 창의성을 발휘할 수 있는 기술일 뿐만 아니라, 가정에서는 남성적인 지배를 사전에 굳힐 수 있는 특권이기도 했다. 가문의 정신을 가장 먼저 보여 준 것도 아버지였다.

하지만 아이에게 가장 먼저 시간에 대한 이해를 넓혀 주면서, 옛날이야기를 술술 해 주던 이야기꾼인 할머니라는 존재가 그렇게나 많은 삶의 이야기 속에 들어 있지 않은가? 과거를 회상하던 사람들은 할머니들이 아니었던가? 핵가족에서 자란 우리들 중 극소수만이 옛날이야기를 해 주던 할머니와 함께 살았다는 사실을 제쳐 두더라도, 그들이 들려준 이야기들은 분명 있었다. 그 중에는 그들이 직접 체험한 이야기보다는 전래된 이야기가 더 많았다. 하지만 거기에는 주관적인 강조, 고통과 더불어 생겨난 그 '병적인' 열정이 빠져 있었다. 하지만 '한창 시절' 아버지의 회상에는 그러한 열정이 담겨 있었다.

L씨는 말한다. 지금도 어머니와 이모―둘 다 일흔 살이 넘었고, 각자의 남편이 죽은 후 지금은 다시 함께 살고 있다―의 이야기를 들어 보면 말이죠, 그들이 소녀 시절에 대해 기억하고 있는 것이 뭔지 아세요? 모로 만든 양말이 얼마나 간지러운지, 휴가를 어디에서 가장 잘 보냈는지 하는 따위의 이야기예요. 하지만 그들은 곧 그 일이 일어난 것이 이 고모 집이었는지 저 고모 집이었는지를 두고 싸우기 시작해요. 그들은 이야기를 할 줄 모른다니까요. 그때라는 과거는 그들의 삶의 토대가 아닌 거죠. 기억이라는 게 고작 모직 양말 앞쪽 뾰족한 끝이나 양말 고무줄만 붙잡고 있는 것에 불과하죠. 그곳에서는 성애(性愛)라는 대륙 전체가 떨어져 나가, 냉동 포장되어 바다 속으로 가라앉게 됩니다.

여자에게는 '마지막 책'이라는 것이 존재하지 않는다. 여자에게는 '행복한 날들'이 있을 뿐이다. 영원은 여성의 제국이다. 비록 세상에서 보낸 시간이 아직 인생의 절반밖에 되지 않을지라도, 여자들은 "또 멋진 하루였어!"라고 말한다.

전에는 그러했다. 어머니들이 회상하기 시작한다면, 미래는 과연 어떤 모습일까?

피나 바우쉬. 순결의 전설. 이 무용극단은 절망이 분명하게 드러날 때까지 약간 피상적일지는 몰라도 단조로운 공연을 한다. 이 공연은 소위 인간에게 아직 남아 있는 가장 자연스러운 영역인 순수하게 짝짓는 행동조차도 위선적인 장난과 형식들, 프로그램과 양식들, 즉 **사회적인 것**으로 넘쳐난다는 것을 보여 준다. 늘 극도로 예민해져 있는 사람은 만족할 줄을 모른다.

인간의 성애라는 것은 시시포스의 작업이며, 성교 불능자의 꿈이다. 인간의 성애는 **자연**의 절정에 도달하기 위해 끊임없이 노력한다. 우리는 화해를 약속하는 힘에 의해 그러한 절정으로 끌어올려진다. 그러나 결핍의 존재라고 할 수 있는 인간에게 최고의 자연스러움을 체험하는 것은 허락되지 않는다. 인간은 결코 그 절정에 도달하지 못한다. 아니면 오르가슴으로 의식이 혼미해지는 그 짧은 30초 동안 그것을 체험할 수 있는가? 만일 대부분의 시간처럼 행복한 실신 상태에 이르지 못하고, 환희의 순간마저도 목표 지점에 2센티미터쯤 못 미칠 정도로 밋밋하게 된다면? 행복은 척도와 가치 등급을 창조하고, 상대적인 것은 항상 현장에 있으며, 진정한 절정을 인정하지 않는다. 그래서 옛말에 따르면 모든 동침 후에는 우리를 조롱하는 악마의 요란한 웃음소리가 터져 나오는 것이다.

아니다. 우리가 아무리 —사랑의 영역 밖에서! —자유롭게 행동한다 할지라도, 우리는 항상 사회적인 인간으로 남아 있을 것이고, **섹스를 하는** 동안에도 일련의 '문명화된 상품'*을 생산해 낼 것이다. 사랑의 기술 또는 섹스의 즐거움. 우리는 가치나 규칙 또는 문화 전체, 즉 형식들에서 벗어나지 못한다. 따라서 완벽한 격식을 의식하면서 섹스를 하는 것이 순수한 성애를 막무가내로 동경하며 섹스를 부담스럽게 만드는 것보다 훨씬 더 만족스러울 것이다. 그러한 **순수한** 성애가 사랑 그 자체를 실현할 수 있는 곳이란 오직 광기라는 이미지 속뿐이다.

　한 캄보디아인이 크메르 공산군에 의해 처형되기 전 아내에게 보낸 편지:

　"당신을 사랑하오. 하지만 당신은 이것을 결코 알 수 없을 것입니다.

　왜냐하면 당신은 별이고, 나는 단지 으스러져 죽을 하찮은 인간에 불과하니까요."

　왜냐하면 먼지는 어둡고, 운명은 나에게 당신의 사랑에 어울리게 죽어 가는 용감한 전사의 자부심을 거부하니까요. 내 집에서 체포된 나는 너무나 보잘것없는 무의미한 희생자이기에, 당신은 나를 쭉 늘어선 희생자들 사이에서 다시 찾아 내지조차 못할 것입니다. 당신의 남편인 내가 그런 익명의 남자이고, 살인 기계인 적들에 의해 무차별적으로 체포된 사람이라는 사실이 부끄럽소. 우리의 위대하고도 끝없는 사랑 이야기에 있어서 나의 죽음은 돌이킬 수 없는 안타까운 잘못입니다. 살아남은 당신이 내 머리 위, 저 손 닿을 수 없는 높은 하늘 위에 떠 있구려. 보잘것없는 존재이자 하찮은 인간인 나에게 당신은 하늘의 별처럼 보입니다. 그 별은 이 하찮은 존재의 사랑을 결코 알 수 없을 것입니다. 하지만 그 사랑은 영원하답니다. 왜냐하면 이 편지가 한 남자의 마지막 말이라는 전능한 힘을 가지고 있으니까요.

뇌종양으로 죽게 될 한 가정주부를 다룬 영화 이야기이다. 유명 여배우가 연기한 이 암 환자 이야기는 감정이 북받쳐 오르도록 그냥 내버려 둔다. 그리고 감정 결핍으로 인해 형성된 의식이라는 익숙한 효과를 사용하지도 않으며, 사회적인 치료가 필요하다며 배려를 가장한 어떤 비방도 하지 않는다. 이 영화에서 포기된 것들은, 사실 미학적 윤리의 측면과 표현의 측면에서 한물간 지 오래된 텔레비전 영화들을 통해 우리가 익히 잘 알고 있는 것들이다. 이러한 텔레비전 영화에서는 인간의 가장 큰 재난마저도 '그것의 사회적 원인을 묻는 질문'이라는 바늘귀 속으로 짓눌려 들어가서는 실처럼 가느다란 위안만 받고 끝나 버린다. 이와는 달리 앞의 영화에서는 우리로부터 감정의 직접적인 수고를 덜어 줄 어떤 사건도 일어나지 않았다. 병을 소재로 하는 이 영화는, 희망이라는 잔인한 속임수와 더불어 재앙과 숙명이라는 거의 고대적인 특성을 정면에서 벌어지는 침묵의 움직임 속에서 펼쳐 보여 주었다. 이 무명 드라마는 스웨덴의 평범한 가정에 속하는 의지할 데 없는 인물들에게 공포의 가면을 눌러 씌웠다. 하지만 여기에서 특이한 점은 이와 같은 **관객**의 충격과 공포 그리고 두려움이 성적인 감정을 가로막고 있는 것처럼 느껴진다는 사실이다. 아니면 정반대로 이것이 아주 성적인 것을 함축하고 있다고 해야 할까? 관객으로서 우리는 한 사람이 고통스러운 자기 육체의 소멸 과정을 어떻게 거치면서 죽어 가는지를, 즉 그 눈물과 감동, 심층적인 것의 충족과 최후를 함께 체험한다. 이것이 바로 우리가 격한 포옹에서 기대하는 것인 동시에 성애의 진정한 **정신**이며 또한 쾌락의 슬픔이 아닐까? 하지만 우리에게 이와 같이 강력한 감동을 줄 수 있는 것은 오직 고통뿐이다. 우리의 관심을 이보다 훨씬 더 표면적으로만 끌고 있는 기쁨은 그러한 감동을 결코 주지 못한다. 타인의 죽음, 불쌍하고 순수하며 일상적인 죽음은 우리의 온 마음을 요구한다. 우리는 동정심을 느끼며 이 사람을 욕망하고, 동정심을 느끼는 가운데 발기한다. 그는 죽고, 우리는 고통과 반항 그리고 매장의 오르가슴을 체험한다.

진정으로 위대한 모든 감정은 죽음에 대해 이와 같이 느끼는 핵심적인 감정에서 발현되는 것처럼 보인다. 행복조차도 이것이 위에서 내려오는 것이 아니라는 사실을 느낄 때에만 가치가 있다. 행복은 우리를 진동하는 허공 너머로 두 발짝 끌어올려 준다.

'사다와 기치조, 우리 두 사람 영원히' : 이것은 오시마 감독의 영화 「감각의 제국」의 등장인물인 창녀 사다가 자신이 살해한 애인의 왼쪽 허벅지에 새겨 놓은 글자이다. 그녀는 사랑하는 마음에서 그를 목 졸라 죽인 뒤, 그의 성기와 고환을 잘라 냈다. 그 후 그녀는 나흘 동안 정신착란적인 황홀감에 빠져, 자기 주인의 성기를 목에 두르고 도쿄를 배회한다. 이 위대한 이야기의 제목은 '우리 두 사람 영원히'이다. 이 이야기가 장식적인 줄거리도 없이 우리를 극단적인 사랑의 밀실에 가두어 놓는 만큼, 이 제목은 적합하다. 이 극단적인 사랑은 자의적인 소비와 가정에서 경험하는 좌절 사이를 오가며 항상 자신의 본성으로부터 도피하는 우리의 타락한 성애에 대하여 쾌락의 엄격한 교훈을 전달한다. 장소와 시간, 신분을 초월하는 사랑이라는 고립 상태에 빠진 창녀 사다와 요정 주인 기치조는 우리 모두에게 언젠가 사랑에 빠졌던 초창기의 시간, 1라운드의 무한한 약속을 상기시켜 준다. 사실 이 영화에서 극단적으로 나타나는 것은 위대한 만남의 황홀한 첫 순간으로서 우리 모두에게 익히 잘 알려져 있다. 다시 말해 그것은 배타적인 태도이며, 절제되어 돌아가고 있는 일상과 노동에 맞선 본원적인 비사회적 반항, 즉 무아 상태에서 이루어지는 반항이다. 영구히 잠복해 있는 사랑하는 육체와 시간을 앗아가는 욕망은 일상과 노동의 세계에서 태업을 행한다. 그러나 1라운드가 지나고 나면, 열정적인 사랑에 빠진 사람들 중 대부분은 이미 최고의 중독 상태에서 벗어나 있다. 뒤따르는 것은 열정의 감소뿐이다. 도취 상태는 사라지고 사회적인 삶에 대한 순응이 일어난다. 그럼에도 불구하고 이러한 도취 상태를 만들어 낸 것은 사실 사회적인 삶이다. 이것은 또 다른 사회적 삶의 조각을 단단히 묶어 두기 위해 열정이라는 반사회적인 미끼를 사용한 것이다. 하지만 「감각의 제국」에서는 물리적 마찰을 통해 항상 새로운 욕망의 전류를 생산하는 일종의 발전기와, 성장과 인상 그리고 폭등 외에는 아무것도 모르는 쾌락의 구성주의가 지배하고 있다. 그것은 비사회적이고 비밀스러운 의식(儀式)으로 남아 있다. 거기에는 경박한 유희나 회상 그리고 감각적 자극에 대한 반어는 들어 있지 않다. 설령 끊임없는 욕망의 권력 때문에 기치조가 처음에 자주 웃어야 하고, 성적 욕망으로 인해 히죽거리는 **익숙한** 웃음이 마지막까지 사다의 입가를 떠나지 않을지라도 말이다. 이 고립된 쾌락의 감옥에는 타락도, 외부의 저항으로 인한 마찰도, 또 다른 기분 전환의 오점이나 생물학도, 마지막으로 식사와 꿈과 노동도 존재하지 않는다. 다시 말해 여기에서 성적 교류의 순수주의는 총체적인 성향을 띤다. 지구상의 어떤 다른 생물도 그러한 성적인 낭비와 성적인 자율성에 대해 자연적인 성향을 지니고 있지 않기 때문에, 이 영화는 인간이라는 종족이 가진 근본적인 딜레마를 다루는 기초적인 교훈극이기도 하다. 왜냐하면 이미 말한 것처럼, 항구적으로 지속되는 쾌락에 대한 욕망은 감각의 구성물에 불과하며, 실제로 무한히 반복적으로 사랑을 한다 하더라도 여전히 만족을 얻을 수 있는 그런 안정된 체계를 생산해 내지 못하기 때문이다. 여기에서도 종결은 모든 사물의 동력이다. 사랑과 욕망이 무절제하게 절망적인 상황으로 치닫기 때문에, 감각의 노획물을 남김없이 먹어 치우는 죽음만이 최후의 절정으로 남아 있는 것처럼 여겨지기도 한다. 그러나 사실은 이 죽음이 이미 사랑과 욕망 사이에서 일어나는 첫 번째 압도적인 감정의 체험이다. 그리고 (시간이 지나면서 사회적인 질서에 편입되거나 약해지는 사랑과는 달리) 극단적인 사랑이 보여 주는 소비의 본질은 다름 아닌 첫 순간을 거침없이 충실하게 실현하는 데 있다.

또한 사다와 기치조는 오랫동안 함께했음에도 불구하고, 서로를 결코 이전보다 더 닮아 가지는 않는다. 두 사람 모두에게 욕망의 순수함이 침해받지 않고 남아 있었지만, 결국에 가서는 여자의 사랑이 더 강력한 것처럼 보인다. 그 사랑이 이기적이고 복수심에

찬 승리나 광란의 승리 같은 것은 아니더라도 말이다. 행복했던 마지막 순간 남자를 목 졸라 죽이고 거세한 것은 그녀이다. 하지만 이 남자는 원칙적으로 아무런 저항도 하지 않은 채 이 월권 행위를 그냥 순순히 따른다. 그는 이 유일무이한 행위의 공간과 열정 속으로 이끌려 간다. 물론 우리는 이렇게 피학적인 최후의 남성 성욕에 관해서는 이제 더 이상 아무것도 알 수가 없다. 거기에는 아무런 표현도 할 수 없는 시체만이 있을 뿐이다. 반면 우리는 사다의 황홀경에서 광기의 완성을 목격한다. 그럼에도 불구하고 결말은 시작과 공통점을 지니는데, 그것은 바로 한 사람이 다른 사람에 대해 승리를 거둔 것이 아니라 사랑이 시간에 대해 승리를 거두고 있다는 사실이다.

예술 작품으로서 오시마의 영화는 한 환원주의자의 작업을 보여 준다. 크랩*이 몸을 굽혀 녹음테이프를 들으면서 단 한 번 있었던 쾌락을 끝없이 회상하듯이, 오시마는 끝없이 발생하는 사건, 즉 쾌락이라는 단 '하나의' 근육을 몸을 굽혀 관찰한다. 하지만 이와 같이 모든 것을 오직 쾌락으로만 환원시키는 것과 모든 쾌락과 작별하는 것은 본질적으로 서로 다르다. "3번 상자, 5번 릴"이 여기에서 말로 표현할 수 있고 보충 설명이 거의 필요 없는 모든 것을 **말** 속에 다 담고 있다면, 아무 말도 하지 않고 단호하게 실행에 옮기는 감각은 이 사회가 감각에 **대해** 논의하도록 격렬히 선동한다. 우리는 이러한 담론을 통해, 우리의 애욕이 삶에서 체험할 수 없는 어떤 것을 위해 마련된 것이라는 고통스러운 분열 상태를 극복하려고 한다.

이제는 이와 반대로 에로티즘이 지배하는 현실의 깊은 골짜기와 남녀 간의 거래가 이루어지는 '관계 시장'에서 발견한 독창적인 예를 한번 살펴보자. 피부 관리사인 여자와 페르시아 남자가 바로 그 예이다. 백금색 금발머리 여인이 칠흑같이 검은 머리를 가진 이 남자를 유혹해서 지속적이면서도 실제적인 관계를 맺으려고 한다. 하지만 그녀는 우선 그를 좀 '테스트해야겠다'고 단도직입적으로 선언한다. 이 페르시아인은 소설을 쓰고 있다("그 중한 소설에는 네가* 등장해"). 하지만 그녀는 그가 소설과 관련해 이야기하는 모든 것에 전혀 관심을 보이지 않는다. 연한 은회색의 방수 조끼를 입고, 차갑지만 고상해 보이는 화장을 한 그녀는 음탕하면서도 멍한 표정을 지으며 싱긋이 웃고 있다. 테스트를 받고 있는 남자가 왜 아무 말도 하지 않느냐고 이유를 묻자, 그녀는 이렇게 말한다. "나는 올드 새터핸드*와 비슷해. 곰곰이 생각할 때의 내 얼굴은 아주 평온하지. 거의 뭐 바보 같아 보인다고 할 수 있어." 소설을 쓰는 페르시아 남자가 그녀에 대해 가지고 있는 욕망은 거의 원초적이다. 입 냄새를 풍기며 멍청하게 말하는 이 이상형의 여인이 보이는 거만함도, 사랑을 말살하는 그녀의 밋밋한 감각도 그를 무감각하게 만들 수는 없다. 그녀는 벌써 그와 살림을 합치고 싶어한다. 결혼을 한 상태임에도 불구하고, 자신만의 셋집을 가지려고 생각 중이다. 만일 그런 집이 있다면, 예를 들어 당장 오늘 밤에라도 그가 그녀에게 올 수 있을 것이다. "네가 보고 싶어" 하고 그녀는 친밀한 어조로 강조한다. 이 말이 좀 일찍 새어 나온 감은 있지만, 분위기를 고조시키는 데는 꼭 필요한 고백이었다. 이와 동시에 그녀는 그녀의 가정에서 일어난 갖가지 상황들과 기정사실들을 장황하게 늘어놓으면서, 계속해서 테스트를 한다. "특정한 일들은 그냥 친정어머니께 맡겨 버려. 내가 다 맡겨 버리는 거야. 내가 해결해야 할 일들을 친정어머니가 대신하게 하는 거지. 예를 들어 우리 시어머니가 오래 전부터 크리스마스에 받고 싶어하던 선물이 있었거든. 하지만 그녀가 원하는 선물이 나한테는 너무 비싼 거였어. 근데 친정어머니가 그 물건을 어디에선가 훨씬 더 저렴하게 파는 걸 본 거야. 그래서 내가 친정어머니한테 그것을 사 달라고 아예 부탁해 버렸어."

어디에서 저렴하게 쇼핑할 수 있을까 하고 생각하다가, 갑자기 이 페르시아인과 애인 관계를 맺는 것이 그녀에게 도움이 될지 안 될지 저울질해 보는 것은 매우 뻔뻔스럽기는 해도 그리 어려운 일은 아니다. "그렇게 하는 게 소용이 있단 말이야. 그게 그럴 가치가 있다는 걸 이해할 수 있겠어? 알다시피 우리 독일인들은 그것이 우리에게 무슨 이익을 가져다주는지, 어디에 이윤이 숨겨져 있는지, 내가 개인적으로 그 일에서 어떤 이득을 취할 수 있는지에 항상 관심이 있다고."

페르시아인은 이제 반은 화가 나서 반은 즐거워서 웃는다. 그러면서도 약간 당혹해하며 머리를 가로젓는다. 실제로 한 여성에게서 색욕과 물욕이 서로를 고무하며 이렇게 노골적으로까지 동맹 관계로 나타나는 것이 일상적이지는 않다. 그러니까 그녀의 말은 결국 '내가 당신과 지속적인 관계를 맺는다면, 당신은 내게 어떤 물질적 보장을 해 줄 수 있는지' 하는 것이다. 더욱이 그녀는 결혼을 한 상태니까. 물론 그녀는 늘 다른 여러 남자들과 지속적인 관계를 동시에 갖곤 했다. "하지만 로날드(그녀의 남편)와의 관계, 심정적인 접촉, 감정, 교류, 이해, 관용, 공통점, 그런 것들은 변함없이 하나로 남아 있어. 그런 것들을 하룻밤 사이에 지워 버릴 수는 없거든. 내가 10년간 거짓 결혼 생활을 했다고 생각하지는 마!"

그렇다. 오래 전에 다른 남자와 가슴 떨리는 관계를 가진 적이 있었다. 그 남자는 머릿속에 오로지 자기 생각밖에 없는 사람이었다. 물론 바로 그 점이 그녀의 마음을 엄청나게 사로잡았다. 그는 택시 운전사였다. "그 이야기를 해 줄까?" 자, 그럼 들어 봐. 그녀는 피부 미용 학원에서 나와 택시를 기다리고 있었다. 한 택시가 그냥 지나가 버렸다. 개새끼. 그다음 택시가 멈춰 섰다. 그녀는 그 택시를 탄다. 그 택시 안에서 기사와 대화를 나눈다. 그들의 대화는 흥미롭게 전개된다. 그녀는 집 앞에서 내린다. 택시 운전사도 따라 내린다. 그들은 그녀의 집 대문 앞에서 계속해서 대화를 나눈다. 마침내 그녀는 대화가 무척 재미있으니, 자신의 집에 들어갈 생각이 있으면 함께 가자고 말한다. 하지만 집에는 자신을 기다리는 남편이 있다는 사실도 미리 밝혀 두겠다고 말한다. 택시 기사는 그것은 상관없다면서, 자신도 무전기로 아내에게 연락해 오라고 하겠다고 말한다. 그리하여 그들 네 사람은 그 집에서 대화를 계속하였다. 그들 두 사람, 즉 "내 남편과 나" 둘 다 택시 기사의 아내와는 성향이 그리 잘 맞지 않았다. 그 후 그 관계는 계속 이어졌으며, 그가 그녀와 스킨십을 하는 것도 그리 힘들지 않았다. 그 관계는 계속 발전했다. 그녀의 말을 경청하던 페르시아인이 "그러던 어느 날" 하고 말한다. "그러던 어느 날" 하고 그녀는 그의 말을 되받고 조심스럽게 씩 웃는다. "모든 사람들이 다, 우리 두 사람이 가능한 한 자주 단둘이 있을 수 있도록 배려해 주었어. 그래서 그 관계는 5년이나 지속되었지. 보다시피 나는 늘 확고한 관계를 맺고 있다고."

(이전) 사람들은 여성을 강도처럼 바라볼 뿐이었다. 이에 따르면 여성은 틀림없이 어떤 재산에서 훔쳐낸 것이었다. 그것이 한 가족의 재산이든, 다른 남자의 재산이든 아니면 심지어 순결이라는 재산이든 상관없이 말이다.

(현재) 사람들은 자신이 연대감을 가지고 있다고 생각한다. 하지만 그것은 감정의 검열이 만들어 낸 새로운 거짓말이고, 심리적 억압의 새로운 변종일 뿐이다. 모호해진 자유가 부리는 히스테리는 비열한 위선적 도덕에 희생된 경직된 사람들만큼이나 자신 없이 움직인다. 젊은 여자가 일어나더니, 자기 남자 친구의 뒤통수를 핸드백으로 두 번 세게 내리치고는 술집을 뛰쳐나간다. 그녀의 여자 친구는 얼굴이 새하얘진 이 청년으로부터 의자 두 개 정도 거리를 두고 떨어져 앉는다. 그는 당황해하면서 뻣뻣하게 자신의 맥주잔 너머를 바라보며 씩 웃고 있다. 그녀는 그를 노골적으로 공격하는 대신, 탁자 위를 손으로 계속해서 치면서 이러한 상황

전반에 대해 한결같은 말로 비난한다. "에이 씨, 이런 개 같은 일이 있나. 진짜 개 같은 상황이야(그 남자가 아니라 상황이)." 계속해서 그런 똑같은 욕들이 쏟아져 나온다. 간헐적으로 터져 나오는 이 솔직하지 못한 질책에는 어떤 억압적인 것이 담겨 있다. 그녀는 거의 그놈에게 책임을 물을 수 없는 것처럼 보인다. 왜냐하면 그녀는 지금 그가 마땅히 들어야 할 단 한마디 말조차도 그녀 마음대로 사용할 수 없기 때문이다.

그 남자는 소녀의 목에서 목걸이를 풀어 자신의 두 손가락 사이에 들고 있다. "예쁜 장식물이야." "예쁜 뭐라고요?" 하고 소녀가 묻는다. 남자는 "그 목걸이가 너를 멋지게 치장해 주고 있어"라고 말하고 웃는다. "그래, 그것이 널 멋지게 치장해 주고 있어. 멋지게 치장하다…… 이전에 사람들은 '여자는 남자의 장식물이다'라고 말했었지." 소녀는 자신의 목걸이를 관찰하더니, 믿을 수 없다는 듯 고개를 가로젓는다.

성적으로 독립하는 것에 실패한 후 그녀에게는 그 파편들만 남아 있었다.

한 여자가 담벼락 앞에 서 있다. 오른쪽 다리를 구부린 채 발을 벽에 대고, 무릎을 앞쪽으로 뾰족하게 내밀고 있다. 방어 준비를 하면서도, 또 무언가를 준비하는 자세이다.

한 여자가 너의 사진을 찍는다. 다리를 벌린 채 배를 앞으로 쑥 내밀며 너를 맞이한다. 셔터를 누르며 너를 거세한다.

한 여자가 3일 동안 조용히 내적으로 침잠하여 자신을 냉정하게 돌이켜보더니, 갑자기 닥치는 대로 부수며 이렇게 외친다. 나는 너를 원치 않아! 너를 원치 않는단 말이야!

한 여자가 네가 그녀를 포옹하려는 순간, 열 손가락을 쫙 펼쳐 자신의 머리를 쓸어 올린다.

한 여자가 뒤에서 내 안경알을 손가락으로 누르며 누구게? 하고 외칠 때, 그 부주의한 손이 너를 경악시킨다.

한 여자가 집게손가락으로 너를 가리키며 이렇게 명령한다. 야! 잘 생각해 봐!

한 여자가 네 앞에 서서 꼼짝도 하지 않는다. 그녀는 너의 상냥한 시선을 바라보며, 너의 심장이 꽁꽁 얼어붙지는 않았는지 꼼꼼히 살핀다.

밤마다 택시 한 대가 그의 창문 앞에 멈춰 선다. 운전사는 실내등을 켜고 뒷문을 연다. 하지만 차에서 내리는 사람은 아무도 없다. 그 대신 뒤쪽 유리창에 있는 스테레오 스피커에서 그녀의 목소리가 울려 나오며 이렇게 말한다. "*C'est tout ce que vous avez/ je vous laisse seul, et vous le savez*(이것이 당신이 가지고 있는 전부예요/ 난 당신이 혼자 있게 내버려 두겠어요. 당신도 내가 그렇게 할 거라고 생각하고 있겠지요)."

너는 한 얼굴이 완전히 사라져 결국은 유토피아적으로 된다는 사실을 깨닫지만, 그래도 그것을, 즉 바라보는 인간의 얼굴을 절실히 필요로 한다.

우리는 '얼굴을 소멸시키는 힘들'에게 내맡겨져 있다. 유독가스로 인해 부풀어 오른 공기 중에 있던 황산이 고대의 주신(柱身)들과 대리석 두상들을 부식시키듯이, 여러 사진들이 퍼뜨리고 있는 흑사병이나 텔레비전에서 나오는 희미한 불빛 그리고 블로업*된 광고 화면들이 우리의 시선이 지닌 광채를 흐리게 만든다. 단지 광채만을 흐리게 할 뿐인가? 크게 뜬 눈에 비추어진 모든 존재들, 즉 탐색과 지식, 신뢰와 계산, 호의와 욕망이 모두 그곳에서 물러났다. 우리는 보지도 못하고, 또 보이지도 않는다.

네가 대중들, 즉 행인들과 낯선 얼굴들을 향해 걸어가, 그렇게 많은 사람들의 얼굴이 해독될 수 없고 마모되어 있으며, 저 사람이 이 사람 같고 이 사람이 저 사람같이 쉽게 혼동되는 얼굴이라는 사실을 깨닫는 바로 그 순간, 그리움이 시작된다.

그리고 갑자기 어떤 낯선 사람이 가장 친한 친구보다도 너를 더잘 아는 것처럼, 그리고 광택이 나지 않는 금속판 사진 속 아버지보다 더 따뜻한 시선으로 너를 바라본다. 갑자기 바로 거기에 곧바로 파괴하기 위해서 어떤 것도 인식하지 않으며, 너를 붙잡아서 자기가 있는 먼 곳으로 데려가는 '바라보는 얼굴'이 존재한다. 네가 앞으로 어디를 가든지, 네가 체험하는 삶 속에서는 그러한 얼굴을 결코 다시 만나지 못할 것이라는 사실을 잘 알고 있다.

목소리와 걸음걸이 그리고 얼굴을 통해 인간에게로 이끄는 평범한 입구들을 다시 한 번 이용하도록 하자!

인간의 얼굴에 관한 학문은 없다. 생명체가 지니고 있는 환각적인 모습 전체는 명확성을 기반으로 삼는 학문적인 영역에서 세밀하게 측정하고자 하는 모든 시도의 걸림돌이 된다. 그럼에도 불구하고 우리는 지식과 판단에 대한 끊임없는 욕구를 가진 채 다른 얼굴이라는 외부의 비밀과 만난다. 그때 처음에는 정형화된 유형의 놀이에 따라, 즉 유사성과 일반성의 파편들이 고도로 농축된 혼합물에 따라 이것을 통찰하고자 한다. 그러고 나서 우리는 한 인간의 특성, 즉 '내용'을 재빨리 도출해 낸다. 진화해 감에 따라 땅에서 점점 멀어져 위를 향하게 된 얼굴은 인간의 가장 능동적인 사회 기관일 뿐만 아니라, 가면과 베일을 쓰는 경우를 제외하면 항상 아무것도 걸치지 않은 채 그대로 있는 유일한 신체 부분이기도 하다. 그것은 최고 심급의 적나라한 노출인 동시에, 직립 보행하는 인간의 '보호되지 않은 전면(前面)'이 가지고 있는 본질적인 모습이기도 하다. 그 때문에 우리는 얼굴에서 한 인간의 전부를 있는 그대로 발견한다고 믿게 되고, 그의 가장 감각적인 모습 속에서 전체를 체험한다. 물론 우리가 꿈의 상징적인 구조에 대한 아무런 지식 없이 꿈의 진정한 의미를 해명할 수 없듯이, 그러한 전체를 명확히 파악하고 해석할 수는 없다. 얼굴이 영혼의 창(窓)인 한, 결국은 얼굴 역시 항상 환영들의 수수께끼 같은 베일로 남을 것이다. 누군가가 낯선 사람을 만나고 집에 와서 이 만남에 대해 이야기할 때, 일반적으로 다른 사람의 얼굴에 대해서는 거의 언급하지 않는다. 우리가 한 사람에게 느꼈던 호감이나 반감에 대해서는 자세히 늘어놓으면서도 이런 감정을 어디에서 직접 얻게 되었는지에 대해서는 침묵할 경우, 그것은 은밀한 금기와 비슷하게 닮아 있다. 얼굴 묘사는 대개 가장 조야한 외적 특성에 제한된다. 예를 들면 코가 우뚝 솟았다든지 눈이 쏘는 듯이 날카롭다는 식이다. 어떤 사람이 상대방의 얇은 윗입술이 대화하는 내내 움직이지 않고 앞니 치열을 굳게 덮고 있어서 그 사람의 치열을 전혀 볼 수 없었기 때문에, 이 남자가 권위적이고 완고하다는 것을 확신한다고 고백하는 경우는 드물다. 하지만 모든 결과의 원인이 되는 표정 변화와 표정 연기의 주파수를 적절히 기술하고 평가하기란 얼마나 어려운가. 일반적으로 사람들은 한 사람의 외적인 특성(그런 특성은 자신의 의사와 상관없이 어쩔 수 없이 주어지는 것이다)에서 그 사람의 본성을 추론해 내는 것을 꺼려한다. 아리스토텔레스에서 라바터*를 거쳐 제3제국의 인체 측정 실험에 이르는 관상학자들의 근본적인 실패를 생각하면, 그렇게 하는 것은 잘하는 일이다. 이들은 모두 올바른 예감에서 출발하여 잘못된 학설에 도달했다. 하지만 이 올바른 예감을 잘못된 학설로 변질시키지 않으면서 좀 더 유용하게 관리할 방법에는 어떤 것이 있을까? 얼굴은 꿈처럼 해독되어야 한다. 얼굴은 모든 만남에서 나타나는 꿈의 언어**이다**. 그것은 한 사람이 쳐다볼 때는 하나의 광범위한 행동이며, 다른 사람이 미소 지을 때는 광범위한 반향이다. 또한 그것은 광범위한 복사 전자계(輻射電磁界), 즉 너를 바라보는 눈에 깃든 낯설음의 무한한 음영들이기도 하다. 입과 손가락, 몸 전체가 이미 오래 전에 가장 조야한 편견을 극복한 곳에서, 우리의 신체 중 최고로 노출된 부위인 눈은 깊이 자리 잡은 신중함과 근본적인 불신을 항상 간직하고 있다. 눈과 그것이 어떻게 행동하는가 하는 것은 분명히 성기에 대한 심리분석적인 상징 '이상'의 의미를 가진다. 지식을 갈구하는 직관은 바로 이 '과잉' 속에 자리 잡고 있다. 여기에서 인식의 토대는 유혹하는 동시에 벗어난다. 그것은 우리에게 얼굴을 합리적으로 분석하라고 지속적으로 강요하는 것처럼 보인다. 하지만 그러한 합리적 분석을 곧바로 다시 냉정하게 상상적인 것의 영역으로 되돌리라고 명령한다.

사람들은 점점 나이가 들수록, 스쳐 지나가면서 알게 된 사람의 본성을 거의 자신의 의사와 상관없이 단숨에 파악하게 된다. 이것은 신기한 일일 뿐만 아니라 심지어 불쾌하기조차 하다. 손가락 포즈에서 느껴지는 기운이나 걷는 모습만으로도 즉시 '노련한 추측'(하이데거)이 시작된다. 이를 통해 우리는 한 인간의 행동반경 전체를 약간의 시선과 약간의 감각 자료의 도움만으로도 갑자기 산출해 낼 수 있다. 또한 심리적으로도 그렇게 해야 한다는 강박관념을 빈번히 가진다. 그리고 가능한 상황들의 임의적인 순서를 재빨리 찾아내어 그 안에서 그 사람의 진정한 모습을 본다. 즉 그 사람이 처한 상황이나 그가 말하는 모습을 알게 되는 것이다.

거만한 지성의 소유자인 30대 후반의 철학과 교수는 『타게스차이퉁』의 독자이기도 하다. 그가 독자로서 하는 최고의 일은 (흔히 소시민이 하는 것처럼) 자동차 모터와 훌륭한 음식점 그리고 이상적인 여행지에 대해 끊임없이 이야기하는 것이다. "이 자동차 모델은 지금 새로운 테스트를 앞두고 있어. 이 차는 도로에서 250미터 마력도 거뜬히 달릴 수 있어." 한 번의 시선, 몰래 엿들은 한 문장만으로도, 부가적으로 많은 본질적인 부분들을 파악할 수 있다. 그래서 같은 순간 이 남자가 손톱 손질하는 기구를 어떻게 사용하는지를 볼 수 있거나, 또는 그의 아내가 그를 위선자라고 부를 때 그가 어떻게 대답하는지를 들을 수 있다.

젊은 지방 법원 판사가 피고 앞에서 자신의 불안감을 숨기려고 애쓰고 있다. 지나칠 정도로 호감 가는 인상을 지닌 이 판사는 천진난만한 수줍은 웃음을 무뚝뚝하고 태연한 표정으로 계속해서 차단하고 있다. 하지만 그 표정이 그에게 어울리지 않기 때문에, 그는 그 표정을 다시 떨쳐 버려야 한다. 그는 이마를 찌푸리고 머리를 흔든다. 그러더니 곧 다시 상냥하면서도 겉으로는 매우 총명해 보이지만 실은 아주 당혹해하는 웃음을 짓는다. 그는 항상 사태를 제때 파악하지 못하고 필요한 질문을 제대로 하지 못하면 어쩌나 하는 두려움과 영리하게 보이지 않으면 어쩌나 하는 두려움 그리고 절차상 생길 수 있는 작은 실수를 저질러서 당당한 법의 수호자가 되지 못할까 봐 두려움을 가지고 있다.

월요일 밤이면, 오랫동안 변함없이 함께해 온 다양한 연령의 커플들이 미식가를 위한 레스토랑에 모인다. 이들은 순수 학자들로만 구성된 서클의 일원이다. 이 모임에는 테이블 모퉁이에 자리를 차지하고 사회를 보는 한 남자가 있다. 그는 60세가량의 외과 의사로, 늘 농담을 건넬 분위기다. 그는 동료의 젊은 아내를 자리로 안내하기 위해 그녀의 팔을 잡는다. 은근슬쩍 가슴 높이에 있는 팔뚝 여기저기를 누르며, 음탕하게 그녀에게 신체적 압박을 가한다. 이러한 행동은 예의 바른 기사에게는 늘 허용된 일이다. 그 후 얼마 지나지 않아 여급사와 농담을 한다. 번쩍이는 금니를 한 이 남자는 여러 가지 스테이크가 혼합된 그릴 요리가 든 스튜 냄비를 장갑순양함이라고 부르다가, 우연히 자신의 아내를 보게 된다. 그러자 그의 시선이 곧바로 차갑게 변한다. 그의 아내는 그보다 나이가 더 들어 보인다. 매우 마른 체형에 광대뼈가 불거져 나온 갸름한 얼굴의 그녀는 두꺼운 안경을 쓰고 있다. 그 때문에 그녀는 정신적인 가치를 간직하고 있는 전형적인 목사 집 딸처럼 보인다. 그녀는 핸드백에서 긴 손잡이가 달린 안경을 꺼내 메뉴판을 찬찬히 훑어보더니, 잠시 주저하던 끝에 로제*를 주문한다. 말하자면 양극단, 즉 적포도주와 백포도주, 선과 악, 증오와 사랑 중 어느 하나를 선택할 수 없다는 표시로 양자가 뒤섞인 중도 노선을 선택한 것이다. 그녀는 남편이 주도하는 대화에 거의 또는 전혀 참여하지 않는다. 단지 그녀의 시선은 항상 같은 궤도 위를 움직이며, 이상할 정도로 어색하고 예민하게 주위를 둘러본다. 그녀는 재빨리 주위에 있는 한 사람의 얼굴을 바라보다가 다시 자기 앞에 놓인 테이블을 쳐다본다. 그러고 나서 다시 재빨리 한 얼굴을 바라보고 또 다시 테이블을 쳐다본다. 그리고 그러한 행동은 끊임없이 반복된다. 이것은 마치 새가 고개를 스타카토 식으로 움직이는 모습과 흡사하다. 몸이 쇠약한 이 부인은 처음에 자기보다 약간 키가 작은 동료 화학자에게 서둘러 다가가, 그를 부담스럽게 맞이했다. 이렇게 인사를 나눌 때면 그녀는 뒤뚱거리는 걸음으로 다가가, 자신의 몸을 상대방의 몸에 밀착한다. 그리고 자신의 손을 자유롭게 쭉 뻗는 대신, 몸에 밀착한 채 구부린 팔로 상대방의 손을 용감하게 자기 자신에게로, 거의 자신의 가슴까지 잡아당긴다. 그녀 옆에는 그 화학자의 딸이 악수를 기다리고 있다. 키가 크고 행동이 굼뜬 20대 중반의 그녀는 불안감에 양 어깨를 교대로 실룩거린다. 종아리까지 오는 정장 스커트에 짜임이 볼품없는 트위드 옷을 입은 그녀는 물방울 모양의 큰 안경을 쓰고 있다. 아버지가 말한 대로, 그녀는 6월에 시보가 되기 위해 '법률' 시험을 쳤다. 그녀는 법률 지식으로 인해 영리해지긴 했지만, 그것이 그녀의 외모를 완전히 엉망으로 만들어 놓았다. 마치 지성이 형성되기 위해서 육체의 희생이 필요했던 것처럼 못생긴 외모를 가지고 있었다. 그녀는 모든 것이 명약관화한 상황에서, 마치 뭔가를 통찰이라도 하듯 자주 짧고 냉소적인 웃음을 터뜨린다. 머리를 반쯤 숙여 옆으로 돌리고, 항상 그녀의 전공 지식과 강철 같은 의지를 소유한 채 냉혹한 포기를 과시한다. 그녀의 모습을 이혼 소송을 맡은 판사로 상상해 볼 수 있을 것이다. 인간에 대한 이해가 부족하고 성과 관련된 분야에서 무지하다는 사실이 입증되었다는 편견 때문에, 그녀는 이혼 사건에 부적당한 판사라며 거부당한다. "대체 여기서 무슨 이야기를 하고 있는지 당신은 알기나 하십니까?" 이 말에 마음의 상처를 받은 그녀가 판사실로 달려가 갑자기 눈물을 터뜨리며 온갖 법전을 뒤적이는 모습도 상상할 수 있다. 이 법전들이 모두 우르르 무너져 내리면, 그녀에게는 오로지 법의 빈틈만이 남게 될 뿐이다.

누구와 함께 가든 상관없이 우리는 언젠가는 그 사람을 알게 된다. 우리는 다른 사람이 (우리 자신이 아니라) 지체 없이 좀 더 자동적으로 행동하는 모습에 놀란다. 이렇게 가까이에서는 그 사람의 전반적인 본성을 더 이상 제대로 인식할 수 없다. 그 대신 지금 우리는 그럴수록 충동과 충동 장애의 네트워크, 동기와 거짓 동기의 네트워크 속을 더 분명하게 들여다본다. 왜냐하면 나이가 들어가면서 내면의 구조물은 더 이상 아무런 부끄러움 없이 자신을 그대로 내비치기 때문이다. 우리는 무언가를 소심하게 바라보면서 가차 없이 이렇게 생각한다. '저기 있는 저 사람을 둘러싼 껍질과 외피가 이제 더 이상 많지 않아. 무목적적인 현상을 지시하는 기호도 거의 없어. 예기치 않은 것과 자율적인 행위는 어디에 남아 있지?' 심리극에서 사용되는, 철사로 만든 해골 모양의 인형이 솔직한 사람으로부터 나오더니, 자유롭게 연기하고 있는 인형극 배우의 자리를 대신 차지하였다. 이제는 많이 사용해 닳아 해진 그 자리에 남아 있는 형체가 얼마나 작은지, 그리고 그 외관이 얼마나 환히 들여다보이는지 가끔씩 경악하게 된다. 과거에는 아름다움과 영향력과 의지가 있던 바로 그 자리에 말이다.

차량의 강물

　나는 자동차를 타고 가다가 교차로를 건너고 있는 행인들 중에 —이전에, 그때, 그 당시에! —족히 한 3년을 나와 함께한 옛 애인 N을 보았다. 그녀가 차도를 지나 어떤 술집 쪽으로 걸어가는 모습이 보였다. 그녀의 머리, 가르마를 탄 갈색 곱슬머리가 보였다. 그 사람은 우리가 길의 양쪽 끝에서 바위 언덕을 넘어가면서 서로를 향해 다가가던 로도스 섬* 페프코스 골짜기에서, 내가 그렇게 걱정하며 기다리던 바로 그 여자였다. 그 당시에는 길가에서 누군가가 그녀를 덮치고 괴롭힐지도 모른다는 생각에 걱정이 많이 되었다. 왜냐하면 그녀가 지평선에 모습을 드러내지 않았기 때문이다. 저 사람이 과거에 내가 사귄 바로 그 애인이었다. 그녀는 지나가 버렸다. 차를 타고 그 옆을 지나가던 나는 그녀의 옆모습을 반쯤 살짝 볼 수 있었다. 그것은 나에게 아주 친근한 사람을 다시 낯선 사람으로 바꿔 버린 이해할 수 없는 법칙으로 다가왔다. 망할 놈의 행인의 세계여!

우리는 이탈리아 레스토랑에서 영리한 H를 만났다. 일상적인 안부 인사를 나눈 뒤, 신속히 스트레스를 해소하는 건전한 수다가 뒤따랐고, 그 뒤를 이어 고상한 대화가 오고 갔다. 이러한 만남에서 우리가 곧바로 얻게 되는 인상은, '생각하는 기억'*이 오늘날에는 가장 산만한 기억으로 나타나곤 한다는 것이다. 생각하는 기억은 자신의 생각을 단지 **생각의 도주**라는 고통스러운 상태에서만 보존, 아니 항상 잃어버릴 수 있을 뿐이다. 그러한 생각하는 기억들은 가장 짧은 시간에 얼마나 빠른 판단과 얼마나 많은 존경스러운 이름들을 쏟아 내는가. 하지만 그 기억들은 존경스러운 이름을 가지고 유희할 뿐이며, 상대방을 자극하고 자신을 과시할 뿐이다. 그럼에도 불구하고 이 곤경에 처한 머리는 거의 어떤 질문도 하지 않는다. 그것은 겁에 질린 상태에서도 노련하게, 질문하는 사람이 빠져드는 무방비 상태를 피한다. 이것은 H에게도 해당된다. 게다가 H는 하이데거의 '질문은 사고의 경건함이다'라는 말을 자신이 쏟아 낸 견해 속에 즉각 포함시켜 이야기한다. 이제 대화는 사보나롤라*로부터 타피에스*를 거쳐 스탠리 큐브릭*으로, 루소에서 카를 슈미트*로 넘어갔다. 마지막에는 정말 아쉬워하며 H와 헤어졌다. 보행자인 그는 또 다른 일들을 처리하기 위해 총총걸음으로 길을 나선다. 우리, 즉 또 다른 내 친구와 나는 내 차에 함께 탄다. 잠시 후 우리는 파란 불일 때 길을 건너고 있는 보행자인 그를 다시 만난다. 그를 보자, 나는 장난으로 차 속도를 높여 그 사람 쪽으로 가다가 그의 코앞에서 브레이크를 밟는다. 그러고는 다시 한 번 인사를 나누기 위해 손을 들어 올린다. 하지만 그는 운전대 뒤의 나를 다시 알아보지 못한다. 그는 몰염치한 자동차 운전자에게 보행자들이 하듯이 주먹을 쥐고 나를 위협한다. 우리가 함께 공중 그네를 타며 고공비행을 한 뒤인데도, 그는 차가 지나다니는 이 도로 위에서 나를 알아보지 못한다. 외적인 지위의 차이만이 그의 눈을 현혹할 때, 그에게 있어 나라는 존재는 연약한 행인에 불과한 사람을 칠 뻔한 잔혹한 운전사가 탄 딱딱한 차량에 지나지 않는다. 그리고 그는 나를 향해 주먹을 흔들면서, 자신의 충실한 친구인 나의 눈을 쳐다본다. 그는 오로지 낯선 자동차 운전자만을 뚫어지게 보고 있다. 그는 계속 걸어간다. 나중에도 그에게는 재회의 그림자가 드리워지지 않는다. 물론 그것은 사소한 착각일 뿐이다. 하지만 그 착각은 뿌리 깊게 자리 잡고 있는 소외가 가한 일격이기도 하다.

그 남자 "바이스탈 거리 아시지요? 우리가 사는 도시 남쪽 끝에 있는 넓은 주요 간선도로 말이에요. 그곳에 그녀가, 다시 말해 내 애인이 길 한편에 서 있었고, 그 반대편에 내가 서 있었어요. 그녀는 내가 있는 쪽으로 건너오려고 했어요. 그런데 끊임없이 이어지는 차량의 행렬이 우리 사이를 가로막고 있지 뭐예요. 그러는 사이 그녀는 이미 자기 발을 차도로 한 걸음 내디뎠지요. 주차선이 그려져 있는 자리로요. 건너편에 서서 그녀는 그런 식으로 차량들 사이에 빈틈이 생기기를 기다렸어요. 때로는 잡지를 뒤적이면서요. 그때 자동차 한 대가 주차를 하려고 했어요. 그녀가 서 있는 바로 그 자리에 주차를 하려고 하더군요. 나는 그 차를 정확히 기억해요. 그 차는 담녹색이었는데, 그것도 차주가 직접 담녹색으로 칠한 듯한 시트로앵 차였어요(왜냐하면 도로에서 그런 담녹색 차량은 더 이상 찾아볼 수 없으니까요). 그런데 주차는 핑계였어요. 그는 그녀 앞쪽으로 차를 한 번 몰고는 다시 후진을 했답니다. 그건 그녀의 눈에 띄기 위한 행동이었지요. 운전대에 앉아 있는 그 녀석은 내 애인의 눈에 띄고 싶었던 것입니다. 그 외의 다른 의도는 없었어요. 하지만 그녀가 그것을 쳐다보지 않고, 그와 그의 희귀한 담녹색 차량을 아예 무시해 버리자, 이제 정말 주차를 하기 시작하더군요. 그리고 차 뒷부분을 그녀에게 바짝 밀착시키더니, 전진하다가 다시 후진했어요. 그런데 그는 그 간격을 제대로 재지 못해서 차 뒤쪽을 박았지요. 바로 그때 그가 분위기를 띄워 주려던 여자의 무릎을 치게 되었어요. 그러자 그녀는 곧바로 길바닥에 쓰러졌어요. 자신이 사랑하는 여자가 옷까지 잘 차려 입고 백주대로에서 쓰러질 때, 그 모습이 얼마나 우스꽝스러워 보이는지, 그리고 얼마나 사람을 낙담하게 만드는지는 당신도 잘 아실 겁니다……"

그가 길거리에서 말을 걸어 이야기를 나눈 사람 "맞아요. 정말 그래요. 나도 비슷한 일을 한 번 겪은 적이 있어요. 뵈르테르 호수에서였지요……"

그 남자 "그녀는 바닥에 쓰러져 있었지요. 다치지는 않고, 그저 놀란 것 같았어요. 그 녀석은 시트로앵에서 튀어나오더군요. 장난으로 시작한 것이 결국 사고가 된 거죠. 미소 짓고, 윙크하고, 아첨하는 대신 이제는 눈을 부라리고 거친 욕을 해 댑디다. 그가 내

애인을 일으켜 세우자마자, 그들은 서로 욕을 막 해 대더군요. 그 녀석도 소리를 질렀어요. 그 사고가 그가 욕망했던 여자를 짜증스러운 존재로 바꿔 놓은 겁니다. 그런데 자, 보세요. 내가 다른 쪽에 서 있는 동안, 저쪽에서는— 거의 피안의 강가라고 부를 수 있을 거예요— 누군가가 그녀에게 해코지를 해요. 그녀가 다치지는 않았다 해도, 쓰레기 속으로 내던져진 셈이죠. 그녀는 내가 보는 앞에서 이전의 침착하고 자유분방한 모습을 잃고 쓰러졌어요. 내가 잔뜩 기대를 하고 끊임없이 이어지는 차량 너머로 바라보던 바로 그녀가 말이에요. 그녀는 기이한 모습으로 연석에 누워 있었어요. 완전히 망연자실한 채 겁에 질려 그렇게 내팽개쳐진 애인보다는, 차라리 박살난 대리석이나 점토 입상이 산산조각 난 수천 개의 파편들을 통해 더 많은 공감과 잔존한 인간 존엄의 감정을 불러일으킬 겁니다. 극도의 분노에도 불구하고, 아니 그런 분노의 상태에서 일순간 싸늘한 감정이 나를 덮쳐, 맞은편에 서 있던 나에게서 그녀를 욕망하는 마음이 완전히 사라져 버렸다는 사실을 고백하지 않을 수 없군요. 그녀를 사랑하지 않는다는 것이 어떤 건지를 처음으로 느낄 수 있었어요."

그가 길거리에서 말을 걸어 이야기를 나눈 사람 "그래요! 맞아요! 바로 그거예요!"

그 남자 "마침내 그 녀석은 이제 자신의 시트로앵으로 되돌아가서는 화를 내며 차를 몰고 떠나 버렸어요. 내 여자 친구는…… 내 아내는 차량들 너머로 나를 쳐다보며 고개를 가로저을 뿐이었지요. 그래요. 그녀는 그 모든 일이 있은 후 그저 고개를 젓기만 했어요! 그것은 정신이 나간 모습조차 아니었어요. 그저 짧고 가볍게 고개를 가로젓기만 하더군요. '어떻게 그럴 수가 있지?' 라고 생각할 때 흔히 하는 그런 동작 말이에요. 내가 보기에 그것은, 이런 심각한 돌발 사고가 일어난 후의 상황에 걸맞지 않은 태도였어요. 그녀는 자신이 쓰러진 모습을 내가 전부 다 보고 있었다는 사실을 전혀 몰랐어요. 그녀는 길바닥의 쓰레기들로 인해 더러워진 잡지를 다시 읽기 시작했어요."

그가 길거리에서 말을 걸어 이야기를 나눈 사람 "내 이야기를 하자면, 이전에 나도 벨덴에서 비슷한 상황에 처한 적이 있었어요. 그때 나는 우체국 앞에 서 있었지요."

그 남자 "오 제발, 그만요. 내 경우와 똑같은 당신이 체험한 이야기나 당신이 한 번쯤 경험했을 법한 그와 유사한 이야기라면, 그만요. 그러잖아도 그런 것을 처음으로 이야기하는 터라 엄청 힘들었어요. 설령 내 이야기가 별로 대단하지 않다고 생각되시더라도, 동정하는 마음으로 과감히 침묵해 주세요. 나에게 그와 비슷한 이야기는 하지 마세요. 그사이에 길거리의 강변에서 외롭게 밖을 내다보고 있는 한 남자를, 마찬가지로 거기 서 있는 다른 남자들과 같은 흔한 경우 속으로 처넣지 말아 주세요. 그렇지 않으면 나는 내가 잘 알지도 못하고, 그저 관계를 갖는 것에 만족하고 있는 당신에 대해 조심스럽게나마 가지고 있던 신뢰를 강제로 다시 철회할 수밖에 없답니다. 그러니 아무 말 하지 마시고, 그와 유사한 어떠한 예도 들지 마세요!"

일요일에 도로변에서는 뚱뚱한 자동차 정비공들이 자동차 모터 안으로 몸을 깊숙이 숙이고 있거나 벗겨진 칠 때문에 차문 옆에 쪼그리고 앉아 있다. 그래서 그들이 입고 있는 청바지가 팬티와 함께 그들의 엉덩이 털 위로 흘러내린다. 그 사랑하는 애인 같은 자동차 앞에서는 그렇게 거리낌 없이 그리고 기꺼이 엉덩이를 드러내 보이면서, 평소에 길거리에서 바지나 셔츠는 왜 입고 있으며, 또 그것이 흘러내리면 왜 부끄러워하는 것일까?

한 노부부가 통행량이 많은 사거리에 서 있다. 보행자들이 횡단보도가 아닌 곳에서 차도를 건너는 것을 막기 위해 설치된 통행 차단기에 남편이 기대어 있다. 그는 마치 높이 세워진 전망 좋은 곳에서 아름다운 경치와 멋진 강물의 흐름을 살펴보듯, 차단기에 팔을 받치고 합장한 채 도로와 아스팔트 위를 바라보고 있다. 그 옆에 그의 아내가 서 있다. 그녀 역시 남편과 똑같은 기분이 되어 같은 지점을 바라보며 회상에 잠겨 있다. 거칠고 울퉁불퉁한 아스팔트 위의 진주색 줄무늬. 신호등이 보행자가 건널 수 있는 파란색으로 바뀐다. 아무도 길을 건너지 않기에, 우회전 차량들이 두 노인을 한마음으로 무아지경에 빠뜨렸던 그 지점을 쉴 새 없이 지나가며 그들의 알 수 없는 희망을 좌절시킨다.

크림색 바탕에 진홍색 나이테 무늬가 있는 치마를 입은 한 젊은 여자가 길을 건너고 있다.

또 다른 한 젊은 여자는 망토와 비슷한 주름이 있는 긴 낙타털 외투와 통이 크고 아주 부드러운 모직 느낌이 나는 옅은 황색 플란넬 바지를 입고 있다. 그녀는 얼굴을 가볍게 가리고 있는데, 마음을 여러 차례 진정시킨 듯한 모습이다. 그녀가 주차되어 있는 자신의 골프* 정면으로 다가간다. 이때 그녀의 왼쪽 옆구리가 운전석 차문을 스친다. 그녀는 허리를 가볍게 굽히며, 오른손으로 자동차 열쇠를 꽂아 차문을 연다. 그러면서 자신이 막 온 길을 돌아본다. 거기에 관심이 있어서라기보다는 순전히 몸의 자세 때문에 그렇게 한 것이다.

이미 수십만 명의 얼굴을 들여다보지 않았는가? 이러한 경험은 '전형적인 선택'과는 정반대의 것이다. 그것은 물리적이고 선형적인 숫자의 진실이다. 평범한 삶을 살아가면서 관계를 맺은 사람들의 수는 도대체 얼마나 될까? 어머니에서부터 길거리에서 길을 물어 본 적 있는 여러 사람들에 이르기까지, 말을 주고받고 비교적 긴 시간 동안 시선 교환을 한 사람들이 몇 명이나 될까?

지나가다 멈추는 것. 솔직한 얼굴과 잘 걷는 걸음걸이 모두 다 네가 속한 궤도에서 너를 끌어낸다. 길 잃은 개가 가장 먼저 만난 새 주인을 쫓아가듯이, 너도 그러한 사람 뒤를 터벅터벅 쫓아간다.

그리고 너는 잠시 다른 사람과 관계를 맺게 된다.

사람들과 함께하는 몇몇 순간들은 확고한 애정으로 가득 차 있었다. "그래, 혼자가 아니었어. 서로 가까워졌고 좋은 것을 체험했어"라고 말해도 괜찮을 것이다. 단 한 번의 성공적인 교제에는 우리가 감당할 수 없을 정도의 행복이 담겨 있다. 여태껏 이러한 순간이 육체적인 욕망, 성적 쾌락의 순간인 적은 거의 없었다. 회상 자체는 다정하며, 정신적 승화의 선물인 것이다.

호텔 식당을 떠나 로비로 가려면, 건물 중앙을 쭉 따라가다가 이 두 공간을 나누고 있는 유리문을 통과해야 한다. 그런데 양쪽으로 열어젖히는 이 문은 그 이유는 알 수 없지만 굳게 닫힌 채 폐쇄되어 있다. 그 문에 이르기 직전에 옆쪽 복도로 돌아가라는 우회로 표시만 되어 있을 뿐이다. 즉 작은 노란색 화살표가 그곳을 가리키고 있다. 이제 저녁이 되면서 계속해서 손님들이 중심축이 되는 문을 통과하려는 유혹의 희생자가 되거나 투과광으로만 이루어진 문을 언제든지 통과할 수 있으리라는 맹목적 확신의 희생자가 된다. 때때로 이들은 심한 고통을 겪고 나서야 멈추기도 한다. 이 유리문을, 마찬가지로 유리로 된 손잡이를 잡아당겨 열려고 하는 사람들은, 아무것도 모른 채 그 문을 몸의 무게로 밀어 젖히려는 다른 사람들보다 피해를 덜 입고 위기에서 벗어난다. 한 젊은 남자가 문으로 다가와 힘없이 손을 뻗어 그 문을 가볍게 밀 준비를 한다. 그는 고개를 돌려 동행한 여자를 향해 미소 짓는다. 늘 이 폐쇄된 문을 주목하고 있는 관찰자는 그가 유리문과 충돌하여, 갑작스러운 심리적 압박으로 인해 경악하며 얼굴에서 미소가 사라지리라는 것을 예견한다. 그 순간 그 청년도 이미 유리문과 충돌한다. 그는 비틀거리다 무릎을 부딪힌다. 잘생긴 그의 모습은 흔들려 희미해지고, 여자 친구와의 사랑스러운 관계도 중단된다. 그 남자는 한 걸음 뒤로 물러나, 거의 눈에 보이지 않는 그 문이

마치 파문(破門)을 하듯 그를 거부한 것처럼 바라본다. 이제 그는 그 문을 잡아당겨서 열려고 한다. 능숙한 솜씨와 기술로 문을 억지로라도 열어 보려고 시도하면서 그는 한 여성 앞에 놓인 모든 장애물을 제거할 줄 아는 유능한 남자 역할을 하는 것이다. 그러다가 마침내 그는 옆으로 돌아가라는 화살표를 제때에 보게 된다. 그가 그것을 늦게 발견하여 괜한 헛수고를 더 많이 했더라면, 그의 현실 감각이 의심받았을 것이다. 그는 이제 다시 미소를 짓는다. 방금 전보다 좀 더 혼연일체가 된 듯 보이는 이 두 사람은 팔짱을 낀 채 옆쪽 복도의 출구로 나간다.

세 명의 중년 사업가들이 그 문을 향해 다가간다. 그들은 함께 걸어가고 있지만, 모두 제각기 깊은 생각에 잠긴 듯하다. 그 관찰자는 다시 이들 중 첫 번째 남자의 비극적 운명을 예견한다. 안경을 끼고 걸어오는 그는 폐쇄된 투명 유리문을 보지 못한다. 그래서 그는 팔도 뻗지 않은 채, 얼굴이 바로 유리문에 부딪힌다. 안경이 위쪽 코뼈에 붙은 얇은 살점을 짓눌러 찢어 놓는다. 이 남자는 아무런 주의를 하지 않고 있다가 그냥 정면으로 충돌해 버린 것이다. 코피가 흐르자 그는 두 손으로 얼굴을 가리고 있다. 일행 중 한 명이 가장 가까이에 있는 급사에게 사고를 알린다. 그러자 급사가 그 소식을 다시 전달하고, 구급상자를 든 다른 급사가 서둘러 달려온다. 다친 손님은 응급 처치를 받는다. 세 남자의 얼굴, 심지어 문에 부딪혀 상처 입은 남자의 얼굴도 이 사고 내내 이상할 정도로 조용하고 침착하며, 어떤 흥분이나 분노의 흔적도 보이지 않는다. 그들은 왠지 모르게 진지하면서도 슬퍼 보인다. 전반적으로 볼 때 그런 경악스러운 순간마저도 그들의 생각을 딴 데로 돌리게 만들 수 없을 정도의 뭔가 무거운 것이 그들을 몰두시키고 있는 것처럼 보인다.

검은 옷에 레이스가 달린 하얀 앞치마를 두른 한 금발머리 아가씨가 유리문 뒤의 담배 가판대 앞에 앉아 잡지를 읽고 있다. 오늘 저녁에 이러한 충돌 사건들이 계속해서 잇달아 일어나는데도, 단한 번도 그녀는 자신의 시선을 조금이라도 위로 향한 적이 없었다. 비인간적인 존재나 초자연적인 존재만이 이렇게 무관심하게 앉아 있을 수 있었다. 그녀의 모습은 반쯤 숨겨져 있었기에, 곱절로 더 강력하게 작용하였다. 누구나 무의식적으로 그녀 곁을 지나가기를 소망했다. 그 문을 가볍게 통과하도록 유혹하는 바로 그러한 그녀의 모습이 사람들이 폐쇄된 유리문에 기괴하게 부딪히는 것과 분명 무관하지 않았을 것이다.

비젠트 강변에서 순식간에 일어났던 사건. 우리 앞에는 스위스의 프랑스어권 지역을 흘러가는 폭이 좁은 강물이 있다. 그 강의 절반은 둑으로 막혀 있고, 다른 절반은 협로와 작은 낙차가 있는 급류를 형성하고 있다. 이 강물은 순간적으로 깊어지는 검푸른 작은 곡류천으로 흘러 들어온 다음, 다시 수심이 얕아져서 원활하게 직선 코스로 접어든다. 세 명의 아이들이 고무보트를 타고 그리로 접근한다. 그들은 작은 강을 사방으로 가르고 있는 절벽을 향해 다가가면서, 강가에 있는 단 한 사람만을 주목한다. 이 사람은 둥근 바위에 다리를 꼬고 앉아 있다. 모두 다 만족한 모습이다. 친절한 대접을 받은 데다, 더욱이 8월의 햇살이 가득한 휴가철 저녁이었기 때문이다. 그런데 갑자기 그들을 태운 보트가 움직이지 않는다. 보트의 뾰족한 앞부분이 댐의 경계 지역에 걸린다. 반면 많은 인원을 태운, 보트의 무거운 부분은 급류에 휩쓸린다. 그들은 뱅뱅 돌며 허공으로 노를 젓는다. 보트가 기울자, 구릿빛으로 그을린 둥근 얼굴들에 공포가 생겨난다. 배가 기울고 전복된다. 그들은 모두 배 밖으로 떨어져 강물에 빠진다. 방금까지 미소를 지으며 저 건너편으로 인사하던 한 소녀가 눈 깜짝할 사이에 일어난 예기치 못한 사태에 전혀 저항하지 못한 채 정수리까지 물에 잠긴다. 그 중에서 나이가 가장 많은 소년과 그 소녀는 급류에 휩쓸려 물속으로 들어갔다 나왔다 한다. 수영을 전혀 못하는지 아니면 두려워서 수영할 엄두를 내지 못하는지 아무튼 이들은 물속에서 표류하며 서로의 주변을 맴돌고 있다. 가장 나이 많은 소년은 두 다리가 모두 물속에 떠 있는 상태에서 남동생과 여동생을 구조해 내려고 그들을 내가 있는 강가 쪽으로 떠민다. 그제야 나는 앞으로 뛰어나와 강물로 몸을 굽히며 아이들에게 손을 내뻗는다. 왜냐하면 그 소녀의 머리가 물속으로 사라져 버린 순간, 그것을 거만하게 관람하려던 꿈이 중단되었기 때문이다. 나는 가장 멍청한 사람이나 가장 타락한 사람이 이 상황에 개입했을 법한 모습으로, 아무 생각 없이 행동하였다. 나는 그 소녀를 제방으로 끌어올린 다음, 일으켜 세워 주었다. 그녀가 내 앞에 서자마자, 나는 잠시 동안 중단된 그녀의 삶이 그녀의 어린 얼굴에 남겨 놓은 달콤한 공포를 즐겼다. 그런 다음 그녀의 몸에 미끈거리며 달라붙은 젖은 옷을 쳐다본다. 그녀의 가슴은 위험 때문인 듯 빳빳하게 부풀어 올랐다. 마치 강물에서 성숙한 여인의 몸을 건져 내기 위해 어린 애가 물에 빠진 것을 본 듯했다. 그녀는 곧바로 (그리고 아직도 몽롱한 정신 탓에 우아하게) 그녀 스스로 '구원'이라고 부른 것에 대해 감사를 표한다. 다행스럽게도 가장 큰 형이 남동생을 육지로 끌어올린 다음 자신도 육지로 올라온다. 그러고 나서 그 아이는 "아니! 다시는 너희와 보트 타지 않겠어"라고 화가 나서 소리친다. 그 후 그 세 명은 모두 휩쓸려 가는 보트를 뒤쫓아 따라가더니, 다음 강어귀에서 그것을 건져 낸다.

우연과 유희하기 위해서는 자신이 지금 상징적인 영역에서 어떤 힘의 지점에 위치해 있는지 그리고 자기 스스로 이 상징적 영역에 은밀히 무엇을 제공하는지를 항상 간파하고 있어야만 한다. 강가의 어느 바위에 앉아 있는 그 남자는 모든 강물 앞에서와 마찬가지로 이 여린 강물 앞에서도 기대에 차 바라보며, 욕망에 사로잡힌다. 자신의 바로 앞에는 강물 속의 덫처럼 위험한 지점이 있다. 욕심 없는 천진한 얼굴을 지닌 아이들이 보트를 타고 그곳으로 들어온다. 그들이 그곳을 정말 무사히 지나갔더라면, 나는 생전 처음으로 사고와 충돌이 에로틱한 마술적 사건이라는 사실을 의심해야만 했을 것이다. 그러나 이번에도 그것을 의심할 아무런 이유가 없었다.

한 처녀가 통은 넓지만 허리 부분은 좁으면서 안이 훤히 비치는 흰색 마 바지를 입고 있다. 그래서 튀어나온 슬립 레이스와 성기의 그림자가 그 바지의 일부를 이룬 것처럼 보인다. 그녀는 밤 열시에 파이프 이음쇠 옆에 있다가, 줄넘기하는 줄을 손에 들고 숨을 헐떡이며 지하실 계단을 올라온다. 그녀는 다른 사람을 쳐다보지도 않고 인사도 하지 않으며 조금도 주저하지 않고 걸어간다. 단련된 그녀의 사지에서는 땀이 흠뻑 밴 김만 새어 나온다. 비열하면서도 참을성 있고, 분주하면서도 무관심하며, 근접할 수 없으면서도 집중적으로 소비되는 나르시시즘이 급격히 상승할 뿐이다. 살덩이로 치장된 이 트레이닝 기구, 육화된 이러한 무관심, 불임적인 우아함의 재가공 처리 시설, 안락한 우리 시대의 이 브랜드 상품, 어디서나 볼 수 있는 무관심하게 운동만 하는 이 세련된 타입. 이 여자가 정말 우리가 욕망의 대상으로 격하하려는 바로 그 여자인가?

그래, **섹스**가 살인을 할 수 있다면! 그것이 그러한 비참한 순응과 헛된 문명화를 최소한 교란시켜 망쳐 놓고 일그러뜨리며 쓸모없게 만들 수 있다면. 그리고 그것이 단련된 심장을 정지시킬 수 있다면…… 하지만 그녀와의 모든 육체적 거래는 사람들이 불가피하게 살해하고자 한 바로 그 **모델**의 자기 단련 행위로 남게 되지 않겠는가?

한 주유소 사장이 계산대로 몸을 굽힌 채 주유소 직원과 함께 지금 상황에 적합한 말, 즉 잊어버리고 있던 한 관용구를 기억해 내려고 애쓴다. 주유소 사장: "누군가에게 무언가를 선물하는 것이 아니라 그냥 줄 때 그리고 그에게 무언가를 믿고 맡기면서 그가 잘 맡아 줄 거라고 생각할 때, 대체 뭐라고 말하지? 어떻게 돈을 준다고 하지?" 주유소 직원: "당연한 권리로요." 주유소 사장: "아냐. 아휴. 어떻게 준다?" 주유소 직원: "양심을 믿고 현명하게." 주유소 사장: "아냐, 아냐. 누군가에게 돈을 믿고 맡기는데, 영수증을 받지 않는다고. 그에게 흠흠흠 하고 준다니까!" 서비스를 기다리는 손님: "신용과 믿음으로." 그러자 사장과 직원은 동시에 "물론이지요. 신용과 믿음으로지요"라고 말한다.

이러한 관용구는 구어의 유물이기 때문에, 이것을 정확히 사용하기 위해서는 자주 들어야만 한다. 그러한 미사여구나 관용적 표현을 때때로 사용할 때면 누구나 스스로 약간의 불확실함을 느끼게 마련이다. 그런 불확실함은 때때로 속담을 뒤섞거나 왜곡시키는 패러디를 낳기도 한다. 관용구가 기억나지 않을 때 우리는 갑자기 민속어가 갖는 전수의 흐름, 즉 자신의 개인적 문체의 산물이 아닌 관습과 공유 재산으로부터 차단당하고 있음을 느낀다. 우리는 관용구를 인용하고자 할 때, 서두에 종종 **사람들이 뭐라고 말하지?**라고 묻곤 한다. 이로써 우리는 이러한 관용구에 어느 정도 반어적 거리를 두며, 집단적 회상이라는 인용 부호를 달게 된다. 우리는 그러한 문구를 잘 알지도 못하며, 오랫동안 듣지도 못했다. 그래서 그것은 이제 더 이상 우리의 소유물이 아니다. 우리 머릿속에 훨씬 더 깊이 박혀 있는 것은 텔레비전 광고에 나오는 간결하고 힘있는 문구들이다. 내가 한동안 같이 일했던 정원사 견습생들은 화요일 아침마다 "할 일이 많으니, 시작합시다"라고 인사한다. 그들은 똑같은 조롱조로 "꼬리가 길면 잡힌다" 또는 "될성부른 나무

는 떡잎부터 알아본다"라고 말했을 수도 있었을 것이다. 그 외에도
이와 같은 공동 작업을 할 때 미사여구를 시시때때로 사용하는 것
이 얼마나 불가피한지가 잘 드러난다. 노동을 하는 동안 이루어지
는 이러한 대화는 일반적으로 최소한의 수단으로 합의를 달성하려
고 한다. 온갖 종류의 문구와 짧은 표현들이 이러한 목적에 사용된
다. 내가 지금만큼 자주 사용한 적이 없는 "알겠어"라는 말은 합의
에 필요한 흐름을 방해하지 않으면서 이를 뒷받침해 주기 위해 사
용되었다. 지상에서 열심히 일하는 노동자들은 의견 교환을 할 때
논쟁이나 반박을 할 수 없다. 만일 상대방이 자신의 말에 찬동하는
대신 이의를 제기할 경우 이야기는 중단된다. 모든 말은 공동의 말
이 되는 것을 목표로 하며, 그러한 말들을 통해 이것은 항상 사장
의 말에 이의를 제기하거나 반박한다는 의미를 내포하고 있다.

감탄사의 정신. 캘리포니아에서 여자 판매원이나 웨이터 또는
다른 사람에게 감사하다는 말을 하면, 이들은 "천만에요(You're
welcome)"라는 말 대신에 특이하면서도 짧은 감탄사, 즉 '아하'
와 유사한 소리를 낸다. 이것은 입을 반쯤 벌린 상태에서 두 번째
음절*에 강세를 강하게 주며 내는, 거의 콧노래에 가까운 소리이
다. 이 표현이 '오케이'나 '알겠어요' 정도의 의미를 갖는데도, 우
리 귀에는 어쩐지 이상하게 들린다. 마치 누군가가 놀란 듯이 "아
하!"라고 하면서 감사하다는 말에 답변하는 것 같다.
    여러 말들이 지니고 있는 간결한 의미가 감탄사(Interjektion)
인데, 이 문법 용어를 순수 독일어로 표현하면 느낌씨*이다. 이것

96

은 대화상에서 듣는 사람이 놓치기 쉬운 말이다. '하', '오', '아우' 또는 '아, 주여' 같은 감탄사는 장황한 대답보다 상대방의 말에 숨겨진 개인적인 의도를 좀 더 잘 이해할 수 있도록 해 준다. 더욱이 의미가 불분명한 불변화사 '음—'에는 거의 헤아릴 수 없을 정도로 많은 강세와 암시가 내포되어 있다. 미세한 차이를 지닌 다양한 의미들이 아주 작고 밀랍처럼 부드러운 짧은 음 하나만으로도 표현될 수 있다. 이 음은 높은 톤의 놀람에서 가장 낮은 톤의 의심, 긍정하는 척하는 것에서 머리를 절레절레 흔드는 부정을 대신하는 것, 그리고 길게 소리를 끌며 즐겁게 칭찬하는 것에서 조급하게 서두르며 빨리 이해하는 것에 이르는 다양한 의미를 가지고 있다. 원칙적으로 모든 감정은 '음—'이라는 감탄사로 작곡될 수 있다. 물론 '음—'이라고 말하는 사람의 명성과 권위에 따라 그것은 달라진다. 이 말을 할 때 낮은 지위에 있는 사람은 대체로 입을 좀 더 크게 벌려야 한다. 목소리와 분위기의 섬세한 유희에 자신을 맡기고, '음—'이라는 감탄사로 다른 여러 말들이 필요로 하는 모든 것을 다 끌어내기 위해서는, 그 말을 하는 사람이 반드시 어느 정도의 카리스마를 지녀야 한다. 하지만 그것은 종종 부자연스러운 침묵의 음이자 내적인 불안과 신경증적인 의사소통 장애에서 나타나는 악센트이기도 하다. 어쩌면 「사이코」에서 앤터니 퍼킨스가 자신의 제물에게 모텔 방을 세놓기 직전, 땅콩을 까먹으며 당혹스럽게 덧붙여 낸 스타카토 식의 '음—음—'을 떠올릴 수 있을지도 모르겠다. 또한 파멸한 한 여자 친구가 한 문장이나 어떤 주장을 끝낼 때마다 매번 내던, 완고하게 들리던 나지막한 '음—' 소리도 떠오른다. 그것은 대략 '맞아, 그랬어' 정도의 뜻이었을 것이다. 그러나 그것은 또한 그녀가 상대방에게서 듣고 싶어한 동의의 소리일 수도 있었다. 이것은 근본적으로 자기자신에게 만족하지 못한 채 중간 결산으로 내는 '음—'으로, 약간은 회의적이면서도 그녀 자신에게 계속해서 말하라고 보내는 격려처럼 들리기도 했다. 그것은 그녀가 초조한 상태에서 무의식적으로 내는 소리였다. 이와 유사하게 멍한 상태에서 기이하게 내는 또 다른 '음—음—' 하는 소리는 내가 언젠가 짧은 시간 만났던 수학자가 줄곧 입을 꼭 다물고서 목구멍에서 내던 소리였다. 그는 언제나 대화를 하다가 잠시 쉬는 동안 이 소리를 냈다. 그것은 주고받던 대화가 이미 오래 전에 끝난 뒤 뒤따르는, 일종의 음성적 경련 같은 것이었다. 내게는 그것이 한편으로는 말 더듬는 습관을 끊고 그 습관을 지연시킨 결과 생겨난 것처럼 보이기도 하지만, 다른 한편으로는 개인 대 개인의 관계에서 내는 감춰진 좀더 깊은 내면적 항의와 불신의 소리처럼 들리기도 했다. 이 경우 상상적인 것/무의식적인 것은 원칙적으로 **실제로** 말한 것과 일치하지 않았다.

감탄사는 기분이 자기도 모르게 입으로 껑충 뛰어오른 것이다. 또 혹시 누가 아는가. 결국 모든 인간의 언어가 어쩌면 본성의 끊임없는 중얼거림으로 향하는 그런 감탄사, 튀어나온 말, 느낌씨에 지나지 않을지도 모른다.

어머니와 딸 모두 이제 나이가 들었다. 모녀의 얼굴에는 가난과 자기혐오가 남기고 간 방치의 흔적이 똑같이 새겨져 있다. 어느 뜨거운 여름날 오후, 그들은 두툼한 장바구니를 들고 몸을 질질 끌며 텅 빈 교회 광장을 걸어가고 있다. 딸은 쉬지 않고 무언가를 이야기하며, 단조로우면서도 거의 알아들을 수 없는 소리를 중얼거린다. 어머니는 그 중 한 단어를 알아듣고는 "베아식스? 그게 뭐니? 차 이름이니, 아니면 육즙 이름이니?"라고 묻는다. 어머니가 물어 보는 그 순간 갑자기 입을 다물었던 딸은 이제 다시 이에 개의치 않고 계속 중얼거린다. 그녀는 이야기하는 것이 아니라 단지 무수히 많은 상품명만을 나열하고 있는 게 분명하다. "베아식스라고 했지? 그게 뭐냐고?"라고 어머니는 다시 한 번 묻는다. 딸은 "아무 말도 안했어"라고 대답한다. 오직 이 문장 하나만 퉁명하면서도 분명히 알아들을 수 있게 튀어나온 뒤, 곧바로 다시 중얼거리는 소리가 흘러나온다. 그녀는 이렇게 (자신이 원하는?) 상품명을 쏟아 내는 것을 멈추지 않는다. 그녀의 장바구니에 들어 있을 수 없는 상품들. 그녀가 살 수 없는 상품들. 그녀 자신이 기억할 수 없는 상품명들.

우리는 지하철역과 지하 주차장에서 자동판매기가 단조로운 소리로 가격을 알려주는 것을 흔히 들을 수 있다. 이 여자 판매원도 이러한 소리에 익숙해져 있다. 그녀는 사람들 사이에서 통용되는 "7하고 28이오"라고 말하는 대신 자동판매기와 똑같이 "지불하실 금액은 7마르크 28입니다"라고 부동의 자세로 친절하게 말한다. 그녀가 보여 주는 공손함의 모범은 바로 그녀가 모방하고 있는 자동판매기인 것이다.

비스콘티*의 영화 「레오파드」에서 제후가 시종을 불러 자신이 옷입는 것을 돕도록 하는 장면이 나올 때면, 관람석에 앉은 사회 비판적인 한 젊은 여성의 축 늘어진 한숨소리를 들을 수 있다. "아 맙소사"나 "이런, 이런" 하는 소리와 함께 이 영화가 아닌 (또한 영화감독의 관점도 아닌) 단지 제후라는 인물만이 어릿광대극의 악당처럼 질책을 받는다. 이러한 현대의 젊은 정치 참여자들은 모든 것을 통찰하면서도, 아무것도 들여다보지 못하는 자신의 신체 기관들과 이야기 그리고 자기 자신 사이에 어떤 거리가 있다는 것을 인정할 준비가 되어 있지 않다. 이들은 이야기의 기호들을 자기 자신과 직접적으로 연관시키고, 모든 것을 하향 평준화되어 있고 세련되지 못한 그들 자신의 사회의식에 따라 평가한다. 이러한 평가를 할 때 사람들은 자신들의 힘과 분노와 지향점이 얼마나 부족한지를 바로 느끼게 된다. 여기에서는 이미 오래 전에 고루해진 자족적인 비판만이 힘없이 반복되고 있을 뿐이다. 이와는 반대로 이 영화 뒷부분에서 "통치권을 얻으려 온갖 용을 쓰다"와 같거나 비슷한 말이 나오면, 새파랗게 젊은 애들 중의 하나가 기뻐한다. '다중 인격 장애'에 시달리는 듯한 뇌를 지닌 이 젊은 애가 **온갖 용을 쓰다** 같은 말을 듣고 무엇을 상상할 수 있겠는가? 그 아이는 지금까지 그런 말을 한 번도 들어 본 적이 없다. 하지만 그는 그 말을 잘 낚아채 두었다가 새 배지를 달듯, 이것을 자신의 은어 목록에 끼워 둔다.

전수(傳受). 음향기기 회사의 네 직원들―그 중에는 과장이나 사장쯤 되어 보이는 중년 남자도 있다―이 입사 축하 기념일의 밤을 함께 보내고 있다. 검은 눈에 갈색 고수머리의 한 젊은 여자가 대담하면서도 좀 음탕해 보이는 표정을 짓고 있다. 그녀는 양쪽 귀 뒤로 머리를 높이 묶어 올린 1930년대의 헤어스타일을 하고 있다. 그녀는 회사의 다양한 직위를 영화 제목으로 특징짓는, 직원들 사이에서는 잘 알려진 농담으로 분위기를 띄우는 데 한몫한다. 가령 수습사원은 「내가 쓰러질 때까지」, 말단 직원은 「뭔지도 모르면서 한다」, 판매원은 「끝까지 사기 친다」, 경영진은 「백만장자 도둑」 같은 식이다. 이 젊은 여자가 오래된 이전의 농담을 하는 것을 들으니 기분이 이상하다. 왜냐하면 그녀는 너무 어려서 앞에 언급된 영화들을 알 수 없었기 때문이다. 더욱이 그 중 일부는 이미 오래 전에 잊혀진 영화들이다.

텔레비전 중독증이면서 사회 복지 시설에서 일하는 한 소녀가 어린아이 같은 예쁜 펑크스타일에 짧고 검게 염색한 고슴도치 머리를 하고 있다. 이 소녀는 일본 남자에게 독일어에는 없는 어떤 말이 일본어에는 있는지 집요하게 묻는다. 그 일본 남자가 추정 가능한 일본어의 특징들을 모두 열거하면서 그것을 독일어로 번역해 주자, 그녀는 손짓으로 아니라는 표시를 한다. "짐작컨대 당신이 말한 것 중 내가 지금 모르는 것은 아무것도 없어요." 그녀는 어쩌면 열네 살, 많아야 열여섯 살로, 정규 학교를 다닌 적은 없지만, 루돌프 슈타이너 학교에 다니고 싶다는 **꿈을 가지고 있다**. 그녀보다 적어도 열 살은 많은 여자 친구가 언젠가 '매출'이란 말을 사용한 적이 있는데, 그때 이 소녀는 그 말을 이해하지 못해 둥근 이마를 찡그린다. 그러자 어머니뻘의 이 여자 친구는 '매출이란 음악 콘서트 같은 데서 벌어들인 돈이야'라고 말한다. 그녀는 이러한 설명을 역겨워하면서 일어서더니 텔레비전 프로그램 잡지를 뒤적인다.

나는 그 아버지도, 그 딸도 다 좋아하지 않았다. 나는 언젠가 그들이 서로 싸우는 소리를 들은 적이 있었다. 그녀는 열일곱 살쯤 되었고 더 많은 돈을 원했다. 그는 40대 초반이었고 그 돈을 주려고 하지 않았다. 딸은 학생 운동 출신의 화가이자 교수인 아버지에게 오만하게 공격적인 어휘를 사용하며 욕설을 퍼부었다. 그 말들은 예전에 이 교수 자신이 퍼뜨린 것이며, 지금도 여전히 사용하고 있는 말이었다. 단 그가 위자료 지불을 피하고자 할 경우에만, 그런 욕을 사용하지 않았다. 그들 사이에 있어서 세대 간의 갈등은 역사의 거짓 농담이나 비역사의 진지한 간주곡처럼 작용하였다. 나는 두 사람 모두에게 더 이상 관심이 없다는 사실을 깨달았다. 잘못은 두 사람 모두에게 똑같이 있었다. 마치 똑같은 이유에서 사람들이 이 국가 형태나 또 다른 국가 형태에 모두 반대하는 것처럼 말이다.

나는 집을 점거한 시위자들과 그들의 친구들 무리 틈에 끼어 비텐베르크 광장에서 놀렌도르프 광장까지 함께 뛰었다. 좋은 집단과 여러 커플들 사이에서 나 홀로 말이다. 수십 대의 전경 차량들과 온갖 종류의 경찰차들이 우리를 클라이스트 거리로 내몰았다. 궤멸된 시위자들은 "코트부스 성문으로!" 하고 서로에게 외쳤고 그 중 몇 명은 지하철을 탔다. 하지만 안 돼, 나는 여기서 돌아가야 해. 이 젊은이들 틈에 끼어 함께 시위할 수는 없어. 지금 반대 방향으로 돌아가고 있는 행인은 유일하게 나밖에 없기 때문에, 그들은 억수같이 쏟아져 내 쪽으로 다가오고 있다. 권력에 대한 분노를 가지고 있는지 아닌지가 단합을 결정하는 유일한 감정이다. '오 그들이 온다면! 그들이 텅 빈 집뿐만 아니라 사람이 살고 있는 집에도 몰려와 우리를 침대에서 끌어낸다면……!' 하고 시민들은 생각한다. 집이 점거되는 것이다! 이때는 위대한 암호가 본래 행위보다 더 강력하게 작용한다. 국가가 아니라 집과 고향과 우리에게 가장 소중한 것이 위험에 처해 있다. 국가 같은 게 대체 무엇이란 말인가? 나는 이 시위 가담자들 중의 어느 누구도 믿지 않는다. 그 어느 누구도! 하지만 그들이 없다면 어떠한 움직임도 없을 것이고, 어떠한 대립도 존재하지 않을 것이다. 따라서 아무런 의미도 존재하지 않을 것이다. 시위에 참여하지 않은 제3자가 볼 때 그 시위에는 흥분과 중대한 의미, 그리고 좀 더 고귀한 것이 작용하고 있다. 행동가들에게 있어서 정치적인 것이란 값싼 둥지에 불과하다. 그래서 나는 경찰에 맞서는 그들의 가벼운 용기를 혐오한다. 누군가가 자기 자신에 대해서는 조금도 느끼지 못하면서 연대 의식이라는 거짓 감정으로 자신이 당하는 구타까지도 견뎌 낸다면, 도대체 용기라는 것이 무슨 의미가 있겠는가? 마침내 다시 폭동이 일어났다! 그것이 바로 우리가 필요로 하는 것이다. 너무 많은 것들이 지난 몇 년 동안 묻혀 있었고, 개인적인 것으로 전환되었다. 하지만 몇몇 주요한 반국가 사범들이 국가의 공복이 된 것을 볼 때면, 더 이상은 그렇게 과도하게 희망에 들떠 기뻐하지만은 않게 된다. 다음날 아침 한 범죄 심리학자의 노골적이면서도 냉소적인 발언이 신문에 실린다. "낙오자들이나 폭도들 또는 그러한 부류의 사람들. 이들은 아직도 정상적인 기준을 받아들이는 법을 배우지 못한 사람들이다." 이에 대해 경찰이 친히 나서서 냉정함이라는 삶의 전략을 근거로 들며 이렇게 이야기한다. 아니야, 아니야, 우리는 너희를 두들겨 패서 정상적인 기준 속에 처넣지 않겠어. 무엇 때문에 그렇게 하겠어? 저절로 그렇게 될 텐데. 삶이란 그런 것이다. 그리고 충분히 많은 사람들이 자신의 대열에서 이탈하여 점차적으로 이 불쌍한 과정의 희생자가 되고, 결국에는 범죄 심리학자의 경험 모델을 충족시키지 않았던가? 하지만 다른 사람들도 있다. 예를 들면 예술가가 그러하다. 이들은 청춘과 더불어 모든 용기를 잃어버리는 것이 아니라 오히려 나이가 들수록 점점 더 급진적이 되고 더 엄격하게 자신의 의무를 이행한다. 많은 급진적인 정치가들이 그들로부터 어떻게 하면 완고하고 편협한 정신으로부터 스스로를 지킬 수 있는지를 배울 것이다. 코트부스 성문으로 돌진! 함께 움직일 수 있는 사람만이 사고할 수 있다. 그들은 자신을 질식시킬 것만 같은 솜 껍데기를 물어뜯고 탈출해야 한다.

출생지. 나는 내 고향에서 언덕을 오르락내리락하기도 하고, 베스터발트*의 고지에 있는 들판을 건너기도 했다. 그리고 란 강*의 협곡 위를 걸어 다니기도 했다. 반대편 란 강변에서는 타우누스 산맥*이 시작된다. 지금 부모님 집 뒤쪽으로는 숲길이 위로 가파르게 나 있다. 킨츠발트*를 관통하는 정말 확 트인 길이다. 그 안에는 컴퓨터로 조종되는 산악 철도가 운행되고 있다. 이 철도는 작은 도시에서 우리 마을로 온 휴양객들을 고산 지대와 새로 생긴 대형 병원 건물들로 신속히 실어 나른다.

오, 그리고 나는 산비탈에 있는 황폐해진 우리 집터를 지나갔다. 울타리는 허물어져 있었다. 정원의 철문은 부서진 채로 열려 있었다. 작은 석조 가옥 역시 반쯤 전소되어 부서졌다. 그 작은 집이! 그곳은 항상 내 머릿속에 다시 등장하는 유일한 장소이고, 내 깊은 꿈의 감시자이며, 이전에 금지된 것들을 숨겨 놓는 곳이기도 하다. 그곳의 출입구 쪽은 완전히 방치되어 불에 그슬린 채로, 또 약탈당하고 도둑맞은 채로 반쯤 열려 있다. 하지만 나는 그 안을 들여다볼 수가 없다. 그 높은 언덕을 넘어가면 이웃 마을로 내려간다. 눈이 내리는 것을 가로막고 있는 안개와 구름 그리고 붉은 기운이 전혀 없는 파란 태양. 나는 란 강변의 천 년 된 떡갈나무 옆에 있는 이전의 '제국 직속 도시'에서 오랫동안 서 있었다. 도도히 흘러가는 란 강은 품안에 쏙 들어옴직한 작고 조용한 강이었다. 수면의 작은 소용돌이가 만들어 내는 강가의 요동치는 지점들이 물속의 긴 벌레들처럼 쭉 뻗어 올랐다가 다시 사라졌다. 그 후에 나는 둑과 수문 옆에 서 있었다. 우리 중 용감한 아이들은 수문에 있는 다리에서 뛰어내리기도 했다. 내 학창 시절만 하더라도 이 잔잔한 작은 강에 적어도 두 명은 빠져 죽었다. 그다음으로 내 기억은 수영장에서 멈췄다. 멈춰? 아, 그것을 기억하는 것은 내게 불가능해 보인다. 그 장소는 이전에 비해 많이 달라져 있었고, 수풀로 뒤덮인 채 완전히 부서져 있었다. 하지만 그곳에서 발견해 낸 **장면**은 그리 변해 있지 않았다. 욕망, 버둥거림, 졸지 않는 것, 숨겨진 것을 알아내려는 것. 그것은 25년 전 그대로였다. 이 장면 은 내가 학교 친구와 숙제를 다 한 뒤, 한가롭고 따사하던 오후에 둘이서 수영복을 입고 누운 채로 주위를 둘러보고 있을 때, 내가 친구에게 "나는 언젠가는 철학적인 사유를 하면서 '모든 것에 관 한' 무한한 책을 쓸 거야"라고 말하던 것이었다. 그리하여 오늘날 나의 가장 사소한 글조차도 무한한 직물에 작은 실을 계속해서 갖 다 붙이는 것보다 한치도 겸손하지 않으며, 그보다 덜 요구하지도 않는다. 이 장면은 계속되지만, 그 장소는 산산이 부서져 있다.

　이곳에서는 아무것도 **생겨나지 않았다**. 이곳에서는 무언가가 본 질적인 것으로 붙잡혔다. 그것을 붙잡기 위한 나의 노력은 끊임없 이 반복되었다. 나의 유일하면서도 진정한 시간 체험은 요동하는 동시성의 체험이다. (부모님 집에 있는 모든 창문에서 바라본) 강 물에 대한 피할 수 없는 시선이 없었더라면, 그 강물로부터 피할 수 없는 하나의 개념을 얻지 못했더라면, 나는 그러한 생각의 근 처에도 이르지 못했을 것이고, 영속성과 고요함이라는 강물의 또 다른 측면 역시 결코 생각조차 못했을 것이다.

글

그는 모든 숙소에서 멀리 떨어진 야외에 앉아 있었다. 때는 가을이었다. 그는 지금까지 읽은 것 가운데서 가장 중요한 내용을 담은 한 권의 책을 읽고 있었다. 그런데 갑자기 황혼이 몰려오더니, 곧 정말 어두워지기 시작했다. 그는 주변 어디에서도 인공조명이라고는 찾아볼 수 없는 야외에서 글자를 읽으려고 애썼지만, 그 책은 계속해서 자신의 모습을 감추더니, 그의 손에서 사라져 어둠 속에 묻혀 버렸다. 그 순간 그에게는 다음날 아침 첫 햇살이 비치면 안심하고 다시 책을 읽을 수 있으리라는 확신이 없었다. 그는 피할 수 없는 박탈감에 완전히 사로잡혀 있었던 것이다. 그에게 있어 그것은 실명(失明)과 분리 그리고 거세를 의미했다.

그는 "**언어**만이 네가 항상 겪어 왔고 지금까지도 겪고 있는 이 비참한 고독을 견뎌 낼 수 있도록 해 주었어"라고 자신에게 말했다. "언젠가 이 언어가 너에게서 모든 것을 요구하고, 외관상으로만 나타나는 보잘것없는 말들을 제외하고는 거의 다 사라질 때가

오면, 무슨 일이 일어날지 넌 전혀 모르고 있어. 아주 미세하게 바스락거리는 이 소리를 네 정신의 언저리 어딘가에서 네가 듣기 전까지는 진정한 고독이 무엇인지 결코 알지 못할 거야. 말이 자기들끼리만 어울리고 네가 거기에서 따돌림당해 그 어떤 인식도 할 수 없을 때가 되면, 네가 어떤 모습으로 쪼그리고 앉아 있을지 상상조차 못할 거야."

우리는 언어 속에 있음으로써 심층의 고향과 망명지를 얻게 된다.

텍스트가 모든 여타의 갈망하는 덤불을 불태우고 소멸시킬 유일한 불길이 아니라는 사실이 그에게는 종종 극심한 고통이 된다. 그는 단지 텍스트가 되고 싶을 뿐, 다른 어떤 것도 원하지 않는다. 그리고 그 외의 것을 동경하는 것을 부끄럽게 여긴다. 지친 표정으로 느릿느릿 비통하게 텍스트를 쓰고 있을 때의 그 모습은 심연 위에서 비틀거리는 모습처럼 얼마나 위태로운가! 그의 심기가 거슬리는 이유는 사람들의 글 솜씨가 나빠서가 아니라 그들이 글쓰기 자체를 나쁜 것으로 여기기 때문이다.

무언가에 관해서 글을 쓰는 것이 아니라, 그것을* 쓴다. 누군가를 사랑하는 것이 아니라 그녀를(사랑 자체를) 사랑한다. 회귀에 대한 욕망이 만들어 내는 아우라와의 사랑스러운 만남, 다시 용해된 개성 덩어리와 신화의 사랑스러운 만남. 글쓰기는 결핍이라는 사태를 해석한다. 문자가 있는 곳에는 모든 것이 결핍되어 있다. 사라져 버린 것들, 사라져 버린 몸을 욕망하는 것은 인간의 언어가 지닌 원초적인 성애이다. 인간의 언어는 직접적인 자극 유발 물질을 통해서가 아닌, 의미와 상징을 거쳐서만 소통을 만들어 낸다. (물론 이때 우리의 외침과 말은 자신의 구역을 표시하며 항상 서로의 목소리를 느끼고 있는 명금류의 행동 패턴과 똑같은 패턴을 잠재의식적으로 따른다.)

기호 자체도 육체가 있다. 문자 역시 스케치이고, 어느 정도 쪼글쪼글해진 사물이다. 그리고 이것은 얇은 피막이자 물질의 숨결이며, 장식인 동시에 분비물이다.

누구나 모든 글의 흔적을 가지고 있다.

우리들 안에 구겨 넣어진 종이가 밤이면 펼쳐진다. 첫 줄이 거꾸로 쓰인 채 내팽개쳐진 종이가.

옥타비오 파스*: "작가는 국립 궁전이나 나치의 특별 재판소 혹은 중앙 위원회 사무실에 대해 이야기하지 않는다. 민족, 노동자 계급, 정당의 이름으로도 말하지 않는다. 심지어 자기 자신의 이름으로도 말하지 않는다. 진정한 작가는 맨 먼저 자신의 실존을 의심한다. 문학은 누군가가 '내가 말할 때, 내 안에서 말하는 것은 누구인가?' 라고 자문할 때에야 비로소 시작된다."

그리고 발레리*는 말한다. "정신의 폭군이 문학에 부과하려고 하는 역설적인 조건은 익명성일 것이다. 그는 '사람들은 나중에 결국 자기가 받아들일 수 있는 이름을 갖지 못한다. 그 자신의 내면에서는 어느 누구도 **특정한 사람**이 되지 못한다'라고 말할 수 있을 것이다."

사람들은 문학의 위임을 받아야만 글을 쓴다. 지금까지 쓴 모든 글들의 감독 아래 글을 쓰는 것이다. 그러면서도 또한 자연적인 고향을 상실한 곳에서 정신적인 고향을 점차적으로 창조하기 위해 글을 쓰기도 한다.

작가와 문자가 가지고 있는 근본적인 주변성에 대해 뭐라고 말해야 할까? 무수히 많은 대중매체 및 무의미성이 가하는 폭력과 마주하고 있는 우리는 도대체 누구란 말인가? 우리는 아무런 존재도 아니며, 결코 어떤 존재인 적도 없다. '나는 존재하지 않고 나의 잠적을 유발하는 파동(波動)의 언저리에만 문자라는 네가 존재한다'라고 말할 수 있을 때에야 비로소 우리 자신에게 적절한 자리를 지정해 줄 수 있다. 도와 달라고 외치기 직전, 꼬르륵거리며 다시 물속으로 가라앉는 만취한 사람의 머리가 흘러가는 물결 속에서 이리저리 구르고 있다. 이것이 예술 작품에 나타나는 페이딩*이며, 이렇게 달아나는 가운데 붙잡힌 것이 리얼리즘의 핵심을 이룬다. 그사이에 모든 책들이 다 중요성을 상실해 버렸다. 아직까지는 '내부 시장'에서 내용적으로 알차고 구조가 복합적이면서도 복잡한 책들의 출판을 허용하고 있지만, 그러한 책들 역시 시대의 흐름에 잘 순응하는 인기 있는 유행 서적과 마찬가지로, 뿌리 내릴 만한 토양을 발견하기가 쉽지 않다. 아무것도 구축되지 않는 곳에서는 저항적인 것도 버틸 수가 없는 법이다. 모든 작품들은 공통적으로 속도의 지배와 점증하는 가속화 그리고 전면적인 통과의 희생물이 된다. 폴 비릴리오*의 말이 맞다면, 우리가 이미 살고 있거나 시간을 소일하고 있는 가속화의 권력 체계에서 **지속적인 것**은 법칙에 어긋나는 것이 된다.

여기에서는 가장 철저한 진리조차도 잠시 머무는 하나의 '물결'에 지나지 않는 운명을 맞이한다. 그 결과 가령 진지한 생태 문학조차도 (그것을 둘러싸고 있는 호의적인 대안 신문들과 함께) 좌파들의 세미나를 통해 발간된 무수한 책들이 몇 년 전 겪은 운명과 똑같이, 서점의 계산대에서 또 다시 한 모퉁이의 전문 서적 코너로 사라지게 될 것이다. 조만간 매스 미디어들은 이와 같이 계속되는 비관적인 발언에 싫증을 느낄 것이다. 사회 운동 역시 우리의 상황을 개선하기 위한 최소한의 시도가 미처 시행되기도 전에 스스로에게 싫증을 느끼게 될 것이다. 싫증은 우리 문화의 절대적인 지배자이다. 앞으로 언젠가 소위 파국이라고 불리는 상황이 일어난다면, 그것은 아마 파국에 대한 관심이 더 이상 존재하지 않는 시점에 일어나게 될 것이다. 그렇게 된다면, 사람들은 하품을 자아내는 공포를 겪는 사치를 누릴 것이다.

역설적으로 시인의 실존적 위치가 최저점에 다다른 바로 이 시점이 시인의 시간이 될 것이다. 이제 **자신의 시간**과 단절하고, 총체적으로 지배하고 있는 현재의 사슬을 파괴하는 재능보다 더 모범적이고 유용한 것은 아무것도 없을 것이다.

하지만 이 사회에서 우리는 무엇보다도 소수자, 특히 자신의 말이 지니고 있는 보편타당성을 이미 오래 전부터 포기한 장애인 그룹에 불과하지 아니한가? 다양성이 지니고 있는 힘, 수천 가지에 달하는 망상과 정의의 다채로운 목록들은 우리로 하여금 상상된 **전체***에 최초로 형체를 부여한 기이한 입장이나 전위적인 입장을 어떻게든 취할 수밖에 없도록 만들지 않았는가? 나는 스스로를 작가로 칭하며 항상 '이 시대의' 욕구를 만족시킬 줄 아는 기자들에 대해 이야기하고 있는 것이 아니다. 오로지 난해한 유희자들, 현대의 유산 상속자들, 불안해하는 전통주의자들, 격정적인 매너리즘 작가들 그리고 다수의 눈에 쓸모없는 미치광이로 간주되는 그 외의 모든 사람들에 대해 이야기하고 있다. 이들 중에서 시인이 될 수 있는 사람은 소수, 그것도 아주 극소수만이 존재한다. 하필이면 소비가 사회를 총체적으로 지배하고 있는 바로 지금(그리고 이것과 관련지어 볼 때 주변 집단의 독서는 어떠한 점에서도 독서 클럽 회원의 독서와 구분되지 않는다), 이 같은 소비 가능성을 단호히 거절함으로써 거대하고 본질적 힘을 끌어내어 하나의 흐름을 생겨나게 해 줄 새로운 문학이 결여되어 있다. 물론 그러한 흐름이 프랑스의 허접한 정신과 아르토 식의 병적인 속삭임을 도입해서 지체된 것 자체를 다시 흘러가도록 만들 수는 없을 것이다. 하지만 문학 **내**의 아웃사이더는 문학 자체가 문화의 아웃사이더가 된 시대에 자신의 독특한 역할에서 쫓겨나게 된다. 유행과 트렌드라는 공식적인 사업이 '새로운 것'의 자리를 차지하게 되었다. 다시 말해 새로운 소식이 우선적으로 '새로운 것'의 자리를 차지하게 된 것이다. 그러는 사이 비판적인 정신마저도 가장 포괄적인 의미의 '새로운 것'에 알레르기 반응을 보인다. 이 비판적인 정신은 바로 지금, 시대에 맞게, 존재하는 것을 좀 더 집중적으로 이용하는 법을 배우고 있다. 보편성이라는 중간 병참 부대가 어느 날 자신의 자리에 대신 들어와 자신을 보편적인 공유 재산으로 승격시키리라는 생각에 사로잡혀 있지 않은 전위 예술에는, 자신의 과제를 수행하는 데 필요한 전투력이 결여되어 있다. 하지만 그 어느 누가 세계의 과업이 책 속에서 달성될 것이라고 확신한 과거의 말라르메처럼 자신의 소명이나 문학의 확고한 사명을 그렇게 맹목적으로 믿을 수 있겠는가? 오늘날 책을, 우리 문화를 포괄하는 문서 보관소에 대한 메타포로 끌어올리려는 시도는 무해하면서도 쓸모없는 개인적인 장난에 불과할 것이다. 머릿속 세계의 작업은 아마 87개의 텔레비전 채널 속에서 끝을 맺게 될 것이고, 말라르메의 책은 위스콘신 대학의 어느 작은 비밀 서클의 숭배 대상이 될 것이다. 사람들은 세계의 다른 어떤 곳도 아닌 바로 그곳에서만 그를 위한 영예로운 기억을 간직해 줄 것이다. 문자 자체가 문화의 중심에서 사라지는 곳에서는 작가들 사이의 아웃사이더들, 괴짜들이 꼴사나운 인물이 된다. 이 급진주의자들은 전체적으로 미끄러져 가는 대륙에서 지반을 붙잡으려는 사람들이다.

나는 뇌경색으로까지 발전한 니체의 병이 매독에서 비롯되었다는 말을 정말 믿고 싶지 않았다. 그것은 속물적인 인간이 니체라는 악인에게 선포한 사악한 신성화처럼 들렸다. 민감한 한 영혼에게서 모든 문인들을 열광시키는 전복적인 글쓰기가 비롯되었고, 이러한 글쓰기로부터 한층 더 심해진 비인간적인 고독이 생겨났다. 이러한 고독은 또 다시 그의 내적인 고립무원 상태와 사내의 울부짖음을 낳았다. 그렇게 근원적인 것을 찾아내려는 사람은 뿌리가 그 사람을 잡아채 가 버린다.

니체는 열광적으로 악수를 하곤 한다.

뇌경색으로 인해 온순해진 그는 병적으로 보호를 갈망한다. '보존해야 해! 그것이 너무 힘들지만 않다면 보존해야 해……' 그의 어머니는 이렇게 말한다. "그 아이가 가장 좋아하는 것은 그의 이마에 오른손을 올려놓고 책을 읽어 주는 거죠. 그때마다 내 손에 키스를 한 번 해 주고는 '내 사랑하는 어머니, 당신을 정말 흠모해요'라고 속삭인답니다."

니체는 '좋아한다'는 말을 제대로 발음할 수가 없어 종종 "나는 말을 도아하지 않아"*라고 말한다. 그는 나움부르크의 어느 물웅덩이에서 발가벗은 채로 목욕을 한다. 어머니는 어디에서도 그를 찾을 수가 없다. 그때 한 경찰관과 함께 그가 다가온다.

오늘날 우리는 클라이스트, 횔덜린, 니체, 카프카, 첼란을 고통을 겪은 위대한 인물로만 떠올리고 싶어한다. 우리가 보기에는 이들만이 유일하게 진실한 사람들이다. 이들은 자제력을 상실한 보잘것없는 우리 운명의 보증인이기도 하다. 하지만 어떻게 이 보잘것없는 운명과 작별을 고해야 하는가? 자신의 위대함 때문에 좌절한 어떤 다른 사람이 한 번 터뜨린 외침을 마치 자신의 것인 양 내면화하는 것보다 더 쉬우면서도 덧없는 행위는 없다.

스타일이나 제스처도 복제할 수 있다. 그래서 이런 사람 혹은 저런 사람이 되려고 할 수는 있다. 하지만 되찾을 수 있는 것은 아무것도 없다. 문학적 열정은 재빨리 그러한 도구, 즉 제스처의 기부자가 된다. 이미 100년이 넘도록 괴테라는 제스처는 독일 작가들 사이를 돌아다니고 있다. 횔덜린이나 아르토라는 제스처 역시 오늘날 우리에게 보호를 제공해 준다. 그러면서 그것은 '**우리** 아웃사이더들, **우리** 정신분열증 환자들, 너 횔덜린과 너를 알아보는 나'라고 말해 주려고 한다. 나와 전혀 닮지 않은 위대한 사람들에 대한 뻔뻔스러운 존경의 형태가 존재하고 있다. 이로 인해 하찮은 자신의 고통에 영웅적인 모습을 빌려서 부여하고자 하는, 사회 보장 보험을 든 우리의 요구가 엄청나게 증가하고 있다.

발레리는 말한다. "시인은 자신이 갈망하던 것을 만들어 낸다. 그는 자신에게 소모된 에너지 또는 심지어 그보다 더 많은 에너지를 자신에게 되돌려 줄 유사 기제를 자기 자신에게서 *끄집어낸다*." 이런저런 남자들은 예술 작품이 성공적이면서도 자신의 생명력을 강화해 주기를 기대하며 작품을 만든다. 이런 이유가 아니라면 왜 예술 창작을 시작하겠는가? 이러한 이론은 결핍이나 고양, 주관적인 고통과 사회적인 계약에 따라 예술 작품을 만든다는 이론들보다 좀 더 로마적이고* 삶에 긍정적인 태도를 보여 준다. 비록 그것이 아주 작은 양이라고 할지라도, 예술 작품이 세계의 쾌락 집합체에 공급하는 이 잉여 에너지에 대한 기쁨은 항상 존재한다. 와해된 소설, 고통스럽게 중단된 시, 미로 같은 음악, 점묘법에 따라 그린 점에도 예술 작품으로서의 즐거움은 언제나 존재한다. 라미아*에게 내밀어진 피똥마저도 사람들에게 즐거움을 준다. 불쾌의 예술이란 존재하지 않는다.

아도르노가 이전에 루카치의 문학 이론에 대해 비난했던 '소재와 전달된 내용에 대한 선미학적인 편견'은 아마도 예술 작품에 대한 대중의 솔직한 관심을 늘 규정할 것이다. 그럼에도 불구하고 어떤 책이나 영화에 대해 물었을 때, 그러한 편견이 호기심으로 가득 찬 젊은 대중들에게조차 지배적인 범주로 등장할 때면 놀라지 않을 수 없다. **도대체 모든 것을 다시 한 번 말해야만 한단 말인가?** 우리 세대의 위대한 미학적 스승들이 현대에는 거의 영향력이 없는 것처럼 보인다. 과거 유산의 전수가 괜찮은 몇몇 신문의 문예란 밖에서는 이루어지지 않고 있다. 젊은이들의 생생한 관심은 서투른 모습으로 남아 있다. 어떤 지적인 권위에 더 이상 의존하지 않거나 또는 그 당시 우리 시대에 그랬던 것처럼 확고한 지평들이 어둠에 그냥 묻히지 않도록 은밀히 경고를 받으면서도, 지금은 오히려 영락한 자기중심적인 소박함이 아주 진부한 말들로 견해를 주도하고 있다. 물론 정신적인 차원에도 일직선적인 진보에 대한 믿음의 공간이 존재하지 않는다. 이미 한 번 비교적 광범위한 의식 속으로 침투한 적이 있는 입장과 인식은 심지어 일시적으로 다시 잊힐 수 있고 또 잊혀져야만 한다. 하지만 예술 작품을 오로지 그것의 비판적인 사용 가치에 따라서만 면밀하게 검토하고, 주관적인 '관련성'이나 천박한 사회 비판주의의 검사대 위에서 평가하는 악습은 예술이 가진 자유로운 상징적 기본 질서를 어느 정도 침해한다. 수익이나 진술에 대한 조사가 전면에 놓이고, 그것들이 미학적 기호 및 진술과의 유희에서 느끼는 쾌락이나 미에 대한 쾌락을 망쳐 놓으려고 위협하는 곳에서는, 예술이 모든 사람들에게 선사할 수 있는 생산적인 기억이 더 이상 형성되지 못한다. 오히려 이러한 기억은 텔레비전에 빠져 사는 사람들의 수동적인 기록 보관소*와 안심하고 맞바꿔도 될 정도로 줄어든다.

버스 운전사가 비판적인 시대극이 상연되는 서커스 공연 천막 앞에 상당히 많은 연극 애호가들을 내려 준다. 이 버스 운전사도 다른 사람들과 함께 자리에 앉는다. 하지만 잠시 머물러 있는가 싶더니, 이내 흥분하여 한 마디도 하지 않고 천막을 떠난다. 그러고는 텅 빈 버스의 운전대 뒤에 앉아 화가 난 채로 버스를 몰고 정처 없이 거리를 달린다. 왜 그런 반응을 보이는가? 왜냐하면 이 극은 처음부터 혼탁한 소시민적인 분위기를 조롱하는 것이 목표였고, 그로 인해 **그의** 집과 가구들, 그의 옷과 견해와 가정이 웃음거리가 되었고, 결국 그 버스 운전사 자신이 공개적으로 모욕을 당했기 때문이다.

대중이 연극의 상징적인 언어를 더 이상 이해하려고 하지 않고 이해하는 것에 익숙하지도 않다면, 그리고 그들이 줄거리의 장소와 소재를 일대일의 차원에서 거리낌 없이 자신의 체험 영역 및 현실과 연관시킨다면, 자신의 정체성을 연극에 빼앗길 것을 두려워하는, 소박하고 야만적인 예술의 봉기가 한 번쯤 일어나지 못할 이유가 어디 있겠는가?

이전에는 예술 작품이 현재의 전면적인 독재로부터 우리를 지켜 주었다.

19세기 화가들 중 자신을 독일계 로마인이라고 부르던 그룹, 그들 중에서도 특히 포이어바흐*는 초기 산업사회의 '비참한 시대'에서 등을 돌려, '인문주의의 이상', 즉 이탈리아 고전주의의 대표적인 회화들에 관심을 기울였다. 오랜 시간이 지난 현 시점에서 우리는 그러한 태도를 거만한 도피적 몸짓이나 복고적인 도취라고 비방할 이유가 없다. 그렇게 비방하려면 예술 분야 내의 진보 지상주의가 지금보다 우리에게 더 큰 의미를 지녀야만 할 것이다. 한 예술 작품이 동시대와 얼마나 합치되고 현재에 얼마나 근접하는지 그리고 그것이 기술적이고 형식적인 관점을 포함해서 진보를 가져오는 획기적인 공적을 얼마나 쌓았는지 하는 것은 이제 더 이상 우리의 흥미를 끌 최고의 관심사가 되지 못한다. 한 사람이 자신의 창조물을 '바로 그런 식으로밖에' 만들 수 없다는 사실이 분명하다면, 그 사람은 상황에 따라 그 스스로 자신의 시대에 단호히 등을 돌리는 동시에, 항상 막 시작되는 아침을 뒤쫓으며 변혁의 시대에 새로운 것을 새로운 것으로 보상하려고 하는 다른 사람들보다 더 기이한 동시대의 배경을 제공하게 된다. 그래서 오늘날 우리는 포이어바흐의 위대한 그림들에서 고귀한 가상의 기념

비적인 모습을 발견하기보다는, 오히려 고대의 화풍을 강요하는 그의 작품들을 역사의 비호에 대한 극단적인 동경으로 이해하는 것이다. 열심히 노력하여 인간과 닮고자 하는 편집증에 시달리는 그의 숭고한 인물들, 광포한 혁신의 세계로 진입하는 시점에서 생겨나는 엄청난 상실에 공포를 느끼는 고양된 인간들. 오늘날 뮌헨의 샤크 미술관에 있는 「피에타」* 앞에 서 있으면, 포이어바흐의 시대 착오성이 갑자기 우리를 불안하게 만든다. 교재만 보면 생기는 현기증은 사라졌다. 사람들은 거기에서 균열과 형태의 통일을 본다. 성화상학(聖畵像學)은 조용하고 장중하며 거대한 모습으로 고화(古畵)의 격정적 몸짓을 실현한다. 이와 동시에 현대의 리얼리즘에 속하는, 관능적인 무게를 지닌 몇 가지 디테일을 절제하며 사용하기도 한다. 물론 이 리얼리즘은 이상적인 모습을 띠고 있기도 해서, 관찰자의 지나친 친근감이나 공허한 상투성이 그림 속에 드러나지 않도록 해 준다.

머리에 천을 두른 채로, 성체 예수 그리스도 옆에 무릎을 꿇고 앉아 있던 마리아 막달레나는 눈물을 흘리며 그리스도의 가슴을 와락 끌어안는다. 그녀의 왼손—쇠약하고 굳어 버린 굽은 손—은 시체의 오른쪽 쇄골의 움푹 파인 부분에 놓여 있는데, 이것은 마치 책상 위에 놓인 모습과 흡사하다. 그래서 애도를 받고 있는 그 죽은 몸뚱이가 이보다 더 관능적으로 강조될 수는 없을 것이다. 그렇게 한 손은 죽은 물질 위에 놓여 있을 뿐이다. "이 손은 마치 국수판 위에 놓인 잠든 여자 요리사의 손처럼 그리스도의 성체 위에 놓여 있다"고 말할 수도 있다. 면류관은 술 취한 사람이 잠자러 가기 전 입에서 꺼낸 틀니처럼 침대 틀 옆에, 구원자의 축 늘어진 손 옆에 댕그라니 놓여 있다. 이러한 표현들은 관찰자에게 그런 우악스러운 비유에 대한 참을 수 없는 강박증이 갑자기 몰려들었기 때문에 사용된다. 그는 어느 한순간 그 어딘가에서, 가령 길거리에서 어떤 한 장면이 벌어지는 동안, 화가가 바로 그 주변의 일상에서 피에타의 선과 형식을 담은 무언가를 보았음을 알고 있는 것이다(그것은 이번 경우에도 입증되었다). 그리고 피에타의 형식에 내재한 눈은 평범한 핑계를 파고들어갔으며, 바로 그 평범함 덕분에 그 형식이 새 생명을 얻게 되었다. 형식과 발견이 함께하여 이 작품의 힘이 되고, 추동력과 추진력을 형성한다. 그러고 난 뒤 바로 이것에서부터, 피에타가 가지고 있는 모방할 수 없는 비애의 몸짓과 우리가 지닌 감정 간의 구별할 수 없는 유사성이 후기의 그림에 생겨난다. 이러한 몸짓은 오직 미술사적인 공간, 즉 라파엘의 경건함과 포이어바흐의 철도 여행을 하나로 융합하는 시공간에만 존재할 뿐이다. 이상적인 체형을 지닌 인간에 의해 완벽히 모방되고 분위기를 충실하게 재현한, 영화나 사진의 한 장면에서조차 그러한 몸짓은 결코 나타나지 않을 것이다. 그러므로 우리가 감사히 받아들이고 잠시 동안이나마 우리를 구원해 주는 것은 바로 위대한 그림 속에 들어 있는 역사성이다. 하지만 그것이 우리를 일상과 현실의 걱정들에서 구원해 주는 것은 아니다. 아니 정반대로 그러한 근심들은 그림 속에서 우리를 쳐다보고 있다. 오히려 우리는 인화된 사진의 총체적인 일차원적 시간이 우리에게 강요한 환영적인 시각의 고통에서 구원받는다. 그림이란 이

미지인 동시에 반(反)영상적 이미지이기 때문에, 우리는 그 앞에서 한숨 돌릴 수 있다. 우리의 감각들을 혹사하고 해체하는 시각적인 쓰레기들로부터 우리를 정화할 수 있는 것은 문자나 음악이 아니라 역설적이기는 하지만 우선은 그림이다. 위대한 그림에서 나오는 상상력의 열방사보다 더 나은 소각로는 없다.

하이데거는 헤라클레이토스에 관한 자신의 책에서 다음과 같이 쓰고 있다. "실제적으로 모든 존재는 형상이 없다. 우리가 이것을 결함으로 간주하는 것은 부당하다. 그렇게 간주하게 되면, 우리는 형상이 없는 것, 그러니까 구상적이지 않은 것이 모든 구상적인 것에 토대와 필연성을 제공해 준다는 사실을 잊게 된다…… 모든 구상적인 것은 그것을 보도록 만들어 주는 비구상적인 것 없이는 시각적인 자극에 불과할 것이다."(그렇지 않다면 **존재**의 엄청난 결핍과 더불어서 생겨난, 최근 영화들 대부분이 제공하고 있는 점점 더 단순 구상적인 것들에 대한 심한 염증이 어디에서 생겨났겠는가?)

나는 그저 '집'이라고 단순히 말하기를 원한다. '목골 공법으로 지은 집', '경질 벽돌 건축물', '고명을 뿌린 케이크처럼 회칠한 벽' 등과 같은 방식으로는 절대 말하고 싶지 않다. 세분화하는 모든 종류의 묘사들은 그렇지 않아도 우리를 충분히 위협하고 있는 분산과 정보 과잉의 재앙에 한몫한다. 글을 쓴다는 것은 또한 개인의 시각에 맞서는 것, 적절한 세부 묘사를 거부하는 것을 의미한다. 우리는 너무 오랫동안 풍성한 차이를 누리고 살았다. 조야하고 동일한 것이 흥미로운 것이다. 왜냐하면 실제적인 것은 소수이기 때문이다.

원인들의 바스락거림. 사람들은 무언가를 한다. 저녁에 옷을 벗어 던지거나 냄비 뚜껑을 열거나 또는 모자를 내던진다. 그때 그것이 소음 속에서 갑자기 움직이는 소리가 들리면, 사람들은 먼 곳을 동경하게 된다. 나는 에드몽 자베*의 책에서 유켈과 사라로부터 들은 사막에서의 외침을 동경한다. 외침으로서의 대화. 거기에는 각자가 상대방에게 던진 많은 메아리와 가장 섬세한 감정이 풍부하게 담겨 있다. 그 자체로서 애타게 그리워하는 가장 완벽한 행동이라고 할 수 있는 '말하기'는 현명하지만 실현되지 않은 사랑이다.

기다림이 남김없이 사라질 때에야 비로소 절대적인 한가로움, **자유로운** 시간이 시작된다.

지속적인 독서에 대한 에른스트 윙거의 말: "날마다 벽돌을 몇 장씩 나르다 보면, 60년 혹은 80년 후에는 궁궐에 살 수 있다." 정말 이 말이 맞는가? 아는 것이 많은 노인도 결국에는 문짝이 경첩에 느슨하게 걸려 있는, 다 타 버린 휑한 집 앞에 앉아 있지 않은가?

내가 『한 줌의 도덕』을 다시 읽을 때면, 고향(거처는 아니었지만)이 떠오른다. 내 시대에만 하더라도 아직까지 얼마나 양심적이면서도 거창하게 생각했었는가! 그 후 여러 세대가 지나간 것처럼 보인다.

(변증법이 없으면 우리는 갑자기 더 멍청하게 사고하게 된다. 하지만 그것 없이 생각해야만 한다!)

그 대신 지금 우리와 함께하는 사람들은 몇몇 풍자적인 젊은 사상가들과 문화 인류학적인 글을 쓰는 에세이스트들 그리고 아나키즘적인 에세이스트들이다. 우리는 그들의 끊임없는 허장성세, 가령 마르크스주의자들의 경직된 교조성이나 정통 교육 기관 전반을 비웃는 이 같은 파격들을 감수해야만 한다. 그럼에도 불구하고 안티 성향의 인물들인 그들은 이런 정통 교육 기관의 문제에 지나치게 매달린 나머지 자신들의 상상력을 조금도 펼치지 못한다. 자연히 없어질 아둔함에 맞서 그렇게 많은 힘을 낭비하는 것은 자신의 강한 지식욕을 입증하지 못한다. 허수아비를 상대로 우아한 펜싱 연습을 하지는 않는 법이다. 이러한 안티들, 특히 비평가들은 그저 약삭빠를 뿐이다. 우리는 그들로부터 건설적이거나 창의적인 것 또는 해방적인 것이나 놀랄 만한 것을 배우지 못한다. 앞으로도 이들보다 더 위대한 사람이 대화를 주도하지 않는 한, 이와 같은 무례한 혼란이 우리에게 오락거리를 제공해 줄 것이다.

"풍자가인 그는 글을 잘 쓴다. 핵심을 찌르면서도 재기발랄하게 글을 쓴다."(그는 실제로도 그러하다. 하지만 그의 글이 재기발랄하면 할수록, 그 속에는 깊은 사고가 결여되어 있다.) "근사한데!"(그래, 수척한 사람에게는 그것이 근사하다. 하지만 톡 쏘는 이성은 멍청하다. 그러한 이성의 관점은 쓸모가 없다. 예리함에 가장 먼저 상처를 입는 사람은 예리한 사람 자신인 것이다.)

"모호하고, 편협하며 우둔한 우리 같은 사람들을 이해하는 것은 깨어 있고 섬세하며 정신이 예리한 사람들을 이해하는 것 못지않게 중요하다."(곰브로비치*의 『페르디두르케』)

푸코: "생각이란 결국 이런 것일 것이다. 아주 집중적으로, 아주 가까이에서, 거의 그것에 빠져 어리석음을 관찰하는 것. 싫증, 경직성, 거대한 피로, 의도적인 침묵, 나태함은 생각의 이면들이다. 아니, 이러한 것들은 생각에 동반되는 현상이거나 매일같이 생각이 뻔뻔스럽게 행하는 일들이다. 이러한 일들은 생각에 의해 준비되고, 생각에 의해 다시 사라진다."

우리에게 아주 괜찮은 지능이란 그리 대수롭지 않은 것일 수 있다. 하지만 그러면 그럴수록 선별하는 몽롱함이 더 더욱 중요하다.

키르케고르, 하이데거, 레비스트로스. 이들의 우울한 또는 차분한 사상. 지난 백년 간의 청춘과도 같았던 세월이 지난 후에, 즉 니체의 사상이 지배하던 이 '안티' 시대가 끝난 후에 무릇 '안티'를 거론해도 좋다면, 그러한 안티들은 건방짐에 반대하는 안티들일 것이다.

플로베르에게는 조용히 혼자 살아가는 것조차도 참으로 힘든 일이었다. 그의 친구들은 그가 한낮에도 종종 무감각증이나 기면증에 걸리곤 했다고 증언한다. 사르트르는 이것을 자신의 '격정적인 태만함'이라고 부른다. 이와는 반대로 몽롱함은 모든 예술가, 특히 이야기꾼에게 있어서는 지각의 필수 불가결한 수단인 동시에 아주 가까운 주변의 매우 구체적인 것들로부터 스스로를 방어하기 위한 수단이다. 한편으로는 어떤 일에 집중하고 그것에 사로잡히면서도, 다른 한편으로는 멍청해져 스스로를 포기할 정도까지 부주의해지는 것(벤*도 사람들과 함께 있을 때 나타나는 자신의 병적인 피로를 언급한다). 거위는 지상을 떠나기 전에 먼저 비행할 기분이 되어 있어야 한다. 시인의 비행할 기분은 아마도 그의 멍청함과 태만함에서 비롯될 것이다.

사람들은 자신들이 얼마나 멍청한지 잘 모른다. 또한 그들은 말로 표현할 수 없는 것들을 얼마나 많이 말하고 있는지도 모른다. 완성된 모든 글은 작가가 (글을 쓰는 동안) 자신도 예견치 못한 순진함을 가지고 있다는 것을 보여 준다. 어떤 텍스트는 아주 복합적으로 구상되고 만들어졌을 수도 있다. 하지만 텍스트를 끝맺는 형식은 텍스트 전체에 대담한 순수성을 쏟아 붓는다. 내가 어떻게 그런 것을 쓸 수 있었을까? 작품의 결말은 떠오르는 영감이 작가를 어루만지는 유일한 순간이다.

그 비평가는 자신이 혹평을 가한 한 작가에 관해 마지막으로 이렇게 쓰고 있다. "그의 가장 큰 결함은 모든 자기 반어가 결여되어 있다는 점이다." 하지만 지금까지 자기가 지니고 있는 명백한 약점을 단 한 번도 진지하게 다루어 보지 못한 작가는 우리에게 곱절로 더 불쌍하게 보이지 않는가!

정신(비판)의 지능을 감성의 지능에 양도함. 히치콕의 「새」는 브레히트의 「억척어멈」보다 우리의 마음속에 더 오랫동안 생생하게 남아 있을 것이다. 전자가 우리 신화의 일부분이라면, 후자는 우리 연구의 일부분이다. 억견(臆見)(주관적 생각)은 가고, 우리는 자극의 숲 속에 남아 있다.

토대를 가지고 있는 것은 아무것도 없다. 땅 위에는 모든 것을 닥치는 대로 먹어 치우는 땅의 이미지(순수한 상징, 「새」), 즉 곰팡이가 깔려 있다. 토대를 갖춘 것, 형성된 것, 교양을 갖춘 영리함은 자기 자신 속에서 볼품없는 주춧돌로 완성된다. 이제 더 이상 그것으로부터는 마음이 홀가분한 그 어떤 인물도 솟아 나오지 않는다.

'두 개의 문화'가 아니라, 풀제(pool制), 즉 인간의 머릿속에 들어 있는 오늘날의 소비 문화 전체. 에른스트 윙거와 클래시*, 판타지 소설과 적군파*, 슈바르체 보틴*과 오즈* 회고전의 유입. 서로 겹치고 분열되며 또 교차하기도 하는 유입 문화들. 균열과 파편, 열정과 부재하는 연결 고리, 무지와 총체성을 가장한 매체로 구성된 기억. "다가올 예술의 원시 시대로 넘어가는 경계"는 바로 그러한 모습이다. 이 혁신적인 시기의 특징은 문자가 지배하는 시기도 끝이 나고 형상의 리얼리즘도 사라진다는 것이다. 이 시기에는 합리적인 사고의 형태들이 "혼란스럽고 다차원적인 사고로의 귀환"을 준비한다. "기술과 언어 그리고 예술의 진화", 즉 인간의 정신적 해방에 관한 르루아 구르앙*의 위대한 작품 『손과 언어』는 '호모 사피엔스'라는 현상의 기본적인 조건에 관한 지식을 다시 한 번 자연의 역사 속에서 요약하면서 미리 한 번 생각해 보는 마지막 책들 중의 한 권처럼 읽을 수 있다. 그것은 어쩌면 그러한 지식들을 완전히 변해 버린 가까운 미래의 인간들에게 전수하기 위함일지도 모른다.

우리는 일상의 악몽에서 벗어나고자 하지만, 아마도 릴케의 비가를 제외하고는 현대시라는 고철 더미 속에서 아무런 버팀목도 발견하지 못할 것이다. 그럴 때면 우리는 찬가의 아름다움이 충분히 심오하기만 하다면 가장 잔잔한 물속에서도 생겨난다는 사실과, 문학의 최고 목표가 어느 시대를 막론하고 잡동사니를 추려내는 찬가의 아름다움이라는 사실을 늘 새롭게 확인하고 싶어한다. 또한 과장된 장식적인 문체까지 포함하여 일상에서의 이탈이, 비할 나위 없이 멋진 한 시행 구절을 뜬금없이 삽입하거나 승리의 명확함 내지 화려한 광휘를 표현하기 위한 효소로서 반드시 필요하다는 사실 역시 확인하고 싶어진다.

지금 문학은 카오스의 힘을 거의 필요로 하지 않는다. 전복적인 환상의 파도와 물결이 조금만 밀려와도 인간의 처세가 문학을 대신할 수밖에 없을 것이다.

이전에 우주처럼 팽창했던 문학에 대한 사랑이 이제는 다시 아주 천천히 사라지고 있다. 그러다가 나중에는 어쩌면 헤라클레이토스가 남긴 소수의 잠언에 대한 대중적인 요약본을 끝으로 완전히 사라질지도 모른다.

글쓰기의 고독은 어쩌면 생전에 거의 인정받지 못한 이전 작가들보다 현대 작가들에게 더 크게 나타날지 모른다. 오늘날의 모든 작가들이 생전에 후한 대접을 받을지는 몰라도, 후세에 대한 희망은 모두 빼앗긴 채 기만당하게 될 것이다.

아르눌프 라이너 전시회. 예술에서 극단적으로 자기를 표현하는 경향이 점점 줄어들고 있다. 지난 20년 동안의 개인주의, 특히 오스트리아 미술에서 가차 없이 강화되어 나타난 개인주의는 (사회적으로 배제되고 철학적으로 아무런 의미도 없이, 단지 예술가의 모습으로만 아직까지 존속하고 있는) 개인에게서 마지막 남은 것까지 다 끌어내려고 했다. 심지어 때로는 종교적인 열정까지 동원하면서 말이다. 하지만 하룻밤 사이 다른 관점의 시대로 접어든 이 미술은 갑자기 완벽하게 보이면서도, 조금은 실망감을 안겨 준다. 그 이유가 어쩌면 이러한 개인이 괴로워하고 소리 지르면서도 항상 자기 자신이나 자신의 위상, 자신의 시간이나 자신의 소명에 아주 확고한 신념을 가지고 있는 데 있을지도 모른다. 다시 말해 그의 작품들에서는 **타자**(그것이 얼굴이든 아니면 역사든)의 부재가 예술에 있어서 엄청난 상실로 작용하는 경우가 아주 드문 것처럼 보이는 데 그 원인이 있을 것이다. 편집증적인 몸짓이 모든 사람들의 주의를 자신에게만 향하도록 요구하는 한, 그러한 몸짓이 생겨날 수 있도록 도와준 외부적인 제약은 거의 아무런 의미도 갖지 못했다. 이제 우리가 그 그림을 다시 한 번 더 쳐다보면, 이 작품의 내재적인 힘은 줄어드는 대신 외부적인 제약이 좀 더 분명해진다는 것을 느끼게 된다. 의욕을 가졌던 몸짓은 점점 더 지속적인 모습을 띠는 반면, 창조된 것, 생산된 것은 전반적으로 그리 큰 효력을 발휘하지 못하는 것처럼 보인다. 라이너가 그린 망자의 그림 (그리고 덧칠한 데스마스크) 앞에서조차 그 대상의 효과가 너무 노골적으로 드러난 것은 아닐까 하는 의심이 생겨난다. 물론 선택한 원본이 몸짓의 긴장감을 높여 준 것도 사실이고, 예술가도 분명 데스마스크 안으로 들어온 생명력의 귀환을 그리는 데 성공하였다. 하지만 카탈로그에 들어 있는 작품 설명에서 '특별한 당혹감'이라고 명명한 것이 근본적으로 나에게는 너무 쉽게 획득된 것처럼 보인다. (그사이에 우리는 어쩌면 진짜 억압적인 것은 눈에 띄지 않는 부차적인 것에서만 일어난다고 생각하는지도 모른다.) 그것은 이 미술 작품 속에 보존되어 있는 몸짓, 즉 순간적이면서도 정확한 움직임의 시대일 것이다.

이 작품들에는 그것들의 생성에 대한 논박의 공간이 결여되어 있다. 이 그림들 중 그 어떤 것도 자신의 본성을 획득하려고 애쓰지 않는다. 라이너의 작품 역시 모던과 포스트모던의 모든 조류와 방향을 가로질러 놓인 실존주의적인 급진주의 예술에 포함되어 있다. 창조된 것이 현존하는 것에 대한 단순한 성찰보다 더 진부한 정도에 비례하여, 이 작품은 갑자기 우리에게 더 초라하게 여겨진다. 그러므로 가령 프랜시스 베이컨*의 그림에 나타난 공간의 창조와 동물 우리의 제조 및 시간의 감금은 엄청난 근원적 행위이다. 그러한 근원적 행위가 없었더라면, 이제 막 다양한 표정을 짓기 시작하는 얼굴은 결코 생겨나지 않았을 것이다. 또한 그 육체들 역시 천사와의 싸움을 통해 새로 태어난 야곱처럼* 삶이라는 근육과 죽음이라는 근육의 탈구*로부터 생겨나지 않았을 것이다.

황혼/여명[*]

나는 미친 듯이 뛰어가지는 않았다 하더라도, 분명 작열하는 국도를 따라 쫓기듯이 급하게 달려갔을 것이다. 왜냐하면 들짐승들—자고와 토끼, 도마뱀 그리고 뾰족뒤쥐—이 달려가는 나를 앞질러 지나간 충격파로 인해 몸이 마비된 듯 멈춰 서 있었기 때문이다. 이 충격파는 그들이 전에는 결코 느껴 보지 못한 것이었다. 그 짐승들은 공포에 질려 한참을 꼼짝 않고 있더니, 다시 휙 하고 옆으로 비키거나 달아나 버렸다. 나는 고대의 폐허가 늘어서 있는 산악 마을에 도착해서야 비로소 다시 제정신을 차렸다. 이 마을은 마치 17세기의 전형적인 풍경화 그대로 조성된 것처럼 보였다. 나는 터벅터벅 걸으면서 산비탈을 올라가는 털북숭이 등을 가진 몇몇 벌거벗은 남자들을 따라갔다. 그들이 몸을 뒤로 돌렸기에, 나는 그들의 얼굴을 쳐다볼 수 있었다. 그들은 백치들과 정신박약아들이었다. 발걸음을 늦춘 나는 어느새 그들 바로 뒤에 서 있었다. 그러자 무너진 성채가 언덕 가장자리에 우뚝 서 있었다.

사람들 말에 따르면 그 안에는 코끼리 욕조가 있다고 했다. 우리가 녹이 슨 큰 철문 앞에 도착했을 때, 백치들은 나를 자신들 무리에 넣어 주었다. 우리는 그 문을 살짝 밀어 열었다. 그러자 정말 장대하고 밝은 회색빛의 코끼리 떼가 나타났다. 그들은 자신들의 몸을 축으로 삼아 육중하면서도 우아하게 춤을 추고 있었다. 그로 인해 그들의 큰 귀가 이리저리 펄럭거렸고, 우리는 그렇게 유쾌하게 오르락내리락하는 육중한 몸의 움직임을 자연에서 펼쳐지는 슬로 모션처럼 관찰할 수 있었다.

우리는 돌로 된 계단의 맨 위쪽에 서 있었다. 나는 물속으로 가라앉은 코끼리의 얼굴을 관찰하였다. 그것을 쳐다보면서 그 코끼리가 물 위로 올라오면, 지금 흔들거리는 수면 밑의 다부지고도 일그러진 모습으로만 예상할 수 있는 거대한 코끼리에 사람들이 깜짝 놀라 뒤로 물러설 것이라는 생각이 들었다. 우리가 반쯤 열린 철문 틈으로 안을 들여다보는 바로 그 순간, 나는 조급한 마음에 철문을 어설프게 밀쳐 열었다. 그 때문에 문 바로 뒤에 서 있던 코끼리의 코가 녹슬고 날카로운 철문 모서리에 부딪혔다. 그러자 코끼리는 바로 쓰러졌고, 안경 코 받침이 콧잔등의 살점을 짓누를 때처럼, 코끼리의 코에서도 찢어진 틈 사이로 피가 새어 나왔다. 그 코끼리는 한쪽 눈으로 나를 쳐다보면서 무한히 슬픈 표정을 지었다. 그러나 그것은 분노의 표정은 아니었다. 나는 코끼리가 목욕을 하는 지역 밖에서 어슬렁거리거나 바닥에 누워 있는 사육사들 중의 한 명에게 달려갔다. 내 마음은 매우 슬펐고, 납덩이처럼 무거워졌다. 그리고 코끼리가 보기보다 더 심각한 상처를 입은 것은 아닌지 걱정도 되었다. 결국은 죄라고 할 수 있을 나의 불행을 사육사 중의 한 사람에게 털어놓는 게 두려웠지만, 쓰러진 코끼리를 손으로 가리키며 솔직하게 고백하지 않을 수 없었다. 그러나 그 사육사는 꼼짝도 하지 않았고, 그냥 무관심하게 "곧 잘될 겁니다"라고 말했다. 나는 다시 문 쪽으로 되돌아가지 않았다. 아무런 욕망 없이 계속해서 조용히 바라보기만 하던 모든 다른 정신박약 아들과 달리, 나는 그들의 호위 아래 발을 들여놓을 수 있었던 육중함과 아름다움의 제국에 조용히 있는 한 코끼리를 쓰러뜨림으로 인해 처음으로 불행을 야기했다는 사실이 매우 부끄러웠다.

계속해서 걸어가자 길가에 한 합창단이 보였다. 그것은 수도승처럼 검은, 바를라흐* 풍의 청동 조각상이었다. 그것은 서로 녹아들어 간 듯이 달라붙어 있는, 모자를 쓴 남자들이었다. 모두 다 알 수 없는 곤경의 압박에 시달리며 바로 옆 사람과 서로 한몸인 듯 착 달라붙어 있었다. 그들은 반원을 이루면서 끊임없이 걱정하는 모습으로 서 있었다. 구멍이 난 채 텅 빈 눈, 입이 있어야 할 자리에 '오' 하고 외치고 있는 둥근 구멍들, 다시 말해 배우들이 써야 할 가면들. 하지만 전해지는 말에 따르면 우리 모두가 언젠가는 그런 가면 뒤에 서 있어야만 할 것이다. 인간들의 절망과 융합을 보여 주는 이 조각은 빈 상태로 준비되어 있었다. 몰려오는 경악으로 굳어진 형상이 우리 앞에 놓여 있었다. 그것은 실물보다는 조금 작았고, 바깥쪽으로 반원의 아치 모양을 이루었다.

나는 어느 차도에 이르렀다. 그 차도가 리본 모양, 즉 동그란 모양이 서로 꼬인 무한 표시(∞)를 하고 있다는 것이 내 시야에는 들어오지 않았다. 그곳에는 이제 막 두 명의 기술자의 손을 떠난 사브* 한 대가 문을 열어 놓고 윈도 브러시 뒤에 자동차 관련 서류들을 끼워 놓은 채로 나를 기다리고 서 있었다. 한 소녀, 아니 한 아이가 그 차 옆에 놓인 자신의 여행용 가방 위에 앉아 있었다. 나는 그녀에게 원하는 게 무엇인지 물었다. 브뤼셀로 떠나려던 그 소녀는 내 차에 올라탔다. 묘비 같은 회색빛 하늘에서 밝아 오는 여명. 우리는 아무 말도 하지 않았다. 그녀는 과묵하게 옆을 바라보았고, 턱을 무릎에 괴고 있었다. 고독하게 홀로 내맡겨진 상태에서 흘러나오는 구슬땀들. 그러고 나서 그녀는 내 성기를 입에 물면서 만족해했다. 우리가 완전한 성적인 무관심의 세계를 향해 두둥실 떠가고 있다는 사실을 나는 깨달았다. 깊은 생각에 잠긴 채 정신이 완전히 딴 곳에 가 있는 과묵한 사람들은, 포르노그래피적인 환상이 그들을 유혹할 때 무중력 상태에서 인간적인 상태의 표면으로 조용히 떠오른다. 그들은 가장된 이미지, 매력적인 인물들의 유희를 실현하기 위해 나타났다가 다시 밑으로 사라진다. 아무런 슬픔도, 아무런 희망도 없이. 그들이 방문한 인간의 왕국은 바로 음란함이 지배하는 마법의 나라이다.

꼭 깃털이 죄다 뽑힌 닭같이 생겼네! 나는 아직 가슴이 나오지 않은 그녀의 상체를 내 다리 사이에 넣어 죄고, 두 손으로 그녀의 촉촉이 젖은 작은 겨드랑이를 누르면서, 생채기가 난 갓난아기 같은 작은 그녀의 엉덩이를 바라보았다.

인간의 성애와 그 문화는 신화의 저장고였다. 이 잠적해 있는 비밀스러운 존재들이 사는 고요한 신들의 세계. 피곤한 상태에서 사랑을 하려고 하는 지친 욕망은 때때로 이러한 신들의 세계를 들어 올려 우리에게 선사한다.

나의 여행은 영화 촬영 장소를 찾아가는 관광 여행과 흡사했다. 물론 촬영을 더 이상 하지 않으며, 오래 전에 촬영을 마친 장면과 모티프들만이 유령처럼 침울하게 모여 있는 그러한 영화 촬영 장소 말이다. 휴게소 건물 뒤쪽에 위치한 하나밖에 없는 객실은 사람들로 꽉 차 있었다. 거기에는 부모와 자매로 구성된 네 명의 소가족이 지저분한 매트리스 위에 모여 있었다. 마치 난민 수용소를 보는 듯했다. 블레이크*의 어느 그림에서도 수상과 왕, 전사 그리고 어머니와 아이가 이것과 똑같이 동굴 속의 침대에 나란히 누워 있었다. 전사는 다리를 꼬고 칼 손잡이를 손에 쥔 채 한가운데서 쉬고 있었다. 이곳에서는 노부부가 역정을 내며 서로에게 꼭 매달려 있었다. 시퍼렇게 멍든 그들의 얼굴은 공포에 질려 있었다. 머리를 동여맨 딸이 잠자다가 일어나서 잠옷을 걸쳐 입는다. 그녀는 누워 있는 오빠의 몸 위에 똑바로 무릎을 꿇고 앉는다. 그녀는 그의 불룩 튀어나온 성기를 붙잡더니, 그것을 마치 한 조각의 비누인 양 자신의 성기 안에 집어넣는다. 부모의 경고가 들려온다. 제발 그만두라는 간절한 부탁도 뒤따른다. 딸이 오빠의 몸에서 내려와, 오빠에게 자기가 어떻게 해 주기를 원하는지 물어 본다. 오빠는 무관심하게 대답한다. "몸을 돌려!" 그러자 그녀는 그에게 엉덩이를 돌린다. 그들 둘 다 신음소리를 내는 동안 그녀는, 더 세게 서로를 끌어 안고 있는 나이 든 부모의 얼굴을 가장 가까이에서 정신이 나간 듯 뚫어져라 쳐다본다. 부모는 점점 더 심하게 항의하며 "그만둬! 제 발 그만둬!" 하고 외친다. 나는 생각했다. 그래, 이것이 회상이야. 회상이란 그런 거지. 모두 다 근친상간에 대한 회상이야. 도시, 시 간, 계단을 내려가고 또 내려가면……

간수와 모든 시대를 통틀어 가장 위험한 죄수(감옥이라는 고독 의 디즈니랜드에서조차 최상급 없이는 안 되는 법이니까)가 쇠창 살이 촘촘하게 박힌 철창 안에 함께 갇혀 있다. 이 철창은 주변보 다 좀 높은 콘크리트 길 위에 놓여 있고 그 주위는 벽으로 견고하 게 둘러싸여 있다. 인적 없는 완만한 길, 남북으로 쭉 뻗은 길. 그 래서인지 그 길에 어떤 건축물이 서 있었고 어떤 왕국이 세워졌었 는지 예감조차 할 수 없다. 2인용 철창은 넓은, 아주 넓은 평지에 홀로 서 있다. 그것은 마치 모든 감금이라는 분자(分子)를 따로 떼 어내어 버려 놓은 것처럼 보인다. 평평한 콘크리트 길 위쪽 계단에 간수가 등받이가 긴 기이한 의자, 우스꽝스러운 옥좌라고 부르고 싶은 의자에 쪼그리고 앉아 있다. 반면 죄수는 의자도 없이 바닥에 서 그의 발밑에 누워 빈둥거리고 있다. 목까지 오는 펑퍼짐한 옷만 입고서 말이다. 하지만 그는 사슬에 묶이거나 수갑을 차지 않은 채 자유로이 움직일 수 있다. 간수는 무릎에 총을 올려놓고 몸을 뻣뻣 이 구부린 채 두꺼운 안경 너머로 그의 죄수, 아니 죄수를 내려다 보고 있다. 왜냐하면 철조망과 유리 조각을 엮어 만든 창살 지붕이 그의 머리 바로 위에 낮게 놓여 있어서, 목을 치켜들면 두개골에 상처를 입기 때문이다. 두 개의 네온등이 옆에서 한없이 빛을 비춘다. 게다가 그 위치를 정확히 알 수 없는 서치라이트가 일정한 시간 간격으로 철창 위를 비추고 있다. 하지만 간수가 단순히 앉아 있는 것만은 아니다. 그는 피로가 몰려들어 감시받는 자가 있는 아래쪽으로 쓰러질까 봐 벨트도 매고 있다. 그자는 이제 더 이상 죄수라고 불리지조차 않는다. 간수와 그의 죄수라고 불리지 않는다. 간수와 죄수라고도 더 이상 부르지 않는다. 이제는 감시하는 자와 감시받는 자라고 불린다. 왜냐하면 우리는 이곳 가장 좁은 칸막이 방, 말하자면 세계 감옥이라는 원세포에서 상호 복종이라는 핵에 부딪히기 때문이다. 처벌과 감내라는 말없는 등락은 원형질이다. 간수가 위에 있고 죄수는 아래쪽에 있어야만 한다는 사실과 관계 없이 말이다. 하지만 두 사람 중 누군가가 말을 한다면, 먼저 말을 꺼내는 쪽은 매번 감시자이다. 그는 종종 아래쪽을 향해 간결한 명령을 내린다. "움직여. 그렇게 빈둥거리지 마. 뭔가를 좀 해 봐. 손을 주머니에 넣어. 손짓해 봐. 박수쳐 봐. 섀도복싱 좀 해 봐. 똑바로 앉아. 잘 들어 봐. 귀에 손을 갖다 대 봐. 위쪽으로 말고. 위쪽은 너의 방향이 아니야. 제기랄. 왜 하필이면 내가 네 간수가 되어야 했지? 뭔가 상상이라도 좀 해 봐." 감시받는 자는 여느 때와 마찬가지로 허둥대며, 벌거벗은 감시자를 상상한다. 그 감시자는 침팬지처럼 철창의 바깥쪽 쇠창살에 매달려 막무가내로 그가 있는 안쪽으로 다시 들어오려고 하다가, 또다시 자기 자리로 되돌아가려고 한다. 그러다가 몸이 유리 조각에 찢어진다. 간수는 피곤해하며 이렇게 중얼거린다. "내가 널 영원히 내려다보아야 하기 때문에 머리를 쳐들 수가 없어. 반면에 너는 일어설 수 없지. 왜냐하면 그것은 반항을 의미하기 때문이야."

공허함. 반복. 일상의 연주는 절대적이다. 삶은 식장에서 일어난다. 네 명의 소년이 다가와 나지막이 말한다. 그리고 나머지 대부분의 시간은 침묵한다. "너 '메타란트'라는 디스코텍 아니?" "응, 알아." 그들은 천천히 그리고 아무런 열정 없이 말한다. 모든 것이 그렇게 진행된다. 모든 게 그저 그렇다. 식장 경비원의 냉정함. 너의 삶이 거품의 거미줄에 걸려 있다. 너는 스스로 내뱉은 침의 거미줄에 매달린 채, 작은 거미처럼 허공을 움직인다.

아무런 정황도 없는 사소함의 원형과 **달콤한 사건**의 도약 ─ 그것들은 동전의 양면처럼 서로 뗄 수 없는 관계에 놓여 있다.

잠시 숨어 있다가, 노래를 흥얼거리는 피아니스트의 손가락 위에 작은 돌을 던진 뒤, 이 활기 없는 정원에서 아무도 몰래 영원히 종적을 감춘다. 마치 모두가 똑같은 성향을 지닌 사회에서의 삶을 견딜 수 있는 것처럼!

동물, 식물, 신 그리고 사유. 이 모든 것들은 인간의 친구가 아니다. 그것들은 가르침의 차원에서 한 번 구경하기 위해 오는 것이다. 지식이 버거운 우리에게는 산 너머를 바라보는 말 한마디로 충분했다.

불을 환히 밝히고 한밤중에 질주하는 첫 기차의 유일한 승객은
엔데* 씨라는 미지의 손님이다.

죽음은 그만큼 봐주고 있다! 얼마나 더 그럴 것인가? 그만큼 지
연되고 있다. 앞으로 나올 길을 예고하고 미리 알려 주는 빽빽이
들어선 표지판들의 숲. 그것이 우리가 가야 할 모든 인생의 노정
이다.

새로운 삶을 시작할 때마다, 항상 똑같은 공무원의 삶으로 되돌
아가 늘 똑같은 관청을 향해 가야만 했던 한 남자가 이렇게 말했
다. "나는 복도를 지나갈 때마다 그리고 내 사무실에서 나와 국장
의 사무실로 들어갈 때마다, 한 여자가 복도 끝에서 창문 밖으로
몸을 기대고 있는 모습을 봅니다. 한 번도 본 적이 없는 여자는 아
니었습니다. 내 방 문에서 보면 복도는 꽤 깁니다. 그래서 내가 이
사람에게 가려면, 오래, 그것도 아주 오래 달려가야만 할 것입니
다. 언젠가 내가 잠시 쉬는 동안 국장에게 그것에 대해 묻자, 그는
'그래요, 복도 창문에는 항상 한 여인이 누워 있지요'라고 말하며
만족스러운 미소를 짓습니다. 하지만 그것이 밀랍 인형이라고 상
상해 보세요. 당신이 보는 엉덩이는 살아 있는 인간의 것이 아닙
니다. 길거리에서 이 인형을 관찰하면, 그것의 여유로운 모습에
매혹되지 않을 수 없습니다. 그래서 지나가는 사람들은 우리가 일
하는 건물에 매우 호감을 갖게 됩니다. 그리고 우리는 항상 아무

것도 하지 않고 있는 이 밀랍 인형이라는 달콤한 상징 뒤에서 우리의 일을 수행합니다. 나는 한가함을 그러한 모습으로 상상했고, 옛날부터 그런 식으로 소망해 왔습니다."

그곳에 있는 이 사람은 더 이상 아무것도 하려고 하지 않는다. 그는 주위를 좀 빙 둘러 보려고 걷거나 혹은 모래 위에 지은 집 앞을 닦기 위해 움직일 뿐이다. 그것은 잘한 일이다. 잘한 일이야. 완성된 집 앞에서 자는 마지막 잠. 아주 천천히 "네!"라고 말하는 사람은 살아남을 것이다. 그는 하나는 꼭 붙잡고 있다. 그러나 단지 하나만.

그가 한창때 자기 앞에서 알짱거리고 돌아다닌 검은색 단발머리를 한 그 미지의 여인은 선글라스를 작은 코 아래로 밀어 내리면서, 그가 아직도 자신을 쫓아오고 있는지 조롱하듯이 돌아다보았다. 그래서 그는 어쩔 수 없이 그녀 뒤를 쫓아다니지 않을 수 없었다. 영원히 어디로 가는지도 모른 채. 그는 그녀를 앞에서 본 적이 한 번도 없었다. 하지만 이번에는 그가 먼저 집 앞에 도착했다. 그는 정말 그녀를 추월한 것이다. '곧 그녀가 모퉁이를 돌겠지' 하고 그는 생각했다. '방금 나는 그녀의 얼굴을 보았어.' 그리고 실제로 그렇게 되었다.

오늘날 지배자가 모습을 드러낼 때는, 타고 있는 담뱃재를 창밖으로 털어 내려 할 때뿐이다. 그가 털어 낸 담뱃재는 광장으로 큰 원을 그리며 떨어졌다. 그 광장에서는 몇몇 군중들이 축 늘어진 상태로 기다리면서, 불이 켜진 공판정 창문을 올려다보고 있었다. 헌법이라는 차가운 썰매의 날이 높이 쳐든 민주주의자들의 목 위를 질주하였다.

풍력 터빈과 수력 터빈을 이용해 거대한 자연의 힘이 광란하는 모습을 시뮬레이션하고 있는 해양극 세트에서 초대형 원양 항해선의 객실이 요동쳤다. 안에서는 수석 승무원의 어린 딸이 문이 열린 채 기울어진 찬장에서 떨어지려는 접시를 선반에 붙잡아 두려고 애쓰고 있다. 배의 늑재(肋材)는 갑판 뒤쪽으로 굴러가고, 소녀는 까치발을 하고 손을 뻗은 채 찬장 앞에서 이리저리 점프하며, 여기서는 잔을, 저기서는 미끄러져 내려와 떨어지기 직전의 접시를 다시 제자리에 밀어 넣는다. 바닷물이 넘쳐 들어오는데도 수석 승무원인 그녀의 아버지는 손을 바지 주머니에 넣고, 뒷전에 똑바로 선 채로 윽박지르기만 한다. 그는 미동도 하지 않은 채, 절망적인 딸의 노력을 관찰한다. 막 어떤 물건이 다시 떨어지려고 할 때마다, 그는 퉁명스럽게 "Not getting a bicycle" 하고 외친다. 혹은 다음 번에는 단호하고 짧게 "Never being happy"라고 외친다. 이 말은 '물건이 떨어지면, 너는 자전거를 얻지 못할 것이고, 그러면 결코 행복해질 수 없어'라는 의미로 해석될 수 있다. 떨어지는 물건이 바로 갖지 못하게 될 자전거인 셈이다. 나 역시 불안해하면서도 그저 수석 승무원 옆에 가만히 서 있기만 할 뿐, 그 저주받은 일을 하고 있는 아이에게 아무런 도움도 주지 못한다. 그 와중에 내 머릿속에서는 최근에 줄리앙 그린의 일기에서 읽은 오든*의 한 문장, 즉 "찻잔 속에서의 도약은 죽은 자들의 나라로 통하는 길이다"라는 문장이 끊임없이 맴돈다. 그로 인해 생긴 공포와 현기증 때문에 토할 것만 같다. 그 순간 갑자기, 그 아버지가 나에게 자신의 어린 딸을 맡아 달라고 공손하게 부탁하면서, 그 아이와 함께 육지로 나가 그 아이를 호텔 침실에 재워 줄 것을 요청한다. 사람들은 나의 가장 천박한 본능을 휘저어, 내면 깊숙이 잠재해 있는 아동 성폭력범의 본성을 잔인하게 이끌어 내기라도 하려는 듯, 나를 믿고 내 품에 전리품을 맡긴다. 이것이 그럴 때마다 내가 매번 겪게 되는 라미아 쇼크이다. 그럴 때면 모든 재앙이 일어나기 전에 먼저, 선량함과 헌신적인 태도라는 독성을 지닌 아우라가 항상 나를 에워싸고 있었다는 사실을 나도 알고 있다.

미로 같은 호텔 복도에서 자신의 방을 찾던 그 소녀는 하얀 셔츠와 검은 바지를 입은 한 남자를 발견한다. 그는 불빛이 희미한 좁은 복도의 뒤편에 서 있다. 그는 손등을 허리에 받치고, 손에는 세 장의 접시를 들고 있다. 때때로 접시를 든 손을 앞쪽으로 옮겨, 그 손이 마치 자기 손이 아닌 양 쳐다본다. 그러고는 다시 손을 뒤집어 접시를 든 손의 손등을 허리에 받친다. 어쩌면 그는 접시를 돌리는 곡예사일지도 모른다. 하지만 그는 접시를 돌리는 막대기를 가지고 있지 않다. 어쩌면 그는 지금까지 한 손에 접시 세 장을 들 필요가 없었던 사람일 수도 있다. 어쨌든 양쪽 방문이 모두 닫힌 이 복도에서 그는 손에 접시를 들고 어쩔 줄 몰라하고 있다. 그는 접시가 어떻게 그의 손에 들어오게 되었는지를 모르는 것처럼 보인다. 자신이 어떻게 손에 접시를 들고 이 복도로 오게 되었는지 그리고 이제 그가 무엇을 해야 할지도 모르는 것처럼 보인다. 천장에 매달려 있던 백열전구가 불빛을 잃지 않은 채 아래로 떨어져 바닥에서 산산조각이 난다. 그로 인해 빛의 웅덩이가 생겨나고, 그 남자는 갑자기 아래쪽으로부터 무대 조명을 받게 된다.

수석 승무원의 딸은 이 사건을 보더니 살며시 웃으면서, 한 사람이 어떻게 해서 어쩔 수 없이 예술가가 되는지를 보았다고 말한다.

그녀가 침대에 누워 눈을 동그랗게 뜨고 나를 쳐다볼 때, 그녀가 조른 것도 아닌데 그녀도 재우고 내 마음도 안정시키기 위해 '잠자기 전에 들려주는 이야기'를 해 주려고 한다.

영특한 아이야, 무슨 이야기가 듣고 싶니? 너의 총명한 머리가 베개 속으로 미끄러져 들어가기 전에 내가 너에게 실화를 하나 들려줄게. '남자와 여자'라는 이야기를 해 줄까 아니면 '알파벳에는 철자 하나가 빠져 있다'라는 이야기를 해 줄까? '알파벳에는 철자 하나가 빠져 있다'는 스물일곱 번째 철자를 어떻게 도둑맞았으며, 그 때문에 단어들 사이에 어떤 공백이 생겨났는지, 그리고 스물일곱 번째 철자를 마침내 다시 찾게 되었을 때 언어 전체가 어떤 방식으로 새롭게 구성되어야 했는지에 관한 이야기야. '남자와 여자' 이야기를 하는 게 낫겠다고? 좋아.

원래 남자와 여자라는 두 종족은 서로를 위해 만들어진 게 아니었어. 남자와 여자는 평화를 사랑하는 종족으로, 좋은 이웃으로 살면서 자신들의 물품을 교환했지. 왜냐하면 이 종족들은 제 각기 상대방에게는 없는 화려하고 유용한 재화들을 가지고 있었기 때문이란다. 예를 들면 여자가 목장과 영화와 라드를 바른 빵 조각을 소유했다면, 남자는 염산과 다이아몬드와 밀가루를 공급했지. 그때까지 인간들 사이에는 사랑이나 증오 같은 감정들이 없었단다. 모두가 자신들이 생산하고 교환하는 것들을 가장 사랑했지. 모두들 단지 자신들의 물건만 사랑했던 거야. 그 당시에는 죽음조차도 인간의 좋은 친구였고, 생명을 잉태할 수 있었지. 출생과 죽음은 하나였으며, 죽음은 삶을 선사했어. 한 남자가 죽음을 맞이하기 위해 드러누울 때마다, 남자 아이가 그의 몸에서 기어 나왔고, 한 여자가 죽음을 맞이하기 위해 드러누울 때마다 여자 아이가 앞으로 기어 나왔지. 이러한 삶에서는 노동과 여가 사이의 차이만 존재했지, 남녀 간의 차이는 서로 다른 두 개의 일상적인 사물, 가령 돌과 풀 또는 깡충깡충 뛰는 것과 손짓하는 것 또는 수건과 소금 사이의 차이와 별반 다르지 않았단다. 행복도 불행도 아닌 이러한 생활이 무한히 지속됐지. 그러던 어느 날 여자 종족의 제후이자 작업반장인 마라가 죽음을 맞이하기 위해 드러누웠고, 후계자를 출산했어. 그런데 마라가 망자(亡者)들 사이에 단 하루만 누워 있다가 다음 날 다시 돌아와서 하던 일을 계속해서 수행한 거야. 그러자 모두들 경악했지만, 사실 그녀는 교환에 매우 중독되어 있었던 거지.

이로 인해 화가 난 죽음의 영이 그때부터 죽어 가는 여자들이 임신을 하지 못하게 했어. 그래서 여자 아이는 더 이상 태어나지 않았던 거야. 크게 동요한 여자들이 출생과 죽음을 관장하는 신에게 잇달아 풍성한 번제를 드렸지만, 아무런 소용이 없었지. 게다가 이 번제에 너무 많은 제물을 소모한 나머지, 점점 더 가난해져 결국 남자들에게 빚을 지고 말았어. 반면 남자들은 점점 더 부자가 되었지. 그리하여 종족들 간의 불평등이 생겨났고, 피조물의 절반이 절멸할 위험에 처하게 되었어.

바로 그때 출생과 죽음을 관장하는 신이, 자신이 이제 더 이상 모욕당한 자의 연기를 계속해서는 안 된다는 사실을 깨달은 거야. 이러한 실수를 만회하기 위해, 그는 인간 중심으로 계획을 세우고 논리를 펼쳐 나갔던 자신의 석판을 다시 손에 들고 열심히 계산을 했지. 하지만 남녀 간에 존재하던 이전의 공식을 다시 찾아내지는 못했어.

스스로에게 절망한 그는 석판을 지상에 내던져 버리고 모든 일을 그만둔 채 다른 곳으로 가 버렸어. 그리하여 산산조각이 난 석판, 즉 혼란에 빠진 신의 물건을 받아 든 인간들은 도대체 무슨 일이 생겼는지 영문을 몰랐던 거야. 이제 모든 게 뒤죽박죽이 된 셈이었지. 남자들은 가장 왕성한 나이에 죽어 불알 두 쪽만 남겼고, 여자들은 교환 및 생계를 위해 생산한 것들을 탐욕스럽게 다 먹어 치웠단다. 이제 모두들 이리저리 배회하기 시작했어. 그런데 어느 날 갑자기 몇몇 남자들과 여자들이 서로 인사를 나누기 시작했고, 몰락에 대한 극도의 공포 상태에서 서로를 꼭 껴안는 일이 발생했단다. 그때 여자들은 남자들을 통해 임신을 할 수 있고, 출산을 해도 죽지 않는다는 사실을 알게 되었지. 하지만 남자들은 출산 능력을 영원히 상실해 버려서, 남자 아이와 여자 아이를 낳기 위해 여자들을 필요로 하게 되었단다. 물론 이 경우 남자들이 여자들을 꼭 안아 주어야만 했지. 그리하여 기각된 법과 종족들 사이에 퍼져 있는 파편적인 신의 지혜로부터 정액과 아이 간의 불균등 거래가 생겨난 거야. 이제 자신의 공식을 다시 발견하지 못해 슬픈 신이 인간에게 가져다 준 무형(無形)의 공포와 한 쌍을 이루는 사랑이 생겨났지. 하지만 여자들은 정직했고, 아이들을 사랑했으며, 그들을 공평하게 나누어 주었단다. 즉 남자 아이는 남자에게, 여자 아이는 자신들에게 분배한 거지. 하지만 한 번 탐욕을 맛보기 시작한 남자들은 이제, 살면서 여러 차례 출산을 해야 했기에 자신의 재산을 충분히 관리할 수 없었던 여자들을 속여 이득을 취하기 시작했지. 그 때문에 여자들은 그들이 재산의 절반을 소유했던, 사랑이 등장하기 이전의 시기가 어떠했는지 오늘날까지도 잊지 않고 있단다.

바로 이 순간 나는 이야기하는 내내 거의 집 높이에 달하는 높은 목재 사다리 위에 서 있다는 사실을 깨달았다. 내 옆에서는 수백 명의 다른 구경꾼들이 나와 똑같이 높은 곳에 서서, 도시를 빙 둘러싸고 있는 하얀 성벽 너머로 우리 중 그 어느 누구도 꿈꿀 수 없었던 광경을 바라보고 있었다. 그런데 강한 바람이 불어와 우리를 앞쪽에서 공격하였다. 이로 인해 우리는 사다리와 함께 성벽 난간으로 들려 올라가 공중에서 둥둥 떠다녔다. 사다리는 막 뒤로 쓰러지기 일보 직전이었다. 많은 사람들이 균형을 잡기 위해 몇 개의 사다리 디딤판을 서둘러 기어 내려왔다. 하지만 굼뜬 강물마저도 하상(河床)에서 휘몰아치게 만드는 강한 숨결 같은 그 바람은 사다리를 장대높이뛰기 선수의 장대처럼 구부러뜨렸다. 그때까지 사다리 맨 위쪽 디딤판에 버티고 서서 온갖 용을 다 쓰며 계속해서 그 광경을 바라보던 사람들은, 바람이 약해지면 목재가 뒤로 튕겨지는 탄력으로 인해 자신들이 벽 너머로 내던져지기를 희망하고 있었는지도 모른다. 하지만 우리는 모두 등이 바다 쪽으로 향하게 떨어졌다. 몇 사람은 몸이 박살난 채 쓰러져 있었고, 또 다른 사람들은 뼈가 부러진 상태로 거기서 기어 나왔다. 그곳에는 들길들과 거칠고 큰 돌덩이로 만든 아주 오래된 둥근 문들이 있었다…… 그곳에는 여전히 먼지가 자욱한 길과 밖으로 향하는 **오래된** 출구가 있다.

단독자들

카노비츠* 전시회를 찾아온 몇몇 관람객들이 제각기 이쪽 그림에서 저쪽 그림으로 조용히 이동한다. 그는 이렇게 생각한다. '너는 이곳에서는 안전해. 단독자들로만 이루어진 무리 속에서 혼자 있을 수 있으니까. 단독자는 때때로 관찰을 위해 태어난 사람처럼 보이지 않니?' 하지만 이 외톨이들은 맨 마지막에 출구로 나가기 직전 서로 뭉친다. 그리고 그들 모두 서로를 알고 있고, 서로 긴밀한 관계를 유지하고 있다는 사실이 밝혀진다. 같은 단체 소속인 그들은 관람하는 동안만 뿔뿔이 흩어져 있었던 것이다. 여기에서도 그는 또 다시 주변을 통틀어 유일한 단독자였다.

티어가르텐 지방 법원. 29세의 일로나 M이라는 한 마약 밀매업자의 재판. 그녀는 1972년부터 마약 주사를 맞았고 직업 교육은 받지 않았다. 그리고 때때로 창녀 생활을 했으며, 마취제 관련 법규를 위반한 적이 있다. 또한 전과 3범인 그녀는 반년 전부터 레르터 여성 교도소에서 복역하고 있다. 그곳에서 그녀는 계속해서 마약 주사를 맞고 있는 데다 마약 거래까지 하고 있다. 하지만 여 재판관은 피고의 인적 사항에 대해 심문하고 그녀의 모습을 살펴 보더니, 지금 그녀가 '비교적 양호한 상태'에 있어 보인다고 말한다. 키가 작은 일로나는 붉은색으로 염색한 머리와 평평하면서도 아주 창백한 얼굴을 가지고 있다. 가슴과 엉덩이에는 살이 좀 붙었고, 상체는 매우 좁다. 하지만 무겁고 풍만한 가슴은 헤로인으로 인해 야윈 그녀의 육체와 그리 잘 어울리지 않는다. 바로 이러한 부분에서 이 탕녀는 모성애를 불러일으킨다. 그녀가 아주 작고 한결같은 목소리로 말하기 때문에, 검사는 그녀에게 목소리를 크게 하라고 반복해서 주의를 주어야 한다. 사실 그가 이렇게 하는 이유는 유사한 수백 번의 재판에서 이미 들었던 것을 다시 분명하게 듣기 위해서이다. 그가 똑같은 말을 반복해서 들어야 하는 이유는 마약 중독자들이 모두 하나같이 거짓말을 하기 때문이다. 그는 이 사실을 알고 있다. 그들은 모두 똑같은 거짓말을 하며, 단지 집행 유예 선고를 받아 내기 위해서 기꺼이 치료받을 준비가 되어 있는 척한다. 여판사는 이렇게 말한다. "정말 목소리가 작으시군요. 치아에 이상이 있나요?" 일로나는 대답한다. "치아는 교도소에서 했습니다." 하지만 피고는 완전히 속수무책인 불쌍한 모습으로 보이기 위해 나지막이 말하는 것은 아니다. 그녀는 딱딱하지만 결코 엄하지 않은 심문자의 어조에 맞추어 자신의 신상에 대해 진술한다. 이때 그녀 자신의 절망적인 실제 상황이 드러난다. 감방에서나 마약 거래를 할 때 그들을 지켜 주던 은어들이 평소에 은폐하고 있는 것을 그녀는 이제야 인식한다. 여재판관은 거의 20년 전부터 마약 범죄를 다루어 왔고, 사창가에서는 '슐트 대모'로 잘 알려져 있다. 그래서 변호사들은 슐트 대모가 공판을 진행하면 자신의 소송이 유리하다고 생각한다. 처벌하겠다는 위협이 통하지 않는 이 망할 놈의 지대에서 무릇 영향력을 행사할 수 있는 어떤 것이 존재한다면, 그것은 오직 선량한 어머니, 선량하게 양심적으로 경고하는 어머니의 상(像)일 것이다. 다른 한편으로 법의 수호자인 그녀는 중독이라는 병에 맞서서 투쟁을 할 수가 없다. 그래서 자신이 그 중심에 서 있는 장소와 행동의 총체적인 무력함을 몰래 인정하는 것 외에는 그녀도 별다른 도리가 없다. 그녀의 판결은 자신의 속을 썩이는 **아이들**에게 베푸는 원조나 보호 같은 지극히 낯선 모습으로 나타난다. 그녀는 물론 집행 유예가 가진 위험도 알고 있고 마지막 치료 행위가 어디서, 어떻게, 어느 정도의 성공 가능성을 가지고 시도될 수 있는지도 알고 있다. 재판관으로서 그녀의 본질적인 소임은 이미 내려진 사형 선고에 맞서 싸우는 데 있다.

검사는 젊고 냉철한 신사이다. 그는 그러한 절망적인 시나리오에서 남을 이해할 줄 모르는 배은망덕한 역을 연기해야만 한다. 그래서 검사들 특유의 공허한 상투어만 남발할 뿐, 더 이상 국가 자체를 대변하지는 못한다. 왜냐하면 주지하다시피 이 사람에게는 마약 중독자에 대한 처벌이 그리 중요한 의미를 갖지 않기 때문이다. 그는 고소장에서 피고가 "이제 더 이상 구제 불가능한" 상황에 처하게 되었다고 과장해서 선언한다. 일로나의 변호사의 입장에서 볼 때, 비인간적인 모습을 적나라하게 드러내 주는 그런 말이 아주 적절한 순간에 나온 것이라고 할 수 있다. 그래야만 그녀의 변호사가 적절한 예리함으로 이에 맞서 자신의 변론을 펼칠 수 있기 때문이다.

이러한 변론이 있기 전, 한 여자 증인에 대한 심문이 이루어진다. 그 증인은 가죽 재킷에 청바지를 입고, 앵글 부츠를 신은 긴 웨이브 머리의 소녀로, 완전히 마약에 취해 있다. 그녀의 눈꺼풀은 계속해서 아래로 가라앉는다. 그리고 그녀는 자신의 팔을 힘없이, 이상한 모양으로 뱅뱅 돌리고 있다. 여판사는 그녀에게 자신에게 불리한 모든 진술을 거부할 수 있다는 사실을 강조한다. "아시겠지요?" 하고, 그녀는 증인의 청력을 시험하려는 듯 다시 한 번 묻는다. 그 소녀는 피고와 마찬가지로 작고 단조로운 목소리로 말한다. 하지만 그녀의 말은 한순간 헛돌더니, 아무런 의미가 없는 똑같은 문장을 반복한다. 검사는 "마지막으로 마약 주사를 맞은 게 언제였지요?" 하고 묻는다. 그 소녀는 하마터면 "방금요"라고 대답할 뻔했다. 그 순간 여판사가 신속히 끼어들어 "검사님, 이 증인이 심문받을 수 있는 상태인지 아닌지 의심스럽습니다"라고 말했다.

협의를 하기 위해 배심원들이 퇴정하고 있을 때, 젊은 여자 서기가 법원의 복도를 향해 빠져 나간다. 그녀는 피고와 같은 나이로 보일 뿐만 아니라, 옷과 머리 스타일까지 비슷하다. 그 순간 공판 동안 『키커』*를 읽고 있던 청원 경찰이 의자에서 벌떡 일어나, 그녀를 쫓아가 다시 잡아끌고 가려 한다. 그녀를 피고와 혼동했기 때문이다. 그사이 이 피고는 청중석에 앉아, 검사가 말하는 동안 여러 차례 야유를 퍼부었던 두 친구와 이야기를 나누고 있다. 그 밖에도 청중석에는 사회복지사 양성 학교의 남녀 학생들이 무뚝뚝하고 무감각해 보이는 그들의 선생들과 함께 앉아 있다. 일로나 M은 1년 6개월의 실형을 선고받는다. 뒤이어 법원이 이미 발부한 구속 영장을 취하하는 대신 그녀에게 다시 한 번 기회를 준다는 말을 듣자, 그녀는 깜짝 놀란다. 슐트 대모가 매우 염려하면서 강조하듯이, 이번이 치료 기관에 즉시 들어갈 수 있는 마지막 기회이다. 그녀가 징역을 살기 위해 등원하기까지는 아직 6주의 시간이 남아 있다. 그녀가 이 시기에 치료를 받을 경우, 사면되어 실형이 중지되고 집행 유예를 받게 된다. 여재판관은 감방이 별 도움이 되지 않는다는 것을 잘 알고 있다. 그래서 판결을 이렇게 내린 이유를 다음과 같이 설명한다: "마약 중독자들이 레르터 감옥보다 더 손쉽게 마약을 얻을 수 있는 곳은 어디에도 없습니다." 그녀 역시 이번 경우와 관련해, 지나치게 큰 희망을 더 이상 갖지 않는다는 사실을 인정하지 않을 수 없다. "여러분도 아시겠지만" 하고 덧붙이면서 그녀는 "거의 서른이 다 된 여성 마약 중독자는 **고칠 수 없이 굳어 버린 어떤 성격과** 매한가지입니다"라는 마약계의 표현을 사용한다.

중독자를 에워싸고 있는 끔찍한 절망과 죽음의 위협을 감지하게 되면, 그것의 사회적인 원인이 무엇인지 질문을 하면서 그 절망적인 상황 자체를 회피하기란 그리 쉽지 않다. 사람들은 적나라한 절대 악, 현실에서 존재하는 악마의 지배를 낯선 눈으로 응시한다. 이러한 악마의 지배는 이어지는 일로나 친구들과의 대화에서 또 다른 비열한 인상을 드러낸다. 흉터 있는 창백한 얼굴에 비단처럼 빛나는 큰 눈을 가진 마약 전과 5범의 젊은 남자와 레르터 감옥에서 얻은 휴가 중 공판에 들른 그의 여자 친구는 일로나가 아무런 준비도 하지 않고 갑자기 석방되어 곧바로 자유인이 되는 것은 좋지 않고, 그것도 매우 좋지 않다고 말한다. 이들은 그녀가 석방된 바로 그날 밤, 마약 관련 장소에서 그녀를 다시 보게 되리라고 확신한다. 그 여자는 이렇게 말한다. "이와 같이 구속받고, 그렇게 오랫동안 레르터 감옥에 수감되어 있다가 네 집으로 돌아가게 된다 하더라도, 너는 전화가 어디에 있는지도 모르잖니." 변호사가 이미 언급한 바 있고 바람직하다고 여기는 치료 시설을 그녀는 "웃기는 수작이야, 그것은 정말 웃기는 수작이야"라고 말한다. 그녀는 "그들 모두 그곳에서 또 다시 레르터 감옥으로 돌아오게 될 거야. 물론 감옥을 빠져 나가면 누구나 기뻐하지. 나도 그곳에서 빠져 나갈 수만 있다면 기쁠 거야"라고 말한다.

하지만 그녀의 말 속에서 자신의 친구를 염려하는 것과 정반대되는 목소리를 들을 수 있다. 그것은 무산된 거래에 대한 분노의 표현이다. 일로나는 감옥에서 그녀의 마약 거래를 위한 주요 판매책이었던 것이다.

모든 감각은 사업가로서의 감각이다. 미소와 거짓말과 악수, 그 모든 것이 마약 중독을 위한 수단이었다. 여기에서는 혼란스럽거나 애매한 것은 더 이상 없다. 중독이란 내적인 흥분과 외적인 흥분이 전부 다 그 안으로 들어가게 되는 통로이다. 그것은 미지의 행복이라는 목표를 추구하지 않는다. 소망이 하나도 빠짐없이 전부 다 이루어질 것이라는 사실은 분명하다. 이러한 소망의 실현은 늘 단조롭고 솔직하게 이루어진다. 이러한 과정에서 이루어지는 속임수와 위장, 사랑스러운 감정의 가장, 자신의 상황에 대한 자기기만은 속이 빤히 드러나 보인다. 그렇게 분명하게 드러나는 위선적인 태도는, 자신의 의도를 유희적으로 숨기고 있는 우리 모두를 가장 소름 끼치는 방식으로 풍자하려는 것처럼 보인다. 중독 환자가 주체가 지니고 있는 자유 의지의 거친 토막만을 우리에게 보여 준다 하더라도, 그는 여전히 특정한 사회적 위장을 필요로 한다. 그러한 위장에는 지하 조직의 거동, 마약 구매자에 관한 정보, 비밀 접선 및 은밀한 접선 장소, 코드명과 은어(그사이에 벌써 관청 언어도 아무런 인용 부호 없이 이런 은어를 사용하고 있다)가 포함되어 있다. 아무런 메시지도 없는 가벼운 광신주의라는 숄 전체도 이러한 위장의 일환이다. 종종 우단처럼 부드럽고 새까만 숄의 모습으로 나타나는 그것은 이 도주자들을 창백한 얼굴, 보이지 않는 것을 보기 위해 확장된 동공, 썩은 이, 졸리게 하면서 잘 들리지도 않는 가는 목소리 뒤에 감춰 준다. 그러한 그들의 목소리를 들으면, 절망적으로 물어 보게 된다. 도대체 누가 말하는 거야? **누가?**

마약 중독자는 리듬과 규칙, 만남과 사업이라는 촘촘한 조직에 둘러싸여 있다. 그는 자기 자신을 환상, 정신착란, 세계고(世界苦) 없이 이러한 조직에 내맡긴다. 왜냐하면 일이 돌아가는 동안만큼은 그가 정말 그 누구보다도 상상에 의한 부산물의 피해에서 벗어나 있기 때문이다.

한 취객이 아침 일찍 세탁소에 온다. 그는 어쩌면 밤새도록 술을 마셨는지도 모른다. 하지만 그는 아직까지는 멀쩡히 이야기하며 비틀거리지도 않는다. 단지 정신이 맑지 않고; 시선이 흐려져 있을 뿐이다. 그는 세탁물 접수대 뒤에 서 있는 두 여자에게 자신의 바짓가랑이 부분에 묻어 있는 얼룩을 가리키며 그것을 없애 달라고 부탁한다. 이 두 여자는 그에게 바지를 거기 두고 가라고 하면서, 그렇게 빨리 '기름때'(그것이 기름때였던가? 아니면 좀 더 정확히 쳐다보는 것을 미리 막기 위해 재빨리 조심성 있는 정의를 내린 것뿐인가?)를 없앨 수는 없다고 설명한다. 잠시 후 그 남자가 같은 말로 반복해서 부탁하자, 이 여자들은 이제 돌아가면서 또는 동시에 바지를 두고 가라고 여러 차례 말한다. 그들은 이 남자의 특별한 정신 상태를 전혀 고려하지 않는다. 그러나 그들이 취객을 기껏해야 귀가 잘 들리지 않는 멀쩡한 사람으로 취급하여, 그를 밖으로 내쫓지도 않고 그렇다고 그에게 그들의 설명을 이해시키려고 노력하지도 않으면서, 그냥 그를 세워 놓고서 비루한 인내심을 시험하는 것을 보면, 이들은 둘 다 아주 파렴치한 사람처럼 보인다. 비록 그들이 두려움과 부끄러움 때문에 그렇게 우유부단하게 행동한다 하더라도 말이다. 이 취객은 바지를 벗어야 할지 말아야 할지를 아주 힘들어하면서도 매우 끈질기게 징밀 고민하는 것처럼 보인다. 하지만 술에 취한 그는 유쾌하기보다는 오히려 우울했고 게다가 말할 기분도 아니었기 때문에, 알 수 없는 저항심에서 이곳의 여자들 앞에서 팬티만 입은 광대 노릇은 하지 않는다. 그는 변하지 않는 상황을 잠깐 더 응시한 후, 어깨를 실룩거리며 모욕당한 슬픈 표정으로 가게를 떠난다. 세탁소 여자들은 몸을 돌려 뒤쪽 다림질 방으로 간다. 곧 그들은 취객으로 인해 중단된, 그들 둘 다 아는 여자 친구에 대한 수다를 다시 열심히 떨기 시작한다. 나중에 그들은 이 이상한 남자에 대해 머리를 한 번 가볍게 가로젓지도 않고, 키득거리며 웃지조차 않는다. 착취와 공포라는 힘 외에 냉담과 무관심이라는 힘만이 인간들 간의 관계를 규정하는 것처럼 보인다. 그리고 사람들에게서 서로에 대한 깊은 무관심을 빼앗아 간다면, 아마도 이로 인해 그들의 공격 욕구만 더 증가하게 될 것이다.

뮌헨의 한 백화점에서 일하는 미스터 미니트*는 라인란트 출신의 난쟁이로, 가냘프고 검은 피부를 지니고 있다. 사회의 외곽 지대를 떠도는 그는 옛날에 헌당 기념 축제에서 우리가 범퍼카 타는 것을 감시하고 우리에게 항상 무례하게 대하던 사내들과 닮았다. 그 사람들이 그렇게 행동한 이유는 아이들에 대한 이해가 전혀 없었기에, 우리가 즐거워하는 모습을 보면서도 단 한 번도 같이 기뻐하지 못했기 때문이다. 이와 같이 아이들을 좋아하지 않는 사람은 아이들의 눈에 항상 사회 부적응자이며 범죄자로 보인다. 그런 사람은 대개 여기 있는 이 미스터 미니트처럼 출감한 죄수이기도 했다. 미스터 미니트도 어쩌면 감방에서 처음으로 구두 수선 기술을 배웠는지도 모른다. 나는 그에게 '단기간' 만 사용할 작은 이름표를 주문한다. "예? 단기간만요?" 하고 그는 쾌활하게 묻는다. "여전히 여행 중이신 모양이군요?" 그때 한 중년 남자가 구두 수선소로 들어온다. 그러자 억지로 지은 친근한 미소가 순식간에 사라진다. 그 대신 미스터 미니트의 눈빛에는 악의와 두려움, 갑작스러운 냉담함이 들어선다. 구타에 대한 무의식적인 공포. 그저 외관상의 모습으로만 미루어 짐작하건대, 그 남자는 미스터 미니트에게 항상 어떤 혐의를 두고 그를 늘 추적하던 사람들 중 하나처럼 보인다. 어쩌면 그는 미스터 미니트를 언젠가 밀고한 바 있는 사람과 닮았거나 아니면 범죄자였던 미스터 미니트의 희생자와 닮았는지도 모른다. 어쨌든 이 손님을 보자 그에게 어떤 감정이 엄습해 왔고, 그래서 그는 아무런 상냥한 말도 건네지 않고 조심스럽게 그 손님을 맞이한 것이다. 잠시 후 한 부인이 들어와 자신의 구두 뒤축을 특별히 신경 써서 고쳐 달라고 부탁한다. 이 경우에는 앞의 경우와 상황이 전혀 다르게 전개된다. 그는 이번에는 자신의 일을 통해 자신을 소개한다. "좀 더 신경 써서요? 물론이지요. 제가 그렇게 하지 않았더라면 이 백화점이 저를 독일 북쪽 지역에서 데려왔겠습니까. 이곳에서는 말끔히 작업해야 돼요. 그러지 않으면 제가 정말 억수로 화낼 겁니다." 그가 바이에른 지방의 욕설만 자신의 고향 사투리와 접목시킨 것이 아니다. 민감한 아웃사이더인 이 방랑자는 자신의 약점을 감추기 위해 보호 무늬가 들어간 외투, 즉 상투어와 상황에 적절히 맞춘 신조(信條)로 이루어진 갑옷을 입고 있다. 그가 조심스럽게 떨고 있는 모든 수다는 사실 말이 없는 사람이나 단지 그렇게 보이는 사람에게 다른 사람들이 품을지도 모르는 의심을 누그러뜨리기 위한 예방 조치일 뿐이다. "제 평판이 좋도록 신경을 써야 해요" 하고 그가 덧붙인다. 여기에는 어떤 반어적 어투도 담겨 있지 않다. 견습생이 지나가다가, 그를 향해 '빈 상자'가 다시 필요한지 물어 본다. "언제든지 필요하지" 하고 구두 수선공은 화답한다. 누군가가 그의 악덕이자 그의 진정한 능력인 음주에 대해 암시하면, 그는 기분이 좋아지면서 남자로서 늘 즐거워진다. 그는 싱긋이 웃으면서 붙임성 있게 나를 반말로 '너'라고 부른다. "'빈 상자'가 무엇을 의미하는지 아니? 맥주 한 병이 아직 남아 있는 맥주 상자를 의미하는 거야." 귀에 펑크족들이 하는 귀고리를 한 그 뚱뚱한 견습생이 나중에 다시 한 번 온다. 그러고는 영양실조에 걸린 술꾼 미스터 미니트에게 자기 장화를 수선해 줄 수 있는지 물어 본다. 미스터 미니트는 "물론이지. 가져오기만 해. 고쳐 줄 테니까" 하고 대답한다. 그 소년은 "그러려면 방독면을 써야 할 거예요"라고 말한다. "스프레이가 있으니 괜찮아. 그리고 네가 장화를 찾으러 왔을 때 나 대신 내 동료가 있으면, '이미 지불했어요. 20마르크나 들었는 걸요'라고 해라"라고 그 술꾼이 말한다. "잘 알겠어요." 이 여윈 사람은 이런 방식으로 아웃사이더로서의 자신의 지혜를 번개같이 사용하여, 무료로 해 준 자신의 일이 원래 얼마만큼의 가치가 있는지를 그 견습생에게 알려 주었다. 여기에서 20마르크란 그 가격에 해당하는, '빈 상자들'에 들어 있는 맥주병 숫자나 아니면 그에게 무료로 제공될 또 다른 반대급부에 대한 지수인 셈이다.

그러한 재치는 수줍은 웃음이나 망설임 없이 그냥 본능적으로 생겨났다.

신문 가판대에서 일하는 그 남자, 너무 많이 넣어 터져 나오기 일보 직전인 여러 개의 내 쇼핑백들을 두고 나를 나무란다. 그는—자신의 신문 보관함에서 나온 바로 그가!—언젠가 코린트로 가서 "나는 이제야 이 모든 것이 필요하지 않다는 것을 알겠소"라고 말한 디오게네스를 인용한다.

혼자 있는 시간이 많고, 모든 것을 혼자서 결정하는 데 익숙한 사람은 어떤 그룹이나 자문해 주는 집단, 심지어 다른 개인의 보호를 받기만 해도 자신의 사태 파악 능력이 조금 약화된다는 사실을 깨달을 것이다. (둘이서 여행을 가기만 해도 이미 그러한 사실을 알 수 있다. 그때 얼마나 많은 것을 보지 못하는가! 또한 우리의 주의력이 얼마나 약해지는가!) 사람들이 자기 능력의 최고 정점에 있게 되는 경우는, 주위의 아무 보호도 받지 못한 채 혼자서 행동할 때이다. 그때는 모든 시선이 다 행위가 된다. 사방으로부터 공격받을 가능성이 있는 경우, 좀 더 날카로운 지각으로 자신을 무장해야 하며, 무언가를 체험할 때에도 자신보다 강자인 동맹군보다 더 빠르고 정확하게 목표물을 명중시켜야만 한다. 풍부하지도 않고 탁월하지도 않은 그의 지능은 사회에 편입된 인간들의 위험 감지 본능보다는 동물들의 그러한 본능에 훨씬 더 가깝다. 이에 반해 사회적 지위가 높거나 권위가 있는 사람들 또는 지도자들은 자신의 힘을 강화하기 위해 그리고 스스로가 집단보다 더 똑똑한 사람이라는 사실을 항상 입증하기 위해, 인위적으로 감소되었거나 하향 평준화된 지능을 가진 집단을 절실히 필요로 한다. 그러한 지도자는 혼자 있으면 분명 무능한 사람일 것이다. 그와 단둘이서 친밀한 대화를 나누다 보면, 그가 바보는 아니라고 하더라도 그냥 평범한 정신을 소유한 사람이라는 것을 알 수 있다. 이렇게 혼자 있을 때 그가 무능한 까닭은 그가 '원래 아무것도 아닌' 사람이어서가 아니라 그가 우월하게 등장할 수 있는 적정 온도가 되어야 비로소 그의 지능이 펼쳐지기 때문이다. 다시 말하면 그의 지능은 평범한 사람들 그룹에 끼지 못한 열등한 사람들이 있는 데서 펼쳐진다. 그리고 심지어 가장 민감한 감정의 동요마저도 혼자 있을 때는 결코 나타나지 않다가 그가 권력을 행사할 때에야 비로소 생겨나기 시작한다. 그는 공개적으로만 자신을 드러내는 것이다.

"예술로 두각을 나타내며, 오늘날의 예술처럼 뭔가 기이한 일이나 뭇 대중이 좋아하지 않는 일에 종사하는 몇몇 사람들을 공식 석상에 등장하게 하여, 스포츠와 쇼 비즈니스계에 종사하는 인기인들과 나란히 유명세를 누리도록 유혹하는 것은 과연 무엇일까?"라고 너는 종종 네 자신에게 묻곤 했다. "그들을 최고의 사건에 참여하는 연기자가 되도록 유혹하는 것이 무엇일까?" 하고 말이다. 하지만 그들의 평범한 이웃들에게는 이 사건이 이미 더 이상 대단한 사건도 아니고, 결코 그런 사건이 되지도 않을 것이다.

너는 이 사람들이 어떤 정신적 과업을 수행하기 위해서가 아니라 순전히 명예욕 때문에 이러한 행동을 한다는 독자적인 해석을 내리곤 했다. 왜냐하면 이러한 정신적 과업이란 대단한 것이므로, 잡지 같은 잡동사니에 담긴 이념은 항상 그것을 억압할 것이기 때문이다. (이러한 매스 미디어는 이미 전적으로 오락적인 요구로만 채워져 있다. 이런 매스 미디어가 늘 쾌활한 이유는 어떤 내용을 싣든 간에 아무런 상관이 없기 때문이다.)

그러므로 결코 사진을 찍히거나 촬영당하거나 심문당하거나 칭찬받거나 또는 또 다른 방식으로 붙잡히지 말고, 군중의 물결 속에서 누릴 수 있는 보호를 감사히 즐기도록 하라. 너는 그러한 확신을 바탕으로 해서 박물관이나, 기록적인 수의 관람객이 찾은 세기적인 미술 전시회를 찾아간다. 다른 사람들과 함께 모여 전시회장 문턱을 넘어서는 순간, 갑자기 세 남자가 너에게 쏜살같이 달려와 플래시를 터뜨리고 조명을 비춘다. 손에 마이크를 든 한 여성이 네 앞에 서 있다. 사람들은 오직 너만을 기다렸다. 너는 미술관의 10만 번째 관람객으로, 문턱을 넘어서는 순간 여론의 관심을 받게 된 것이다. 너는 화보집을 건네받으며 어쩔 수 없이 무료로 박물관장의 관람 안내를 받게 된다. 또한 다음 날 지역 신문에 네 이름이 언급되고 사진도 실린다. 그 사진 속의 너는 언론에 붙잡힌 상태에서, 혼란스러운 마음으로 어떻게 하면 이 자리에서 도망칠 수 있을까를 생각하는 박물관 관람객의 모습을 드러내고 있다. 실제로도 너는 그러했다. 물론 아무도 네가 변방에서 활약하는 예술가임을 알아차리지는 못했다. 때때로 같은 신문에 이것이 아닌 다른 일을 계기로 해서 너에 대한 기사가 실린 적은 있었어도 말이다. 이 사람이 누군지 아무도 몰랐고, 그 정체가 밝혀지지도 않았다. 네가 진짜 이름을 밝히기는 했어도, 직업은 '남자 전업주부'라고 말했다. 그런 점에서 볼 때, 그 사태가 끔찍하긴 했어도 모든 것이 다시 한 번 무사히 잘 지나갔다.

고독한 어릿광대는 레스토랑의 식탁에 홀로 앉아 있는 자신의 모습을 견딜 수가 없어서, 경직된 모습으로 여러 차례 분주하게 뷔페 음식이 차려진 곳으로 가, 거기 있는 전화기를 제자리로 옮겨 놓는다. 마침내 그는 자기 집 전화번호를 돌려 아무도 없는 빈집에 전화를 건다. 한 손에는 수화기를 들고 얼굴에는 엄청나게 기대하는 표정을 짓고 있다. 그리고 마음속으로 레스토랑에 쌍쌍이 앉아 자신을 내려다보고 있는 것 같은 주변 사람들을 쳐다볼 준비를 하면서, 자신도 매우 분주하다고 느낀다. 그는 몇 분 후 실망한 듯한 한숨 짓는 연기를 하더니, 수화기를 다시 내려놓고는 자신의 자리로 돌아간다.

카셀에서 방문한 한 남자가 정신없이 떠들어 대고 있다. 그가 말하려는 것은 오직 한 가지이다. "당신이 정치적 인간이자 위협받는 예술가인 저를 즉시 연극계와—저는 최고만을 원합니다—연결해 주지 않는다면, 제 안에 있는 폭력이라는 세균을 퍼뜨려 극단적인 테러 공격으로 치달을 수밖에 없습니다. 그러면 우리는 모두 폭발로 죽게 되겠죠."

그는 계속해서 68운동, 즉 사회의 정치화 경향에 대해 이야기했다. "그 후 정치화가 이루어졌지요"라고 말하고 나서는, 이전에 중년 남자들이 말할 때처럼 체념의 손짓을 했다. "그러고는 인플레이션이 있었고 그 뒤에 전쟁이 일어났고 그러고 나서 추방이 이루어졌지요……"

그는 자신이 가지고 있는 근원적인 상처에서 벗어나지 못했다. 한때 구원을 받긴 했지만, 그 후로는 말할 수 없이 방치되었고, 곧 마흔 살이 되는 지금은 아예 버림받은 상태이다. 정신이 오락가락하고 **자신의** 불행에 대해서만 날카로운 시선을 가지고 있는 그는 국가와 맞서 싸우는 데 앞장서겠다고 노골적으로 위협한다. "이것이 저의 마지막 시도입니다. 제가 암살자의 이력을 갖지 않도록 지켜 주십시오. 저에게 연극을 할 수 있도록 길을 열어 주십시오!" 그러니까 이미 말한 대로 정신이 오락가락하는 사람 이야기이다. 하지만 "평화를 위해 저를 혁명가로 만들어 주지 않으시겠습니까"라고 간청하는 한 남자를 무대에 올라설 수 있도록 도와주어야만 하는가?

78년에 대한 기억. 그들은 전에 이미 두 번이나 놓친 적이 있는 한 젊은 테러리스트를 뒤셀도르프의 구시가에 있는 어느 레스토랑에서 사살했다. 뉴스 보도에 따르면, 그런 테러리스트들은 빔 뷜케*만큼이나 유명하기 때문에, 레스토랑에 있던 한 손님이 그를 알아보고 경찰에 연락했다고 한다. 사복 경찰이 그의 식탁으로 다가가자, 그 테러리스트가 총을 뽑았다고 한다. 그가 첫 번째 총알을 발사하기도 전에 먼저 경찰측에서 여러 발의 총알을 발사하며 선수를 쳤다는 것이다. 껄끄러운 재판을 이런 식으로 피하려고 한다는 인상을 버리기가 힘들다. 왜냐하면 재판이라는 것이 국가에게는 민감한 약점이 되었기 때문이다. 그가 감옥에 갇혀 있는 동안은 '압력을 가해 그 테러리스트를 석방할 수 있다.' 따라서 즉시 사살하는 것이 법을 집행하는 모든 권력 기관의 은밀하면서도 노골적인 신념인 듯이 보인다. 테러리스트의 죽음만이 완전한 성공을 의미하며, 우리 모두의 마음을 홀가분하게 해 준다.

사실로 남은 것은 살인 혐의가 있는 한 남자가 사살되었다는 것이다. 그가 정말 한 텔레비전 광이 직접적인 현실의 밀림에서 찾아냈다고 믿은 바로 그 살인자**라면 말이다**. 총을 뽑는 제스처를 취했던 한 남자가 총으로 누군가를 위협하기도 전에, 곧바로 난사당해 온몸이 벌집이 되도록 구멍이 뚫렸다는 주장은 이보다 개연성이 훨씬 더 적다고 할 수 있다. 그런데 그가 정말 총을 뽑았을까? '너도 성급하게 의심을 받고 고발당하며 오해의 소지가 있는 동작을 할 수 있다'는 데 생각이 미치면, 누구나 현기증이 나게 된다. 너도 모르는 사이 두 남자가 너의 옆에 서 있고, 한 사람이 너에게 담뱃불을 부탁한다. 너는 라이터를 손에 쥔다…… 그런데 나중에 네가 9구경 파라벨룸 권총을 소지했었다는 소문이 난다. 이와 반대로 다른 기관은 그 권총이 스미스 앤드 웨슨 회사의 것이라고 주장한다. 하지만 그것은 평범한 **일회용** 라이터였을 뿐이다.

경찰은 죽은 테러리스트의 지명 수배 사진을 텔레비전에 내보냈다. 그들은 이를 위해 사망자의 눈을 다시 한 번 벌린 다음, 그 시체의 얼굴에 안경을 씌웠다. 그리고 국민들 중에서 최근 이런 손님을 받은 안경 가게 주인이나 이발사가 있으면 신고해 달라고 당부한다. 이렇게 함으로써 국가가 보호해 주겠다고 약속한 모든 개인의 종교적, 윤리적 감정이 다름 아닌 국가가 취한 조처에 의해 가장 거칠게 손상되었다. 이 사진들은 비열한 사체 능욕과 사망자의 존엄성에 대한 반윤리적 침해의 증거였다.

소도구로 사용하는 안락의자에 다리를 꼬고 앉아 있는 것, 햇볕을 차단하는 챙이 넓은 모자로 화장한 얼굴을 가리는 것, 아주 평온하게 유명 영화배우로 있는 것. 소위 월드 스타로 불리는 한 남자가 의자 위에 몸을 쭉 펴고 비할 나위 없이 편안하게 쉬고 있다. 아무것도 하지 않고, 무언가를 하고자 하는 생각도 없이 그야말로 전적으로 쉬고 있는 것이다. 반면 도처에서 온 전문 기사들은 다음 장면을 준비하고 조명을 비추어야만 한다. 준비하는 데 시간이 얼마나 더 걸릴지는 예측할 수 없다. 거기에 그렇게 앉아 있는 것은 정신적인 삶의 한 형태이다. 그는 자신의 세계적인 명성을 잊지 않으면서, 연기할 주인공의 본성을 완고하면서도 공허한 자신의 내면에서 끌어내야만 한다!

하루 동안 엑스트라로 연기할 마을 주민들이 와서, 입을 벌리고 그 장면을 쳐다보고 있다. 그들은 그가 정말 여기에 와 있는 것, 전적으로 자신에게 몰두하는 모습을 보고 있다. 그런 세계적인 스타가 얼마나 신비스러운 존재처럼 보이는가. 그는 벌써 의상을 차려 입고 가면을 쓴 채 외롭게 떨어져, 우리 모두와 마찬가지로 생각에 잠겨 있다. 그는 아주 가까이에서 안락의자에 앉아 쉬고 있다. 하지만 그는 지상 그 어디에서도 일상적인 사람으로 결코 존재할 수 없다. 모자와 색을 넣은 안경만 해도 그가 연기할 이탈리아 노조 간부 역에는 어울리지 않는다. 그의 시선은 호기심어린 관중들을 잠시 뚫어져라 쳐다보더니, 다시 아래로 향한다. 사람들이 그 자신을 바라보며 선망하는 이러한 부분에서, 그가 받아들일 만한 것은 그리 많지 않다. 현상과 의식, 상징물과 진실이 이 남자에게는 하나이자 동일한 권력이다.

그는 바지를 입을 때나 공항 은행에서 돈을 바꿀 때, 관객들로부터 주목받던 자신의 손이 이런 일을 하고 있다는 사실을 보여준다. 그는 이것을 알고 있으면서도 그 사실에 신경 쓰지 않는다. 그 손은 다이너마이트 상자를 움켜쥐거나 여자들을 보호하려는 듯 그녀들의 노출된 등에 큼지막하게 놓였던, 수백만 명의 관객들이 목격하던 바로 그 손이다. 그는 오래 전부터 스스로를 하나의 정체성을 가진 사람으로 생각하고 있다. 그의 명성이 모든 분열들을 접합시킨 것이다. 좀 더 이름 없는 배우들이나 연기를 배우기 위해 끊임없이 노력하는 사람들은 아직도 이러한 분열에 시달리고 있다. 그는 그러한 분열을 뛰어넘어 좀 둔해졌다. 그것도 초창기의 자신보다 더 둔해졌다. 그런데 이러한 아둔함은 특히 정신적인 안정을 누릴 수 있도록 해 준다. 게다가 이러한 능력은 얼굴과 본성의 통일을 강화해 주며, 당근 섭취가 깨끗한 피부색에 도움이 되듯 분명한 개성을 가지는 데에도 도움이 된다. 지금 이 순간 그는 더 이상 배우가 아니다. 연기를 하고 있지 않기 때문이다. 배우가 되려면 자신의 모습을 밖으로 드러낼 수 있어야만 한다. 그는 클라이스트의 인형처럼 무게 중심을 찾아냈고, 명성을 누리면서 꾸밈없이 행동하기 시작했다. 그의 제작자들은 그러한 두꺼운 영광의 껍질을 신뢰할 수 있고, 세상 사람들도 이것을 통해 좀 더 오랫동안 그들의 소망을 간직하게 될 것이다.

그 자신은 스스로에게는 모습을 드러내지 않는다. 이러한 모습으로 등장하는 사람에게 나르시스, 허영심, 자아도취 같은 개념은 매우 위험할 것이다. 자신의 무능함과 초조함을 드러내는 징후들은 그를 매우 당혹스럽게 만들 수도 추락시킬 수도 있다. 와이드 스크린 영화에 등장하는 외국에서 자신이 살고 있고 존재하는 것을 보는 사람이 목욕탕의 작은 거울 속에서는 자신의 모습을 다시 발견하지 못할 것이다. 그는 영리한 배우도, 새로운 할리우드의 예민한 리얼리스트도, 민첩한 전문가도, 탁월한 예술가도 아니다. 또한 최근에 일상의 영웅 역할을 맡아 출세가도를 달리는 그런 인물도 아니다. 그는 자신의 신화적인 상(像)을 연기하는 믿을 만한 단역일 뿐이다. 그는 인간 형상을 하고 있는, 영화 시대의 마지막 성상(聖像) 중 하나인 것이다.

현재에 빠져 사는 바보

공포란 무엇인가? 오늘날 공포는 어떻게 변했는가?

두 명의 지식인들 ― 다시 만나 중단된 옛 관계를 개선해 보려는 한 커플. 그녀는 그사이에 하이너와의 관계가 얼마나 힘들어졌는지 이야기한다. 그는 "네가 정말 그럴 생각이 있다면", 이전에 계획한 적이 있는 동독 일주 여행을 마침내 함께할 시기가 왔다고 생각한다. 두 사람은 잠시 동안 '비행 중인 여행 가방'과 함께 미지의 강가로 떠나는 상상을 한다. 하지만 그러한 대화를 하는 중에 열정이 식으면서 점점 내리막길을 걷더니, 결국은 그들이 "우리 사이의 케케묵은 원칙 논쟁"이라고 부르는 것에 도달한다. 이때 그 남자로부터 "나는 정말 엄청난 두려움을 가지고 있어"라는 상투어를 반복해서 듣게 된다. 그는 그러한 상투어를 하도 자주 사용해 왔기 때문에, 자신이 기름칠한 기계같이 매끄럽게 말하기 위해서는 이러한 상투어가 필요하다고 믿는다. 마치 다른 사람들이 "네가 원한다면"이나 "내 생각은"이라는 말을 상투어로 사용하는 것처럼 말이다. 그런데 이제는 중년이 된 이 지식인이 무엇에 그렇게 큰 공포를 가지고 있었단 말인가?

그는 다시 사귀게 된 옛 여자 친구와의 관계가 잘못될까 봐 엄청나게 두려워하고 있었다. 그런데 이것이 '두려움'이라는 이름을 받을 만한 그런 것인가? '관계'라는 이 악몽 덩어리는 잡담을 하다 보면 기술자의 조립품처럼 언어로 늘 희석되고 용해될 수 있지 않은가? 그사이에 사람들은 이러한 언어로 영혼에 대해서 이야기하는 법을 배웠다. 좋은 교육을 받았고 게다가 이중으로 봉합된 머리를 지닌 이 사람이 '엄청난 공포'라고 부른 것을 좀 더 축소해서 표현할 수는 없을까? 하지만 우리는 감정을 표현하는 단어들을 마치 광고에서처럼 이렇게 과장하여 사용하는 것을 도처에서 발견하게 된다. 예를 들면 "모피 칼라가 달린 그의 외투를 보고 엄청나게 놀랐어" 하는 식이다. '놀란, 당혹한, 심금을 울린' 등과 같이 고통을 표현하는 상투어의 낭비적이고 인플레이션적인 사용, 이러한 일종의 우울증의 전시는 자신이 지닌 극도의 민감성을 광고하는 것이다. 하지만 이것 모두 이제 더 이상은 놀라지 않는 심장을 지닌 주체가 내는 거짓된 떨림의 음들에 불과하다.

어느 날 정말 엄청나게 경악할 일이 생긴다면, 그때 그들은 뭐라고 말할 것인가?

우리의 문화 속 어디에 공포가 살아남아 있는가?

꿈속에 남아 재차 되돌아오는 알프*를 피할 수는 없다. 수백만 명의 정신질환자와 병원에 고립된 환자들의 공포도 꿈속의 알프와 마찬가지로 실제적이고 심각하다. 하지만 핵폐기물, 인구 과잉, 대기근 등에 대한 공포가 존재하는가? 그렇지 않다. 집단적 운명에 대한 실제적인 공포는 존재하지 않는다. 그것은 염려나 정치적 양심 또는 기껏해야 절망일 뿐이며, 자신의 마음을 통해 본질적으로 추상적인 무언가를 성찰하는 것에 지나지 않는다. 개개인의 감정 지평에서 볼 때 대량 학살이 무엇이란 말인가? 그것은 아무것도 아니다. 가장 깊게 공감할 경우 그저 어깨를 으쓱할 뿐이다(아니면 이때 심지어 보호를 받게 될지도 모른다는 은밀한 예감, 아주 개인적인 고난의 행로가 단축되고 없어질지도 모른다는 은밀한 예감을 갖기도 한다). 서기 1000년으로 넘어가는 전환기 직전에는 정말 전염병처럼 퍼지는 공포가 있었을지도 모른다. 종교라는 뜨거운 매체가 퍼뜨릴 수 있었던 집단 정신병 같은 것 말이다. 그래서 모든 사람들이 볼 때 몰락이라는 것이 아마도 인간의 형체를 띠고 있었을 것이다. 지옥을 믿은 사람들은 지옥의 고통을 알고 있었다. 하지만 오늘날 우리가 집을 지을 때 기준으로 삼을 만한 미래에 대한 공포가 존재하는가? 생태의 위기로 인한 충격과 원자력 발전소 건설을 반대하는 시위에도 불구하고, 그러한 공포는 없는 것처럼 보인다. 진실은 우리가 여전히 저주에 가까울 정도로 현재에 예속되어 있다는 것이다.

하지만 공포의 본령은 바뀌지 않았다. 예나 지금이나 공포에 사로잡히는 것은 '나'뿐이다. 공포는 혼자 있으면서 자신보다 강한 것에 위협을 느끼는 사람에게만 닥친다. 그 강한 것이라는 게 상관이든, 아버지든, 병이든 또는 사랑이든, 아니면 군중이나 이별 또는 사고나 사건이든 간에 상관없이 말이다.

실제적으로 우리를 위협하는 징후들이 나타나고 있음에도 불구하고, 오늘날 우리는 30년 전에 비해 '공포를 덜 느끼는 시대'에 살고 있다. 아직까지는 우리 주위의 모든 여건들이 대부분의 사람들이 (토마스 베른하르트*의 말을 빌리자면) 자신의 실존에서 완벽하게 이탈함으로써 살아갈 수 있도록 갖추어져 있다.

베르가모* 지역 농부들의 삶이 어떠했는지를 감동적이면서도 가슴 아프게 묘사하고 있는 영화 「나막신 나무」*는 관객에게 '서서히 몰락해 가는 시민 문화의 대변자인 우리에 관한 사랑스러운 이야기가 미래의 언젠가에는 전해질 수 있을까? 이 이야기에 버금가는 영광스러운 기억이 보존될 수 있을까?' 라는 감상적인 질문을 던지도록 유혹한다. 하지만 우리도 이제 더 이상 우리가 속해 있는 계층의 일원이 아니다. 그리고 우리는 항상 아무렇지도 않게 우리 자신에 대해 악의적이고 반어적이며 비판적인 말을 하는 데 익숙해져 있으며, 하찮은 서푼짜리 동전을 받은 대가로 우리의 출생지를 내어 주곤 한다. 마치 언젠가 우리가 우리의 풍습, 우리의 움직임과 모습, 우리의 근심과 행복에 대해 회상할 때, 상실로 느껴질 만한 어떠한 것도 가지고 있지 않은 것처럼 말이다. 우리같이 사각 지대에 있는 족속들을 제대로 다룰 사람은 정말 파괴를 일삼는 문서 보관소 직원뿐일까?

고도로 문명화된 집단은 스스로를 파괴하는 경향이 있다는 테제를 뒷받침할 만한 크루즈 미사일이나 중성자 폭탄 그리고 그와 유사한 조처들이 내 집 문 앞에서 벌어지고 있다는 사실을 생각한다면, 우리가 아무리 동떨어진 곳에서 자신의 의무를 다하고 있다 하더라도 미학적인 품위를 완전히 상실할 위험에 늘 처하게 된다. "우리가 하는 일은 모두 어차피 해 봐야 아무 소용 없는 가소로운 일일 뿐이다." 본디 종교적인 성격을 띠고 있는 이러한 무력감은 별이 총총한 하늘과 신에 대한 외경심에서 비롯된 것이다. 그런데 그것이 이제는 가끔씩 아주 현세적이고 아주 가까이에 있는 것처럼 보인다. 바로 그러한 위협으로부터 어떤 압력의 파장이 발생하는지에 따라서 말이다. 이미 오래 전부터 있었고 지금까지 보관해 온 **폭탄이** 발사 준비를 기다리고 있다. 아마도 우리는 대부분의 시간 동안 그것을 잊고 지낼 것이다. 어떤 인간도 이와 같은 인류의 결정적인 국면을 끊임없이 머릿속에 담고 다닐 수는 없다. 위협은 전면적이고 '악이란 것'이 다 늘 그렇듯 항상 우리 주위에 도사리고 있다. 이것을 마치 없는 것처럼은 결코 생각할 수 없지만, 그렇다고 생각할 수 있는 것도 아니다. 위협이 지닌 엄청난 무게는 우리가 위협에서 얻어 낸 모든 의식들을 그 자리에서 짓눌러 버릴 것이다. 그럼에도 불구하고 우리가 어리석은 행동을 피하기 위해서, 아직 살아 있다는 것이 우리의 일반적인 행동 및 종종 갑작스럽게 우리의 매우 주관적인 의미 규정에 대해 가지게 되는 의미를 무시한 채 정치적인 저항만을 일삼는다면, 그것은 잘못된 일일 것이다(어쨌든 그러한 정치적 저항은 중성자 무기의 경우에는 처음 한 번은 효과가 있었다). 탄두가 모두 모여 있는 곳은 아주 특별한 장소이다. 우리가 살고 있는 현실에서 우리는 실제적인 현실과 편

집중적인 정신착란 체계가 이처럼 일치하는 다른 곳을 알지 못한다. 만약 편집증에 시달리는 자아가 나머지 세계 '전체'로부터 한 명도 빠짐없이 박해당하고 위협받고 있다고 느낀다면, 그리고 다른 한편으로 **정말** 지구상의 생명체가 예외 없이 총체적인 절멸의 위협을 받게 된다면, 도대체 어떤 점에서 그것들 간의 구조적인 차이가 존재하는가라는 의문이 생기기 때문이다. 따라서 편집증 환자의 정신착란 증세를 오늘날 우리가 처한 실제적인 상황을 내적으로 반영한 것으로 간주한다면, 그것은 더 이상 변증법적 유희가 아니다. 총체적인 것은 단순히 사상가가 만들어 낸 잘못된 악전체나 정신 이상자가 시달리고 있는 고통의 증후군으로 끝나지 않는다. 어느덧 그것은 실제적인 육체적 형상도 갖추고 있다. 이 총체적인 것은 자신의 지하 창고, 즉 자신의 '라인의 황금'*이라는 대장간에 쪼그리고 앉아 발사 명령이 떨어지기만을 기다리고 있다. 민감하게 동요하는 권력의 가장 주관적인 감정에 맡겨진, 무감각하게 발기된 엄청난 종말의 잠재력으로서 말이다.

Si vis pacem, para bellum(평화를 원한다면, 전쟁을 준비하라).* 네가 공동묘지나 폐허에서 느낄 수 있는 그러한 평온함을 얻고자 한다면, 전쟁을 준비하도록 하라. 위협은 모든 사람의 가슴속에 있는 **무한한** 공포를 대가로 치르고서 얻은 것이다. 그것은 어쩌면 우리의 정신적 저항력, 우리의 경제, 우리의 인간 공동체를 파괴하는 대가로 얻게 되는 것일지도 모른다. 의식에서는 위협이 종종 사라질 수 있을지 모르지만, 무의식에서는 그렇지 않을 것이다. 더 나아가 의식은 자기 관심을 이와 같은 위협으로부터

다른 곳으로 확 돌려 버림으로써 버텨 낸다. 오늘날 우리는 히로시마 폭파의 화려한 영상들을 바라보며 미학적인 소득을 얻고 있다. 화보에 실린 재앙의 멋진 사진들이나 원폭의 폐허에 감도는 낭만적 기운의 경우도 이와 마찬가지이다. 현실적인 것은 아무것도 없다. 심지어 우리 민족은 역사적인 죄의식마저도 텔레비전 연속 방영물의 심리 실험실에서 처리하고 있다. 우리가 아직까지 살아남아 있는 것은 어쩌면 매체 문명의 이러한 비현실성, 세계를 둘러싸고 있는 망각의 강물, 인간과 인간적인 것의 신중한 분리, 한마디로 말하면 텔레비전 덕분인지도 모른다.

인류의 비현실적 상황에 대한 이러한 생각이 머릿속에 떠오르는 사람이 예술이 결핍된 상황에서 예술을 비평하는 우리 같은 소수자들뿐만은 아니지 않은가?

예를 들어 시민 운동 단체에서 활동하는 어떤 사람은 잘못된 장소에 놓인 신호등을 없앨 수만 있다 해도 자신이 현실적인 활동의 중심에 있다고 느끼지 않겠는가? 바로 그것이다! 이러한 행동의 보잘것없는 중심 자체가 사실은 완전히 사라져 파악될 수 없는, 어두운 곳에서 줄곧 우리를 제압하겠다며 위협해 대는 현실의 도깨비불인 것이다. 이러한 현실에 부딪혀서 지금까지 전해 내려온 정치적 인식 능력, 아니 어쩌면 모든 정치적 인식 능력이 실패할 운명에 처해 있는지도 모른다.

때때로 정치적인 모든 노력이 원래 사건이 지닌 높은 파도와 강렬함 앞에서 이상하게 비쳐지기도 한다. 우리가 체험하는 세계 정책의 국면에서는 정치적인 것의 존재를 믿기보다는 차라리 세계

종말을 기원하는 폭력의 존재를 더 믿고 싶어진다. 이와 같이 세계 종말을 소망하는 마음은 민족 간의 갈등이나 경제적 갈등을 이용한 가장 어리석은 핑계들을 만들어 낸다. 그런 소망은 이미 오래 전부터 강대국들이 의도하고 수행해 온 것들의 통제권 밖에 있다. 전쟁의 **음탕함**을 언급할 때, 리비도가 묶인 이러한 죽음 본능이 증대되어 거대한 피학적인 정욕이 되었다고 가정하지 않을 수 없다. 인류는 이러한 정욕을 어떻게 억눌러야 할지 잘 모르고 있다. 그사이에 소위 말하는 부분적 갈등이 계속 부분적인 상태 그대로 남아 있어서, 파괴적인 에너지를 부분적으로 덜어 줄 것이라는 기대에 대한 어떠한 보장도 없다. 반면 전체를 겨냥하고 '영원한 긴장 완화' 상태를 지향하는 사건들이 지나치게 빨리 무더기로 생겨났다. 민감성과 허약함이 증대된 현 상황은 무엇보다도 핵전략의 결과라고 할 수 있다. 핵전략은 수십 년간 협박과 불안감조성 그리고 위협 같은 자극을 통해 종족의 자연스러운 생존 의지를 꺾고 그들을 병약하게 만들 수 있었다. 더 나아가 이러한 생존 의지는 이제 우리의 발아래 놓인 지구가 불안정해지고 지구가 지닌 힘의 원천이 고갈되는 것을 보면서 더욱 더 약화되고 있다. 이로 인해 세계 경제에는 예리하면서도 음탕한 제2의 부정적 사고들이 만연해 있다. 이 세계 경제는 우리의 재산을 가능한 한 빨리 전부 다 소비하도록 만드는 운영 체제에 돌입했으며, 이러한 노선을 다시 바꾸기란 거의 불가능하다. "빨리, 빨리. 뭐 때문에 그리 주저하고 제한하는가"라고 거기서는 말한다. "다시 한 번 흥청거리고, 재물을 자랑하며, 모든 것에 불을 지펴 활활 타오르게 하라.

그 일을 빨리 끝내 버리자!"

지난 몇 년 동안 우리는 개인의 주관적인 판단과 행동이, 위험에 처한 지구 전체와 점점 더 많은 연관을 맺고 있다는 사실을 몸소 체험하였다. '인간, 지구, 인류' 같은 거창한 말들이 생태학과 에너지 비판이 내놓은 전반적인 분석의 주도 아래 갑자기 신뢰할 만한 실존적, 정치적 내용으로 채워졌다. 반면 사람들은 이전에는 인간에 대해 이야기할 때 가장 협소한 계급적 정의를 통해서만 이야기하는 것에 익숙해져 있었다. 이제 더 이상 제3세계의 혁명적인 민족, (마르크스주의 같은) 폐쇄적인 인식 문화 또는 자신이 사는 사회 질서에 대해 호전적인 비판을 하는 주변 세력과 자기 자신을 주관적으로 동일시하는 일은 생겨나지 않았다. 좀 더 나은, 즉 좀 더 자유로운 삶의 조건에 본질적으로 관심을 갖고 있던 이러한 세력 중의 그 어떤 것도 적나라한 생존 자체의 문제에 대한 답변을 제공하지 못했다. 지금 퍼져 나가고 있는 모든 조류와 운동 그리고 연대에도 불구하고, 아니 바로 그 한가운데에서 이러한 답변을 찾아야만 하는 것은 결국 (또 다시) 개인일 뿐이다. 사회적인 상황을 모두 합쳐 놓은 것 이상으로 이루어진 개인 말이다. 감정과 제의(祭儀), 도덕과 정보 그리고 의사소통의 시설들로 이루어진 진부하면서도 고도로 발달된 그리고 항상 해체 중에 있는 이 체계는 자기기만, 무관심, 관심 전환 그리고 맹목적인 열정을 가지고 스스로를 보호한다. 하지만 모든 것을 벗어 던지면, 너와 탄두만이 서로 얼굴을 맞대고 남아 있을 것이다. 집단적인 죽음, 대규모의 자살이 (상상 속에서만!) 우리를 지배하고 위협하는 한, 심지어 그것은 가끔씩 우리에게 위안을 줄지도 모른다. 하지만 그것은 일순간 공허함을 불러일으키거나 의식을 끔찍하게 마비시키면서, 모든 개개인이나 '그런 것은 생각지도 않아' 라고 늘 생각하는 사람들조차 괴롭히게 될 것이다. 그리고 누구나 다 무엇을 하든 간에 자신의 활동 범위를 넓히고 목적을 추구할 경우, 핵구름에서 솟아오르는 **지구 위에 떠 있는 뇌**의 영향에서 일순간 벗어나지 못할 것이다.

세월이 지나가도 우리는 기억의 궤도를 늘 확장해 가면서, 독일 민족 사회주의라는 우리의 특별한 출생지 주위를 맴돌고 있다. 과거 나치 시대와 현재의 시간 간격은 점점 더 커져 가지만, 우리는 모두 같은 중심을 가질 수밖에 없는 이 운명에서 결코 벗어날 수 없다. 이 폭력적인 세기에 태어난 사람들은 삶의 매 국면마다 이 근원에 대한 내면적인 태도를 새로이 취해야만 했다. 그래서 이 근원은 사람들이 정신적으로 (그리고 내면적으로) 기울이는 모든 노력의 은밀한 중심지, 아니 감옥이 되고 있다. 이렇게 과거와 현재를 연결하는 것에 맞서서 때때로 우리가 안간힘을 다해 저항하기도 하지만, 가끔은 이러한 연결 자체를 좀 더 성숙해지고 좀 더 자주적이 되며 좀 더 여유로워지는 것으로 여기기도 한다. 예술적인 영역만 살펴보더라도, 우리의 역사적인 분위기를 각기 저마다의 방식으로 진실하게 표현하기 위해서 시도해 보지 않은 것이 무엇이 있단 말인가? 표현주의의 과장된 문체에서 심리 분석적인 변형에 이르기까지 그리고 기록극에서 우의(寓意)의 외설적인 리뷰에 이르기까지 그러한 시도는 끝없이 이루어졌다. 하지만 진정한 해결책, 과거 나치 시대라는 근원으로부터의 해방은 이루어지지 않았다. 오직 역사 자체의 죽음만이 우리를 이것으로부터 해방할 수 있을 것이다. 오직 현재의 총체적인 지배가 이루어지고 있는 대중 매체에 의해 회상이 사라져야만, 우리가 이것으로부터 해방될 수 있을 것이다. 대중 매체에서는 모든 것이 그저 현상, 미학적인 일시적 과정에 지나지 않는다.

특히 한 가지 점에서 우리는 다시 독일적이 되어, 일종의 파우스트적인 연구 열망에 사로잡힌다. 말하자면 세계를 결속시킨 것은 아니라 하더라도, 독일인들을 한 번 내적으로 결속시킨 것이 무엇인가 알고 싶은 것이다. 하지만 우리는 그것이 무엇인지 결코 명확하게 밝혀 내지 못할 것이다. 그렇기에 계속해서 다른 질문을 하게 될 것이다. 우리 자신의 삶의 경험과 더불어 그것에 대한 평가와 인식도 변하기 때문에, 그것을 단순히 지옥이라고 부를 수는 없다. 그것은 때로는 친밀한 친족 관계와 같은 경계를, 때로는 유령같이 접근하지 못할 경계를 만들면서 끊임없이 우리에게서 벗어나고 있다. 그럼에도 불구하고 평생 동안 진정되지 않는 이 기억은 모든 형태의 과거 **극복**에 대하여 겸양의 미덕을 주장하는 것처럼 보인다.

오늘날에는 없는 것, 즉 긍정적인 민족성이 그 당시에는 모조품으로만 존재했다. 그런데 도대체 영도자의 카리스마가 어느 정도로 영향을 끼쳤단 말인가? 그가 단 하나의 영혼이라도 치료했던가? 멍청한 질문이다. 그 치료라는 것은 개개인의 영혼들이 자기 자신조차 느끼지 못했음을 의미할 뿐이다. (내 어릴 적 친척 중에는 광신적으로 민족 사회주의를 신봉하던 여자가 있었다. 전쟁 후 그녀는 갑자기 '미친 여자'로 간주되었다. 아직까지 가장 건강하면서도 가장 일관된 바로 그녀가……)

우리가 아직까지 할 수 있는 모든 동작들, 심지어 가장 급진적이면서도 환상적인 동작마저도 때때로 결국은 우리 전 세대가 이전에 저질렀던 끔찍한 동작의 피할 수 없는 뒤처리인 것처럼 여겨지곤 한다. 그러면 우리는 특별한 부모 세대의 과거가 발휘하는 힘의 영향 아래 사로잡혀 그 속에 갇혀 있음을 느낀다. 그리고 우리는 우리가 원하는 대로 격렬히 그것을 거부하거나 또는 변태적으로 음탕하게 그러한 고향을 그리워하면서 그 안에서 움직이고 싶어한다. 즉 우리의 모든 소망은 우리 **자신의** (현관문에 손을 갖다 댈 뿐인!) 동작과는 전혀 관련이 없는 것이다.

트로이의 영웅 아이네이아스가 카르타고 항구에 상륙했을 때, 한 사원의 대리석에 자신이 막 치른 전설적인 전쟁 장면들과 전사들 속에 있는 자신의 모습이 새겨진 것을 발견하였다.

나치 정권의 평범한 당원이자 단순 가담자였던 A는 이제 노인이 되어 어느 극장에 앉아 있다. 그는 갑자기 옛 주간 뉴스 내지 히틀러 기록 영화에서 소리를 지르는 대중 속에 자신의 모습이 들어 있는 것을 다시 발견한다. 그는 자신이 고함을 지르는 젊은이의 모습으로 클로즈업되는 것을 바라본다. 그리고 자신의 익명성이 완전히 보장되었다고 느끼며 이렇게 생각한다. '그래, 나도 그 자리에서 함께 소리를 질렀지. 나는 대중이었고 외침이었어. 이제 나는 어두컴컴한 극장 안에서 여러 젊은이들 사이에 홀로 앉아 있지. 그들은 모두 비판적인 성향의 젊은이들로, 우리의 외침에 그저 놀랄 뿐이야. 심지어 그런 외침에 떠들썩한 웃음을 쏟아 내면서도, 그 사악함에 대해서는 어떤 경외심도 느끼지 않지.'

티어가르텐으로의 산책. 서리와 태양. 얼어붙은 국경 요새 운하 가장자리에 있는 오리 떼들. 작은 호수 위에서 스케이트 타는 사람들. 음울한 폐허의 장관을 지닌 옛 에스파냐 대사관. 건물 뒤쪽에는 벽으로 막아 놓은 예배당의 아케이드와 돌로 만든 십자가상이 화석처럼 서 있다. 황폐해진 정원 뒤에는 조용하고 텅 빈 파시즘의 성곽이 있다. 폭력적이던 금세기도 하찮은 유사 낭만주의를 향해 늙어 가고 있다.

그렇더라도 모든 것을 보관하고 보존하라! 결코 허물어뜨리지 말라!

판사는 강제 수용소 간수였던 노인 푹스에게 오늘날 유대인 학살에 대해 어떤 입장을 가지고 있는지 물어 본다. 심장병에 시달리고 있는 이 남자는 아무것도 깨닫지 못한 전형적인 사람처럼 이렇게 대답한다. "유대인을 외딴 섬으로 추방해야만 했습니다." 그러자 판사가 "국가가 푹스라는 이름을 가진 모든 사람들을 외딴 섬으로 추방한다면, 당신은 뭐라고 말씀하시겠습니까?"라고 묻자, 그는 작은 목소리로 이렇게 대답한다. "유대인 문제를 점잖게 해결해야 했습니다." 교육적인 성향을 지닌 판사가 "점잖다는 말이 무슨 뜻입니까?"라고 묻자, 궁지에 몰린 나치가 마침내 사람들이 그로부터 듣기를 원하는 말을 아주 나지막이 말한다. "유대인을 그냥 조용히 내버려 두었어야 했습니다."

생태학자들은 전통적인 형태의 정치적 사고에서 벗어날 것을 촉구한다. 즉 정치적인 것을 새로운 무정부주의적 생활 형식으로 대체하고, 자유 구역들을 네트워크로 연결해서 자유 국가로 만들라는 것이다. 여기서는 단순한 것과 분석적인 것이 서로 협력하고, 모든 사람들의 눈은 (유토피아적인 것 대신) 다년적인 것으로 향하게 되며, 심지어 사람들은 결국 세계 정부만이 남아 있는 것을 구할 수 있으리라고 추측하게 된다. 프랑스의 인류학자 피에르 클라스트르*는 자신의 책『국가의 적들』에서 구아야키 인디언의 노래를 교환 사회의 강압에서 벗어나려는 인간의 근원적인 메타정치적 욕구라고 기술하고 있다. 노래하는 남자는 자기 스스로를 위해 존재하며, 자신의 사회적 역할에서 해방된 사람이다. 또한 언어와 노래라는 의사소통 우주 모델 자체는 의사소통이라는 우주에서 벗어나는 수단이기도 하다. "인간이 '병든 존재'라면, 그것은 단지 인간이 '정치적 존재'이기 때문만이 아니라 자신의 불안에서 자신의 가장 큰 소망이 생겨나기 때문이기도 하다. 이 소망은 교환이라는 강압에서 벗어나고, 자신의 사회적 **조건**으로부터 해방되기 위해 자신의 사회적 존재를 부인해야 할 필연성에 대한 소망이다. 하지만 이러한 필연성을 운명으로 체험하게 되는 경우는 거의 없다."

단순하면서도 빠른 리듬의 노래. 멘델스존의 현악 8중주곡 제1악장의 두 번째 테마. 그것은 매우 자애롭고 사회적으로 통합된 느낌을 준다. 봉사하면서도 행복한 느낌이다. 음이 위로, 앞으로 은은히 사라져 간다. 그것이 멋진 인사에 지나지 않는다 해도, 그 얼마나 훌륭한가! 그 외에도 그것은 통일적인 음을 속삭이며 선사한다. 음악만이 천상의 사회에 대해 이야기할 수 있는 것이다.

비트겐슈타인(철학적 관찰): "아이들은 학교에서 아마 2×2=4임을 배우겠지만, 2=2라는 사실은 배우지 않는다."

그러나 실제 삶에서 인간은 소위 말하는 정체성이라는 문제를 자연과학이나 논리학에서 '해결된 문제'라고 부르는 것으로 간주해야만 한다. 사람들이 **찾는** 정체성이란 존재하지 않는다. 몇 가지 외적인, 관청에서의 식별 자질을 제외하면, 축약된 개개인의 실존을 보증할 어떤 것도 존재하지 않는다. 심지어 육체조차도 단일한 목소리를 내지 않으며, 그 자신과 일치하지도 않는다. 발걸음 역시 견해와 마찬가지로 늘 똑같은 것이 아니다. 그것은 하나의 표현 수단이며 매우 가변적이다. 혈액 순환 역시 생활 습관과 타인과의 만남 그리고 성과에 그것이 반응하는 정도에 따라 스스로를 표현하며, 자신의 태도와 특성을 바꾼다. 대담한 정신 신체 의학적인 관점에서 보면 모든 신체 기관은 매일매일 다른 이야기를 한다. 선험적인 타자의 규정을 빼앗긴 이 자아는 오늘날 단지 무수한 질서와 기능, 인식과 반사 및 영향의 강물 속에서 개방된 분할체로만 존재할 뿐이다. 그것은 개개인의 모든 논리와 유사 논리가 불합리하게 비춰질 정도로 많은 다양한 학문적, 이론적 명명 차원과, 내적인 설득력을 지닌 다수의 '담론들' 속에 존재한다. 현세의 총체성은 우리에게 다원적인 카오스를 드러내 보여 준다. 이 카오스는 서로 어울리지 않는 수많은 단편적인 운동들과, 아주 상이한 지각 유형들로 구성된 다수의 미세한 세목들로 이루어져 있다. 우리는 그 안에서 실재를 단지 추측할 수 있을 뿐이다. 이러한 조건 아래서 자아에 대한 질문은 '낯선 존재'들로 가득 차 자신이 해체되고 있음을 느끼는 정신착란자의 도식으로 귀결된다.

이와 같은 딜레마에 직면해, 다음과 같은 사실을 알 필요가 있다. 2=2라는 것은 실제로 존재하고, 생각할 수 있으며 또한 표현할 수도 있다. 그러나 너는 그렇지 않다. 그리고 너는 동일하지도 않다. 물론 너는 법칙과 구조들의 단순한 총합 이상이기도 하다. 너는 등 쪽은 닫혀 있으면서도, 앞쪽 끝은 열려 있는 존재이다. 따라서 합이 없는 덧셈의 의미나 또는 합이 없음의 의미를 어려서부터 습득하는 것도 유용할 것이다.

물론 사람들은 스스로를 찾으려고 애쓰는 무수히 많은 절망한 정체성 추구자들 모두가, 또는 마침내 정체성을 찾았다고 착각하고 싶은 사람들이 정체성을 가질 수 있기를 소망한다. 그러한 정체성을 획득하는 곳이 공동체든 직장이든 정치적인 것이든 아니면 그 밖의 모험적인 어떤 삶이든 간에 상관없이 말이다. 이전에 사람들이 '자신의 신'을 얻으려고 애쓴 것처럼, 여기에서 문제가 되는 것은 바로 명백히 사라져 버린 신앙의 문제이다. 그럼에도 불구하고 정체성에 대한 열정적인 상투어를 들을 때마다, 신을 모방하는 유사음 내지 자유롭고 불쌍한 작은 주체가 제멋대로 내는 자기 우상화의 불협화음은 듣는 이의 마음을 아프게 한다.

신앙 없이 산다는 것은 웃기는 소리다. 그래서 우리는 서로에게 가장 웃기는 존재가 되어 버렸다. 우리가 가지고 있는 최고의 지식도, 우리가 우리 자신을 신이 쏟아 내는 웃음의 부산물로 간주하는 것을 가로막지는 못했다.

신은 우리, 즉 영원히 시작하는 우리라는 존재 전체 가운데 손상된 종결 부분이자 열린 결말이다. 우리는 신이라는 열린 결말을 통해 생각할 수 있고 숨 쉴 수 있다.

자신이 직접적으로 처해 있던 상황에서 빠져 나온 사람이면 누구나 어딘가에서 도피처를 찾지 않고서는 살 수 없을 것이다. 그 직접적인 상황이라는 것이 돈을 버는 것이든, 연구에 대한 맹목적인 열망이든 아니면 자기도취적인 이성이든 상관없이 말이다. 그 사람은 자신이 누리는 최상의 자유보다 더 숭고한 어떤 것을 필요로 할 것이며, 그것의 비호를 받으며 명성을 떨칠 때에야 비로소 최고의 힘을 발휘할 수 있다. 그가 자신이 처한 상황을 좀 더 솔직하게 시인하고 그곳에서 빠져 나오면 나올수록, 복종에 대한 열망 때문에 그는 더욱 더 강해질 것이다.

전자파 때문에 눈이 침침해진 우리보다 더 지각 능력을 박탈당한 사람은 아무도 없었다. 교회나 전쟁도 우리를 이 정도까지 만들지는 않았다. 우리는 지금도 여전히 생각하고 보려고 하지만, 켜졌다가 꺼지는 빛 속에서만 그렇게 할 수 있을 뿐이다. 1마르크짜리 핍 쇼가 엿보는 구멍에 달려 있는 조리개의 지배를 받듯이, 고독한 관음증 환자인 우리의 세계 영상은 쇼트의 지배를 받는다. 뫼리케가 이전에 여섯 개의 텔레비전 채널을 이리저리 바꿔 틀며 항상 새로운 것을 찾고, 단파 방송의 주파수를 오르락내리락하였더라면 결코 **발전된** 형식을 찾아내지 못했을 것이다…… 오늘날 글쓰는 사람이 인위적으로 그것을 등지고 살며 글쓰는 환경을 바꿔 보려고 시도할 수 있을지는 몰라도, 그것이 그가 글쓰는 조건이라는 사실은 변하지 않는다. 유행과 시선 그리고 도취의 유용성 및 그것들의 가속화와 급작스러운 변화. 소망을 지닌 사람은 병적 욕망과 유혹에 대해 절망적인 모습으로 서 있으며, 서둘러 지나가는 안개로부터 다시 한 번 동경할 만한 **형상**을 얻고 싶어한다. ……하지만 그것은 불가능하다. 시계 뒤에는 강물이, 망각이라는 피의 흔적이, 페이딩이 있다. 존재의 머리가 알 수 없는 모습으로 솟구쳐 올라와 무시무시하게 쳐다보고 다시 사라지는 곳에, 지금도 여전히 우리의 의무가 존재한다.

나는 회상이 무엇인지 모른다. 그래, 한 동사를 과거형으로 사용해야만 할 때, 내게는 벌써 그 문장이 동요하기 시작하는 것이 느껴진다. 그러나 잠자는 동안에도 꿈이 필요하듯이, 우리 몸 전체의 건강을 위해 회상이 필요하지 않은가?

또한 인간은 회상을 끊임없이 보완하기 위해 사는 것이 아닌가? 어느 날 모든 기대가 사라지고 항해의 높은 돛이 풀밭 위에 힘없이 떨어져 놓이게 되면, 존재했던 것이 하찮은 것이 아니라는 사실을 알게 될 것이다.

마지막으로 남아 있는 가장 소중한 최후의 자산이 구멍투성이가 되어 갈기갈기 찢겨 있다. 존재했던 것이.

반유대주의에 대한 니체의 증오. "그것은 독일제국이 매우 불합리하면서도 매우 부당하게 스스로를 응시한 결과 나타난 가장 심한 병폐 중의 하나이다." 그사이에 우리는 독일 연방 공화국이 어떻게 자기 자신을 바라보고 있는지도 아주 잘 알게 되었으며, 경제적인 번영이 사라져 가면 갈수록 이러한 자기 응시도 더 허영심을 갖게 된다는 것과 이로 인해 국내에 체류하는 지나치게 많은 외국인들에 대한 적대감도 다시 커져 간다는 사실을 알고 있다. 아마도 유럽, 즉 프랑스와 영국에서도 상황은 마찬가지일 것이다. 심지어 부분적으로는 외국인 노동자의 유입에 맞선 항의가 그곳에서 더 격렬하면서도 더 노골적인 양상을 보인다. 그러나 그러한 자기 보호 욕구가 경제적인 측면에서 정당성을 지니고 있다 하더라도, 이 나라에서는 그것이 너무 오래 텅 비어 있던, 예로부터 잘 알려진 인종주의적인 욕망의 흡착기 안으로 정말 순식간에 녹아들어 간다. 인종주의자로 검증된 구세대들 못지않게 빈번히 아주 젊은 신세대층에서도 증오가 갑작스럽게 활성화되는 것을 목격하면, 오래 전부터 독일인의 정서가 본질적으로 하나의 빈틈으로 형성되지 않았을까 하는 인상을 받을 수 있을 것이다. 그 안으로 들어오는 온갖 각양각색의 것들 중 어떤 것도 이 틈을 메울 수 없었고, 어떤 감정도 일어나지 않았다. 외국인에 대한 증오가 그 틈 안으로 들어올 때에야 비로소 사람들은 곧바로 '꼭 맞다!' 는 느낌을 갖게 된다. 감정을 다시 느끼기 시작하면서, 다시 중심을 가지게 된 것이다.

간밤에 무단 침입으로 진열창이 깨지고 물건들이 약탈된 후, 다음 날 아침 베를린에 사는 한 가정주부가 에데카*에서 "그 사건에 가담한 터키인들이 얼마나 되는지에 대해서는 별로 알고 싶지 않아요"라고 말한다(사실 이 소요로 인해 피해를 입은 것은 특히 크로이츠베르크의 터키 상점들 진열창이었다). 자신의 사회생활에서 나타나는 모든 비정상적인 발전에 대한 윤리적 희생양을 다시 지칭할 수 있게 된 것이 분명하다. 그렇다면 얼마 안 있어 이것의 배후를 제기하는 주장도 대두될 것이다. 하지만 아직까지는 수천 개의 법으로 규정된 민감성이나 ('홀로코스트' 같이) 대중 매체에서 적시에 방영되는 도덕적인 공포가 존재한다. 오랜 시간이 지나고 나서 나치 리뷰와 사극 영화에 대한 향수가 이와 마찬가지로 적시에 생겨나, 감정을 적나라하게 표현함으로써 긴장을 완화시키기도 한다. 뿌리 깊이 박힌 위선과 부자유는—거기에서 빠져나오는 것은 거의 불가능하다—소위 과거 극복이라고 불리는 모든 것에 스며 들어가 있다. 사실 과거 극복이란 우리 각자의 내면에 존재하는 민족적, 독일적 토대에 대해 반은 해명하는 것이고, 반은 찬미하는 것이라고 할 수 있다. 이와 같은 절망적인 양면성, 이와 같이 결코 상환할 수 없는 내면에 드는 수리비용 총액은 물질적인 생활 상태가 실질적으로 악화된 상황과 연관되어, 아주 급속도로 좋지 못한 결과를 초래할 수 있다. 즉 움츠린 독일의 영혼이 맹렬히 곤추 서고 소화하기 어려운 짐, 즉 지워질 수 없는 죄의 환영을 털어 내며 새롭게 악을 원하고 행하면서 악으로부터 치유될 수 있는 것이다. 그리고 이 움츠린 독일의 영혼은 또 다시 국내에 있는 외국인들에게 맨 먼저 자신의 독을 뿌리기 시작하고 있다. 어쨌든 자유 민주주의가 주변부/중심이라는 단순한 생각에 근거하여, 한 민족의 준정치적이고 가장 부정적인 욕망조차도 지속적으로 잘 해결할 수 있으리라고 안심하고 믿어도 좋은 때는 더 이상 아니다. 어차피 지속적인 면에서 보면 위태위태하다. 미래에는 갑작스러운 사건들이 지난 30년 동안보다도 더 급속하게 생겨날 수 있다는 사실을 우리는 각오해야 한다. 즉 밀려난 강물들이 다시 모여 분출하고, 현대의 합리주의라는 퓨즈가 '과부하'가 걸려 아주 갑작스럽게 그리고 준비할 시간을 충분히 가져 보지도 못한 채 녹아 끊어질 수 있음을 말이다.

　문화적으로 서로 비교하는 것이 허용되지는 않았지만, 굳이 비교하지 않아도 이란 혁명과 그 결과가 사람들이 처음에 가능하다고 여겼던 것보다 훨씬 더 큰 세계 정책의 분위기 전환을 초래했음을 시인하지 않을 수 없다. '역사의 수레바퀴'는 멈출 수도 없고 되돌릴 수도 없다. 하지만 그러한 '역사의 수레바퀴' 자체가 별다른 역할을 하지 못하는 아주 안정된 인간의 생활 형태들이 있을 수 있다는 교훈이 동양에서 우리(뿌리를 상실한 자)에게 전해졌다. 그리고 이러한 교훈이 우리에게 전달된 때는, 우리 자신의 문화가 지나친 경제 발전과 과도한 팽창이라는 강압적인 시스템과 함께 역사를 어떻게 규정해야 하는가라는 문제로 절박한 위기에 빠져 있던 바로 그 시점이었다. 그러므로 우리는—미국인들을 인질로 삼았다는 특별한 신호와 함께—정치 일간 뉴스에서 아주 의미심장한 충고를 받았다. 그것은 바로 인류의 근원에 위대한 시대(그리고 아마도 이 위대한 시대가 부활을 준비하고 있다)가 존재한다는 것이다. 이 시대는 균형, 영속성, 전수, 평야, 단순성과 반물질주의라는 특성을 띠고 있으며, 역동적인 산업 시대가 프랑스 혁명 이후 우리의 머릿속에 역사적인 상으로 각인해 놓은 여타의 모든 것들과 구분된다. 만일 근대사와 진보라는 얼음이 가장 얇게 언 곳에서 근원이 상승한다면, 이것은 무엇보다도 이슬람의 정신적 전통과 관계가 있을 것이다. 그러나 이것은 결코 나머지 다른 세계와 무관한 사건이 아니며, 이슬람 혁명도 나머지 다른 세계와 유리되지 않았다. 오히려 '걸프 지역'에서의 실패는 강대국들이 지금까지 해 오던 게임에서 예측 가능성의 진공 상태를 초래했다. 이것은 양쪽 모두에게 초조함을 가중시켰고, 미국 내 반자유주의 세력을 강화시켰을 뿐만 아니라 아프가니스탄 침공이라는 결과도 가져왔다. 동서양 진영의 전략을 몹시 방해하고 있는 것은 다름 아닌 '성전(聖戰)'을 결심하고 침공을 받을 경우 자신들의 유전을 불바다로 만들겠다고 위협하는, 시대에서 이탈한 작은 권력이었다.

먼 훗날 지금과는 다른 시대에, 독일 제3제국이 더 이상 최초의 대중 시대에 생겨난 혼란의 공포를 없애 주었던 피비린내 나는 형식 감각에 따라 평가되지 않고, 모든 것을 궤도로부터 이탈시키는 첫 번째 진동으로 그리고 서서히 강력하게 '역사가 없는' 정적인 시대로 출발하기 바로 직전에 일어난 첫 번째 충격으로 기억된다면, 놀랄 만하기는 하겠지만 그렇다고 더 이상 그렇게 생각할 수 없는 일도 아니다.

A와 B 둘 다 가능하다는 비생산적이고 변증법적인 화해. 예를 들면 동독 판 스탕달의 일기 서문에 나타나 있는 스탕달의 주관주의에 대한 교과서적인 마르크스주의의 정당화("……스스로를 분석한 것은 다름 아닌 이후에 주변 세계를 더 잘 분석하기 위함이다……"). 이와 같이 모든 것을 접착시키는 사고는 요즈음 우리의 개화된 교육 시설에서도 나타나고 있다. 그것은 더 이상 새로운 것의 생성이나 인식을 허용하지 않으며, 모든 것을 서로 뒤엉키게 만든다. 그것은 예기치 않은 것을 침착하게 포착하기보다는 개념을 더 중요하게 여기는, 졸음이 오게 만드는 지루한 성찰이다.

우리가 지구 밖에 존재하는 지적인 존재의 실존을 믿기 전에, 먼저 우리의 주도적인 의식 활동 밖에 존재하는 혁명적인 사고의 실존을 확신해야만 할 것이다. 지난 10년 동안 등장하지 않은 것이 무엇이 있겠는가? 어쩌면 그것은 우리가 사는 시대에 경이로운 활동을 하고 있었는지 모른다. 하지만 우리의 지각 능력이 독단적이면서도 제한되어 있었기 때문에 그것을 제대로 알아보지 못했고 알아볼 수도 없었다. 이것에 대한 비교적 최근의 예로 생태 문제를 전면에 등장시킨 계기가 된 '돌발성'을 들 수 있다. 자연과학사에서 바슐라르와 푸코가 연구한 적이 있는, 인식 체계들이 객관적으로 지니고 있는 심리적인 압박과 맹목성을 쉽게 이해하려면, 에너지 사용에 대한 비판이 놀라울 정도로 뒤늦게 경악할 모습으로 나타났다는 사실을 떠올리면 된다. 로마 클럽의 발표가 있기 이미 오래 전부터, 또 자동차가 없는 일요일을 제안하기 오래 전부터, 의심할 나위 없이 환경오염과 심각한 천연 자원 부족 그리고 성장의 한계에 대해 알고 있었고, 그에 관한 연구와 저술도 이루어졌고 관련 서적도 출판되었다. 그러나 설령 이러한 지식이 세계의 모든 텔레비전 채널을 통해 널리 전해졌다 하더라도, 사고(思考)는, 소위 공학 혁명의 절정기에 나타나는 비판적인 사고조차도 이러한 지식을 수용하지 않고 오히려 감추려 했을 것이다. 파열, 즉 '쇼크'는 어떤 상징을 바라볼 때 일어났다. 즉 소통의 대동맥 위에 나타난 고립과 황량함이라는 상징, 운행을 금지한 일요일에 텅 빈 차로라는 상징을 보았을 때 말이다(따라서 이러한 금지는 설령 앞에서 기술한 에너지 절약을 이유로 하지 않더라도, 아주 의미 있는 일이었을 것이다. 그것은 멀쩡한 아침에 날벼락을 맞은 어떤 정책이 겁에 질려 혼란에 빠진 결과 생겨났다. 그런데 미래의 관점에서 보았을 때 이 정책은 갑자기 근본적인 오류가 있는 것으로 판명되었다. 게다가 그러한 정책이 폐지되지 않는 한, 그것은 구할 길 없는 오류에 빠지게 될 것이고, 잘못된 의존 관계와 잘못된 자의식에 빠져 더욱 더 위험한 방향으로 발전하게 될 것이다. 그 정책도 이와 같은 사실을 잘 알고 있었다. 이 정책은 폐지되어야만 했다. 그 이유는 다른 사람들이 낸 정책이나 다른 정책에게 자리를 내주고 물러나기 위해서가 아니라, 인간을 **위한** 정책이란 없다는 사실과 동서 진영의 권력자 모두 인간의 생존에 대해서는 안전 업무를 수행하는 프로그램 기계 정도의 관심만 가지고 있다는 것, 다시 말해 아무런 관심도 가지고 있지 않다는 사실을 솔직하게 인정하기 위해서였다).

헤어 나올 수 없는 무기력함이 무대에서 우리의 심장과 머릿속으로 밀려온다! 어리석고 절망적이며 뻔뻔한 '현실'과의 교류가 연극 무대를 얼마나 황폐하게 만들었는가! 이제 전적으로 다른 언어를 사용하는 누군가가 나타나야만 할 것이다. 심사숙고 후 결정한 먼 곳, 우리에게 익히 잘 알려진 예술의 대륙 피안에 있는 저 먼 곳으로부터 와서 그 밖의 다른 어떤 곳에서도 찾을 수 없는 것을 정말 연극에서 찾아보려는 사람 말이다. 이 사람은 여러 해에 걸쳐 오랫동안 계속되었지만, 현실에서는 어디서나 실패로 끝나고 만 보물찾기를 마친 후 등장하는 해적이기도 하다. 연극은 그가 표류해 가는 마지막 해안이며, 그의 마지막 희망이다. 그 해안 근처에서 그의 내면의 목소리는 갑자기 "열정적으로! ……더 열정적으로!" 하고 소리친다. 그리고 그는 보물을 안전하게 숨겨 놓은 비밀 장소 주위를 맴돌며, 그곳으로 점점 더 가까이 다가간다…… 그리고 그가 들어 올린 보물은, 자랑스럽게 빛을 반사하고 광채를 뿜어내며 인정받은 현실 옆에 나란히 놓일 수 있는 그런 고유의 물질이다. 그는 "나는 인간들 사이에서 발견할 수 없었던 것을 찾았다"라고 말한다.

확인하고 통찰했을 때 내는 '아하' 하는 소리가 아니라 아주 작지만 본질적인 것을 붙잡았을 때 경탄하며 내는 '하!' 소리만이 인간과 관객의 입에서 무심코 새어 나올 수 있기를.

일상의 광채를 받고 있는 인간에 대한 관심은 배우의 연기로 인해 환기된다. 내 경우에는 이러한 관심이 카사베테스*의 영화 「남편들」과 같은 코미디에서 최고조에 달한다. 그것은 가장 성공적인 경우 우리 같은 사람들이 자신의 능력으로 만들어 낼 수 있는 최상의 것이다. 그런 최상의 것이 이미 달성된 것이다. 나는 연기의 유혹에서 지금까지 벗어난 적이 없었다. 그들의 내면에서 무엇이 일어나고 있는지 **보여 주는** 사람들과 거침없는 사랑에 빠지지 않을 수 없는 것이다. 남성들과 남성적인 호감이 지배하는 친절한 제국에서 이러한 사랑이 생겨난다. 사람들은 이곳에서 다른 것을 바라보아야만 한다. 왜냐하면 이러한 제국의 피안에는 당연히 (배우에게도) 또 다른 예술이 존재하기 때문이다. 그러한 예술은 완성된 일상성에서 느끼는 환희를 단념하고, 상징적인 것이 제기하는 까다로운 요구에 다시 한 번 맞선다. 설령 창조된 것이 더 이상 획득할 수 없는 근원적 본질인 **이념**만을 칭송하게 될 위험을 무릅쓰고라도 말이다.

연극은 우리를 다른 어느 곳에서도 느끼지 못할 큰 갈등과 몰락의 낙차 속으로 빠져들게 만들어야만 한다. 이러한 연극 작업을 어렵게 만드는 것은 오늘날에는 그러한 갈등과 대립의 대결을 생각하는 것조차 힘들다는 사실이다. 우리가 체험하는 세계는 양면성과 이중 결합으로 가득 차 있다. 또한 감각적인 '의견의 다양성'과 엄청난 매체적인 착오로도 가득 차 있다. 이로 인해 연극에서 나타나는 모순된 두 입장의 대립이 극도로 인위적이며, 현실과 거리가 먼 도전처럼 여겨질 수 있다. 하지만 그것이 성공을 거둔다면, 바로 여기에서 연극의 아주 오래된 패러다임이 충족될 것이다. 왜냐하면 중요한 것은 항상 연극의 모델이 우리가 현재 그것에 가져다 줄 수 있는 모든 것보다 더 오래되었고 강력하며 생존력이 강하다는 것을 증명하는 일이기 때문이다.

나는 예술 작품, 그 중에서도 특히 영화가 계속해서 우리를 도덕적인 평가에 몰두할 수 있도록 만들어 주기를 기대한다. 또 그러한 기대가 정당하다고 생각한다. 이것은 결국 우리의 도덕적 판단이 뒤죽박죽이 되도록 만들어야 하며, 우리가 공감과 거부, 선과 악 사이에서 방황하도록 만들어야 할 것이다. 우리는 동일 인물에 대해 생각할 때조차도 이러한 개념들 사이에서 동요한다. 주네*는 정치적 도덕이 지닌 충동적 면모와 정치적 도덕의 본질로 간주할 수 있는 복장 도착증 그리고 대립적인 것들이 지닌 강한 동성애성을 이전에 우리에게 묘사해서 보여 준 적이 있다. 자신의 영화에서 특히 우상화된 냉정한 인물이나 미국에서의 남성 간의 사랑을 다룬 영화감독 멜빌*은 즈네가 다루었던 그러한 측면들을 그대로 따르고 있다. 형사가 자신의 충실한 스파이이자 여성 복장을 한 매력적인 남자를 두들겨 패면서 그의 배반에 대해 부당하게 질책할 때, 우리는 (동일한 제목의 영화에 등장하는) 그 '형사'를 혐오한다. 그러면서도 그와 동시에 그 형사의 멜랑콜리한 얼굴이 우리의 뇌리에서 떠나지 않으며, 주인공인 알랭 들롱*은 우리의 영원한 우상으로 남게 된다. 그리고 그는 자신이 맞서 싸워야 했던 범죄 집단에 대해 복장 도착적인 소속감을 갖는다. 우리가 보기에는 바로 이것이 그에게 필요한 고독한 영웅의 모습을 부여한다. 그는 자신의 진영에서 멀리 떨어져 나와, 이미 너무 깊이 다른 진영으로 넘어가 있다. 그래서 우리는 그가 결정적인 순간에 여전히 형사로 활약할 수 있을지에 대해 의심하게 된다. 실제로 그 뒤에 우리는 영화 말미에서 아주 충격적인 장면을 보게 된다. 만일 그가 마지막에도 자신의 전형적인 모습을 유지하며 과실과 죄로 인해 위대한 침묵과 위대한 고통을 얻지 못했더라면, 우리의 주인공은 주인공으로서의 자격을 거의 완전히 박탈당했을 것이다. 그 형사는 추적해 온 범인을 마침내 개선문 옆에 있는 스플랜디드 호텔 앞에서 체포했다. 추적당하던 범인이 총을 꺼내는 포즈를 취하지만, 사실은 그런 척했을 뿐이다. 왜냐하면 그는 총을 전혀 소지하지 않았기 때문이다. 형사인 알랭 들롱은 그를 즉시 사살한다.

그 작고 하찮은 범인은 사무라이처럼 용기 있는 모습을 보였다. 게다가 그가 우리의 주인공을 잔혹한 경찰의 자리에 몰아넣은 데다가 더욱이 비겁한 살인자가 되게 함으로써 그의 최대의 적인 주인공에게 복수를 한 것이다. 그는 형사에게 자신의 죽음에 대한 책임을 전가한다. 마치 슈트로하임*의 영화 「탐욕」에 나오는 마지막 장면에서 맞아 죽은 사람이 최후의 순간에 자신을 살해한 사람에게 수갑을 채우고 그의 희생자인 자기 시체를 데스밸리라는 사막으로 끌고 가도록 하는 판결을 내리는 것처럼 말이다.

어떤 정치적인 테러리즘 사건들을 처음 이해할 때도 이와 유사한 가치 전환이 생겨난다. 예를 들어 죽은 홀거 마인스*의 경우, 그저 동정하기를 좋아하면서도 무관심한 텔레비전 시청자에게 우선은 영웅이 되었다. 그러나 그 후 얼마 안 있어 이에 대한 보복 행위로, 작가 즈네의 관점에서 볼 때 홀거 마인스의 파트너라고 할 수 있는 지방 법원장이 살해되면서, 여론이 갑자기 이 법원장의 무죄를 주장하는 쪽으로 돌변하였다. 그리고 이 법원장이 희생자로 간주되면서, 이제는 죽은 무정부주의자 영웅의 명예가 훼손되었다. 수동적인 동시대의 시청자는 은밀히 자신의 신념을 바꾸려는 강한 욕망을 키워 나가고 있음이 분명하다. 어제까지만 하더라도 그의 심장은 체포되어 몸을 움츠린 채 굴욕적인 취급을 받고 있는 유아 살해자를 위해 뛰었다. 왜냐하면 그는 법원 건물 앞에 빙 둘러선 사람들이 이 유아 살해자에게 비열하게 욕설을 퍼붓고 그를 모욕하는 장면을—물론 텔레비전을 통해—보았기 때문이다. 그런데 오늘은 그의 심장이 아이들을 포함한 어느 은행장 일가족 모

두를 난도질한 아직 체포되지 않은 또 다른 살인범에 대한 분노로
뛰고 있다. 아직까지 이 시청자가 여전히 낡은 유형의 개인이라면,
그는 과도하게 제공되는 정체성의 모범들로 인해 이미 오래 전에
정신분열을 겪었을 것이고, 그의 동정심은 서로 상반되는 당파들
에게 거침없이 투매되어 이미 오래 전에 신경이 무뎌지고 무감각
해졌을 것이다. 하지만 그는 이제 더 이상 그와 같이 낡은 유형의
개인이 아니다. 수동적인 감정의 경박함에 상응하는 것은 더 이상
어떤 풍습이나 외적인 강압의 제약을 받지 않는 냉혹하고 양면적
인 마음의 지배, 바로 그것이다. 그래서 사람들은 심지어 자신의
가장 친한 친구들이나 이웃들마저도 끊임없는 모순된 평가에 내
맡겨 버린다. 그리고 자신이 내리는 가장 내밀한 판단에서조차 어
떤 규율이나 지속성을 드러내지 않는다. 그렇다. 오늘날에는 자신
을—가능한 한 솔직히, 가능한 한 직접적으로—감정의 동요에
내맡기고 그것을 의식하며 그로 인해 교살 직전까지 그런 감정의
동요에 얽혀 들어가지 않고서는, 어떠한 결속도 생생하게 보존한
다는 것이 거의 불가능하다는 역설적인 주장을 덧붙일 수 있다. 이
제 감정에 지배되는 삶이 우리의 사회적, 개인적 결속을 절대적으
로 지배한다. 그러나 아마도 그것은 자기에게 주어진 이러한 벅찬
역할을 제대로 수행하지 못하고 파산할 것이다.

　"명료하게 생각된 것은 모두 다 어떤 언어로도 분명하게 표현될
수 있다"(말년에 했던 한 인터뷰에서 마르쿠제는 캘리포니아에
살면서 독일어를 그리워한 적이 없었느냐는 질문에 이렇게 대답

했다. 모든 독일어 교사들도 그와 유사한 주장을 한다)라는 상투적인 말이 대체 무슨 의미가 있는가? 만일 언어가 이러한 메시지를 부당하게 훼손하지 않는다면, 페이딩, 즉 여러 차례 교차된 무의식의 코드들이 어떻게 **분명하게** 표현될 수 있겠는가? 그러한 한 라캉이 프로이트보다 좀 더 깊은 곳까지 귀 기울여 들었다고 할 수 있다. 말로 표현되어야 하는 것은 무한히 길다. 그리고 그것은 원칙적으로 문법이나 일상적인 이성의 법칙에 따라 '나누어질' 수도 없다. 나눈다는 말은 신체와 해부학을 모든 사물의 척도, 특히 언어의 척도로 삼는다는 것을 뜻한다. 하지만 말하고 있는 무의식 **역시** 덩어리이고, 쓰다 남은 토막이며, 빗방울이자 곰팡이이며 바람이다.

따라서 명확성에 대한 거만한 요구는 제쳐 두도록 하자. 역설이나 수상쩍은 공허한 상투어 그리고 강력한 소용돌이의 포말에서 나오는 유사한 빛에 대한 감동적인 기쁨은 단념하도록 하자. '정확히 표현된' 모든 것, 사고의 순수함 속에서 표현할 수 있는 것이란 사실 얼마나 보잘것없는가. 명료한 사고에 대한 강박증. 그 남자는 하루에도 몇 번씩 걸레같이 지저분한 뇌를 세척해야만 한다. 그러나 이로부터 생겨나는 모든 명료한 문장에서 그는 삶이라는 종양과 더불어 지저분한 본질적인 것이 자신에게 결여되어 있음이 얼마나 고통스러운지 느끼게 된다. 따라서 더 어리석어져야만 한다. 그러한 명확한 이해를 벗어난 모든 이해는 난기류가 된다.

밤새 체리나무에서 꽃잎의 옷자락이 흘러내렸다. 낡아 빠진 더

러운 내의 한 벌이 바닥에 놓여 있다. 자연을 기리고자 할 때면 사람들은 "좀 더 나은 세상에 대한 생각보다 내게 더 역겨운 건 없어" 하고 아주 쉽게 말해 버린다. 그 이유는 소위 유토피아적인 것이 그사이에 생각을 게을리 하는 사람들의 전유물이 되어 버렸고, 이제 사람들이 무수히 많은 희생자들의 피를 은폐하려는 헛된 시도들을 간파했기 때문이다. 그렇다고 해도 절망한 사람이 자연에게 아첨을 떠는 것은 별로 도움이 되지 않을 것이다.

한편으로는 우리가 도처에 있는 억압이라는 건물들을 허물고자 하는 것은 옳은 일이다. 하지만 다른 한편으로는 조용히 순종하며, 집에서 나무 꼭대기의 나뭇잎이 살랑거리는 것을 영원히 바라보는 것 역시 옳은 일이다. 그러므로 마지막에 우리가 반란과 침잠, 서쪽과 동쪽, 고통과 공허함 사이에서 끊임없이 흔들리며, 스스로 상처를 입지 않고서는 결코 명확한 선택을 내릴 수 없는 것 또한 옳다고 할 수 있다.

아무것도, 듣는 사람이 실현하는 단순한 제스처 외에는 그 아무것도 아니다. 그것은 아무것도 표현하지 않는 공허한 제스처이다.

치오란*: "우리의 말에 특정한 밀도를 부여할 수 있을 끔찍한 것을 경험하는 것은……" 그렇다. 우리는 말이 말로 표현할 수 없는 것의 위협에 저항하기 위해 어떻게 서로 긴밀히 결합하는지 보여 줄 수 있다.

한 번도 들어 보지 못한 낯선 질문에 대해 누군가를 눈을 동그랗게 뜨고 그저 쳐다보기만 할 뿐, 그를 피하거나 그에게 대답하지 않는다. 대답할 수 없지만, 그렇다고 이러한 사실을 말하지도 않으며, 아무런 설명도 하지 않는다.

욕망은 삶의 아주 견고한 것들, 즉 비애와 평정을 흔들어 놓는다.

호메로스는 망자의 그림자가 지닌 목소리에서 나오는 가는 음향을 trizein, 즉 지저귀는 새소리라고 부른다. 거리를 지나가다가 진열창 뒤의 텔레비전 화면에서 흘러나오는 하이 톤의 '삐삐' 하는 소리를 들으면, 그 말이 상기된다.

가끔씩 치오란에게 있어서 신과 천사와 악마가 인간과 비교하기 위한 사상적 실험 수단으로 더 이상 존재하지 않곤 한다. 그는 "천사의 불행은 그가 명성을 얻기 위해 노력할 필요가 없다는 데서 생겨난다"고 말한다. 그러나 천사에게는 명성 그 자체가 중요한 문제가 아니다. 치오란은 성스러운 것을 초인간적인 것으로만 받아들이며, 인간이라는 존재가 지닌 더 훌륭하고 고귀한 조건이 바로 거기에 실현되어 있다고 생각한다. 여기에서 이 철학자는 전혀 두려워하지 않으며, 마치 천사를 자신에게 내려오도록 주문한 아이처럼 사유한다. 지상에는 똑같은 수의 천사와 악마 그리고 신들이 살고 있다. 아마도 우리는 홀로 있는 것이 아니다. 적어도 천상과 지옥에 있는 무리의 후예들이 우리의 가슴과 우리의 공동체를 누비며 지나다닌다. 그리고 머지않아 알레고리에 대한 새로운 욕망이 우리의 마음을 사로잡을 때가 오지 않을까? 우리 시대가 꿈꾸어 온 많은 이념들을 육체를 지닌 존재로 멋지게 만들고픈 욕망이. 우리가 과학의 시대에 해 온 것처럼, 사람들이 그렇게 많이 사유하거나 그렇게 추상적으로 자신을 펼쳐 나갈 때 결국에 가서는 이념이나 안개와 빛에서 다시 전체적인 것, 몸 가죽, 새로운 신체가 우리 머리 위로 반원을 그리며 우리를 향해 다가오게 될 것이다…… 즉, 정신 분석의 멋진 엉덩이, 사회적인 정의의 젖가슴, 경제학과 생태학의 교차된 허벅지, 생물학자의 눈, 몰락의 팔이 말이다.

컴퓨터, 데이터 뱅크, 슈퍼 메모리 등의 집적 회로 기계를 고안해 만들어 내면서 우리는 은밀히 다음과 같은 생각에 이끌린 것은 아닐까? 즉 우리 시대의 중요한 문화적 성과의 본질은 총합을 계산해 내고, 측정할 수 없을 정도의 엄청난 저장물과 메타 문서 보관소 그리고 어마어마한 양의 인간 지식에 대한 기억을 창조하는 동시에, 우리를 이러한 것과 작별하게 하고 이러한 기억에 대한 우리의 주관적인 참여를 상실하게 만드는 데 있는 것이 아닐까 하는 생각 말이다.

원칙적으로 컴퓨터의 이념은 저장과 보호 그리고 통합이다. 그렇게 볼 때 컴퓨터는 오히려 지금까지 이루어 낸 진보나 팽창이라는 사상을 대체하는 것처럼 보인다. 전자 두뇌는 특히 이미 존재하는 평면 속에서 분기(分岐)하고자 하는데, 전자 두뇌 자체로 볼 때 그것은 생산 기계가 아니라 오히려 생산 기술 과정 및 사회적 과정을 통제하고 장애 없이 조종하는 데 사용되는 기계라고 할 수 있다.

아마도 마이크로 전자 공학의 회로들은 근본적으로 인간의 두뇌 활동을 단순화된 형태로 (부분) 모방하고 있을 것이다. 게다가 특정한 능력, 예를 들면 복잡한 계산을 수행하는 속도에 있어서는 인간의 두뇌를 훨씬 능가한다. 3만 년 전에 지구에 등장한 이후로 항상 자신이 자연적으로 타고난 것보다 더 나은 것을 발명하도록 강요받은 인간은 이와 동시에 이러한 더 나은 발명품이 자신을 거부하고 있다는 것을 체험해야만 했다. 마치 산업 기계가 인간의 손을 거부한 것처럼 말이다. 그것은 장기적 관점에서 볼 때 이 기관의 유전적 퇴행을 가져올 것이다(그것은 우선은 서투름, 사회 심리적인 수줍음에서만 암시되고 있다. 이에 대한 한 예로 손으로 무엇을 해야 할지 모르는 것을 들 수 있다). 이러한 사실에서 우리는 기억 기계가 완벽한 수준에 이르게 되면, 이와 마찬가지로 우리를 거부하고 우리의 기억력을 퇴보시키는 데 일조할 것이라고 가정해야만 한다. 단조로운 과제에서 해방된 이 기관이 그것 때문에 더 좋아지고 건강해져서 좀 더 성공적으로 '본질적인 문제들'에 전념할 수 있을 것이라고 생각한다면, 이것은 착각에 지나지 않는다. 근본적으로 기억은 과잉을 모른다. 다양한 분산 작업과 풍부한 정보는 기억의 에너지를 생산하는 **원동력**이다. 그래서 단조로운 계산 작업마저도 궁극적으로는 쓸모없는 것이 아니다. 스스로 행한 모든 것은 기억을 증대시키고 활성화하며 강화시킨다. 완전히 수동적인 소비자만 회상하지 못한다. 따라서 인간의 뇌를 부분적으로 안전하게 외부로 이전하는 작업을 하고 있는 그 기계는, 아마도 신체의 부담을 덜어 준 기계들이 해당 신체 기관이나 영혼의 특정한 병을 초래한 것보다 더 빠른 속도로 뇌의 퇴화를 초래할 것이다(그렇게 되면 당분간 주관적인 생산의 마지막 장소에는 병만 남게 될 것이다). 우리가 사는 세기의 위대한 기계들인 자동차, 텔레비전, 정보 처리 장치는 (에른스트 윙거가 아주 일찍이 자동차 운전자의 시선에서 관찰한 것처럼) 일차적으로는 인간에게서 무언가를 빼앗는 것들이다. 그래서 소비 중독자, 즉 더 이상 환상을 펼치지도 회상하지도 못하는 텔레비전 시청자들이 어디에나 존재하는 거대한 문서 보관소이면서 감각적 지각의 종착역인 문화적 기억의 진정한 터미널에 직면하게 되면, 그들의 얼굴에는 마비 증세가 나타난다. 제조자는 그럴듯해 보이는 자신의 초상과 사랑에 빠져, 자신의 생산품에 나르시시즘적인 존경을 표한다. 그런 가운데 컴퓨터는 일시적이고 정적이며 제한된 자신의 지성을 다시 인간의 정신 속으로 되돌려 놓는다.

그 대신에 소망이나 이념 또는 회상을 더 이상 생산해 낼 수 없는, 정보 과잉에 시달리는 비활동적인 의식은 (그 밖의 경우에는 정신착란의 경우에만 알려진) 모순적인 것들의 동시성을 체험하고, 재고(在庫) 중에서 무작위로 건네진 데이터들을 **사유한다**. 지금 이러한 위험에서 벗어나 있는 사람은 아무도 없다. 자신의 문서 보관소에서 뿜어내는 기괴한 것들에 대해 놀라는 일들이 얼마나 자주 발생하는가! 글라우베르 로샤*의 영화에 나오는 영상들과 고트홀트 에프라임 레싱*의 말들이 거기에서 함께 쏟아져 나온다. 그 안에서 사람들은 이질적인 것들이 지닌 힘을 이해할 동기를 찾지만 허사이다. 그것은 기계를 흉내 내는 기억의 쓸모없는 유희일 뿐이었다. 모든 사물에 동일한 현상 가치를 인정하는 문화적 평등은 의식을 황폐화시킨다. 그러한 문화적 평등이 점점 심해져서 거의 백치의 모습에 가까워진다. 에즈라 파운드*와 빔 뷜케 사이의 세계는 도대체 얼마나 멀리 떨어져 있는가?

영원히 알려지지 않은, 해석할 수 없는 것처럼 보이는 연상. 순수한 절대적인 차이 때문에 서로에게서 가장 멀리 떨어져 있는 것. 그래서 이쪽에서 저쪽으로 가는 길은 없다. 단지 제멋대로인 컴퓨터 안에서 이루어지는 혼란스러운 접촉만이 그러한 동시성을 만들어 낼 수 있다. 하지만 어떠한 영혼도, 어떠한 무의식도 그런 일을 할 수는 없다.(앙드레 르루아 구르앙의 『손과 말』을 읽고)

한편으로는 '손의 퇴화', 사고의 발달, 지식의 증가, 지식 해체의 가속화에 대한 생각이 급속히 전개되고 있다. 그러나 다른 한편으로는 인간의 유전적 운명이 수천 년에 걸쳐 느린 속도로 전개된다. 그것은 변하지 않으며, 가속화할 수도 없다. 호모 사피엔스의 신체 상태와 물려받은 행동 표본은 구석기 시대부터 거의 변하지 않고 있다. 문화의 진화가 이루어지는 과정 속에서 유전자의 악화는 그리 중요한 의미를 갖지 못한다. 그 이유는 문화적 진화가 너무 빨리 이루어지므로, 그보다 약 10만 배나 느린 생물학적 진화는 거의 아무런 영향을 끼치지 못하기 때문이다. 카를 대제 이후 이제 겨우 40세대가 지났을 뿐이다.(프리드리히 크라머*, 『포기에 의한 진보』)

예나 지금이나 보편적으로 형성된 인간의 자기 이해는 역사와 문화 그리고 사회 활동의 영향을 받을 뿐, '자신의 본성'에 대한 지식이 발전하는 것에는 거의 영향을 받지 않는다. 이러한 상황은 소위 자연과학의 시대로 불리는 오늘날이나 다윈 이전 또는 프로이트 이전 시대나 별반 차이가 없다. 사건으로서의 충동보다 더 깊은 곳에 위치한 우리 자신의 육체는 우리에게 정신적 교훈이 되지 못했다.

이미 오래 전부터 우리의 지식은 호모 사피엔스라는 전통적인 상이 해체되기 시작한 인간의 미시적인 생활 영역까지 침투했다. 그럼에도 불구하고 이데올로기적으로 자기를 이해해 보려는 인간은 정신의 혁명적인 성과를 받아들여 그것을 상상 속에서 어떤 방식으로든 생각해 보는 것에 대해 끊임없이 저항하고 있다. 종교를 상실하거나 정신 분석학적 인식을 획득하면서, 상상 속에서 정신의 혁명적 성과를 생각해 온 것과는 달리 말이다. 어쨌든 여기에서 문제가 되는 것은 항성들 사이의 미립자가 아니라 사유하는 주체의 자기중심적인 호기심과 관련된 영역, 즉 인간 자신의 능력이다. 물론 우리는 기본적인 자연의 측면, 예를 들어 우리 생명의 세포 생물학적인 과정을 체험하지 못한다. 그러한 과정은 (장애나 병에 의한 경우 외에는) 의식은 물론 무의식에도 전달되지 않는다. 인간의 가장 내면적인 것을 조종하는 것은 신체 기관, 즉 생물이라는 컴퓨터이다. 그리고 그것이 믿고, 투쟁하고, 울고, 자고, 비판하는 동안 효소들은 담담하게 자신의 작업을 수행한다. 성실하고 현명하면서도 무관심하게 말이다. 인간이 거울에 비친 자신의 모습에서 해방된다면, 스스로를 인간 외적인 형식들과 구조들로 이루어진 거대한 기계로 바라보지 않을 수 없게 될 것이다. 그리고 이로 인해 자신의 정체성을 늘 의심하게 될 것이다. 또한 그렇게 된다면, 유일한 것으로 통용되는 자기 자신의 모습이 과도기적 현상, 어쩌면 이상 발육이나 지상이라는 생명의 나무에 붙어 있는 겨우살이 가지에 지나지 않음을 알게 될 것이다. 그는 어쩌면 무시무시한 또는 신비적인 부동(不動) 상태에서만 '자신의' 풍요로운 '본성' 전체를 경험할 수 있을 것이다. 그것은 부동 상태에서 욕망을 불러일으키고 놀라울 정도로 다양한 형태의 식물에서 자신을 표현하는 엄청나게 다양한 감정과 유사한 경험일 것이다(풍주*). 우리는 가장 고요한 정지 순간과 정신적인 찰나에 우리가 살아가는 형상들의 우주를 우리의 의식 안으로 끌어들여, 그 안에서 인간을 극복하려는 자연의 거대한 욕망을 인식하게 될 것이다.

한 사회 교육학자가 아이들과 청소년들에게 항상 '현실 극복이라는 목표를 향해 꿋꿋이 나아가는 자세'를 가르쳐야 한다고 말하는 것을 나는 듣는다. 그래서 대마초 피우는 것에 반대해야 한다는 것이다. 그 이유인즉, 이것은 사람을 무기력하고 무관심하게 만들어서 주변 세계에 대해 비판적인 태도를 가지는 것을 방해하기 때문이라는 것이다. 우리 선생들의 머리에서 활발히 솟아 나오는, 초라하고 몰락해 버린 이러한 확신들이 심히 유감스러울 따름이다! (68세대는 다시 한 번 행운을 가진 셈이다. 그들은 앞으로도 수십 년간 변함없이 자신들의 보잘것없는 지식을 강단에서 편안하게 전파할 것이다……) 곤경에 처한 이성은 현실 극복이라는 주문을 이용하여 생생한 것들이 빽빽이 엉겨 있는 덤불숲을 텅 빈 개념의 세계로 바꾸려 하지만, 이것이야말로 진짜 비합리적이다. 이미 오래 전부터 '언어 이탈자'의 소음에 파묻혀 버린 이성의 가냘픈 기도는, 직무상 그러면 그럴수록 더욱 더 삐딱하면서도 열성적으로 자신의 의견을 주장한다. 외로이 남겨진 선생들은 반복될 때마다 점점 더 추상적으로 되어 가는 것처럼 보이는, 차갑고 쇠약한 비판적인 통찰의 어휘를 반복하고 또 반복한다. 왜냐하면 달리 배운 것이 없기 때문이다. '현실 극복', '목표를 향해 꿋꿋이 나아가는'이라는 말이 도대체 무슨 뜻인가? 그런 것을 어떻게 수행하고자 하는가? 모두가 행운에 맡기면서 성공적인 삶을 살아가려고 준비하며, 이때 그들이 자신의 이성과 자긍심을 잃지 않으려고 노력한다고 솔직히 말한다면 얼마나 좋을까? 대부분의 사람들 앞에 닥친 현실은 아마도 비약적인 발전이 아니라 힘겹고 위태로운 삶일 거라고. (대마초가 있든 없든 상관없이) 자신이 할 수 있는 한, 모두가 최선을 다해 스스로를 그리고 자신과 가까운 사람들을 도와야 한다고. 다른 사람들과 함께 숲 속 길을 헤쳐 가면서 계속해서 길을 찾아야 할 것이라고. 혹시라도 언젠가는 숲 속에 널찍한 공터가 열리고 강물이 나타나며, 최상의 경우 무관심과는 거리가 먼 어떤 초연함이 숲 속에 길을 낸 우리의 수고에 보답할 때까지.

그런데 만약 우리와 우리 아이들의 생생한 현실 감각이 흐려지다가 점차 사라져 버린다면, 도대체 우리가 무엇을 극복한다는 말인가? 장 보드리야르는 이렇게 말한다(뒤따르는 모든 인용문은 그의 책 『기호의 경제학 비판』에서 따온 것이다). "일상적인 것의 범주가 매체를 통해 정치적인 것의 범주를 뒤덮고 있다…… 텔레비전에서 정치적인 것이 하찮은 모습으로 등장함으로써, 사회적 통제가 스스로의 위치를 자각하게 되었다…… 장기적 관점에서 볼 때 거대한 경찰 체제가 불가능하다는 사실은, 현재의 체계들이 이제 더 이상 쓸모가 없게 된 이 통제 체계를 피드백과 자동 조절 장치를 통해 자기 자신 속에 통합하고 있다는 것을 의미할 뿐이다. 현재의 체계들은 그것들을 부정하는 것을 부차적인 변수로 받아들일 능력이 있다. 그것들의 작동 자체가 검열인 셈이다. 그래서 그것들은 어떤 메타 체계도 필요로 하지 않는다…… 도로는 유일하게 실존하는 반매체이다…… 사회적인 것의 시대는 꺼져 가는 별처럼 블랙홀 속에서 끝나 가고 있다. 사회적인 것은 체계의 과도한 조절 상태, 즉 지식, 정보, 권력 네트워크의 과부하 상태에 도달하였다. 이러한 사회적인 것의 과밀 상태에서 바로 내파적인 힘이 생겨난다…… 우리는 이러한 힘을 이해할 수 없다. 왜냐하면 우리의 모든 상상력이 팽창하는 체계의 논리에 맞추어져 있기 때문이다.

　파리의 보부르 가상 문화 시장에서는 사회적인 주체와 삶(노동, 여가 시간, 매체, 문화)의 모든 분산된 기능들이 동질적인 시공간 속에서 다시 합쳐지고 있다. 모순된 경향들이 모두 집적 회로의 용어로 다시 전사(傳寫)된다. 사회적인 삶이 완전히 합리적으로 시뮬레이션 되는 시공간……" 이 시대의 큰 사건, 큰 트라우마는 확고한 연관의 단말마, 실재와 합리적인 것의 단말마이다. 이와 함께 시뮬라시옹의 시대가 시작되고 있다. 아주 여러 세대, 특히 지난 세대가 혁명의 행복한 관점 내지 파국적인 관점을 견지하며 역사의 빠른 속도에 맞춰 살았던 반면, 오늘날에는 역사가 무관심 이라는 안개를 뒤로 남긴 채, 역사의 강물이 그 속을 가로지를지 라도 역사적인 모든 연관을 비워 버리고는 퇴각하는 듯한 모습을 보여 준다. 이로 인해 생긴 텅 빈 자리에 사라진 역사의 환영들이 모여들고, 사건과 이데올로기와 복고풍이 쌓이기 시작한다. 그러 나 이러한 현상이 나타나는 것은 사람들이 그것을 믿거나 그것에 대해 어떤 희망을 가지고 있어서가 아니라, **적어도** 역사가 있었고 또 적어도 폭력(그것이 파시즘적인 폭력이라 하더라도)이나 생사 를 건 투쟁이 있었던 시대를 그들이 다시 소생시키려고 하기 때문 이다. 이러한 공허함, 이러한 역사와 정치의 백혈병, 이러한 가치 들의 절대성으로부터 벗어날 수만 있다면, 무엇이든 좋다. 이러한 곤경으로 인해 모든 내용들이 각양각색으로 환기될 수 있다. 그리 고 이전의 모든 역사가 마구 뒤엉켜서 다시 생생하게 나타난다. 그러나 그 중에서 좋은 것을 선발할 수 있을 믿을 만한 이념은 더 이상 존재하지 않는다. 단지 향수만이 무한정 쌓여 있을 뿐이다. 전쟁, 파시즘, 아름다운 시대*의 화려함 또는 혁명적 투쟁. 이 모든 것은 등가적이며, 아무런 차이 없이 무감각하고 암울한 똑같은 흥분, 복고에 대한 똑같은 열광 속에 뒤섞여 버린다.

"생존만이 문제가 됩니까? 항상 좀 더 나은 삶이 문제가 되어 오지 않았던가요?"하고 약간 화가 난 보드리야르가 그 생태학자에게 묻는다. "그래요. 갑자기 어느 순간부터 적나라한 생존만이 문제가 되었죠"하고 그가 대답한다. 하지만 어떻게 해서 그것이 중요한 문제가 되었는가 하는 것도 또 하나의 즐거움이다.

……이 모든 것을 아는 것과 이러한 앎을 그대로 방치해 두는 것은 같은 것이었다.

연말의 베니스. 나는 닫혀 있는 산마르코 대성당의 포르타 산알리피오를 등으로 누르고 있다. 자정이면 거의 텅 비는 큰 광장의 소용돌이와 하나가 되는 회상의 소용돌이를 막기 위해서이다. 이러한 공공장소를 엄숙한 내면 공간, 꿈의 강당으로 변화시킬 수 있는 프로쿠라티에 베키에*와 프로쿠라티에 누오베*의 창가에 있는 수천 개의 둥근 불빛들…… 아, 나의 세월이여! 왜 너는 내 곁을 지나가느냐? 대체 어디로 가는 것이냐? 이 시간에 혼자 있는 사람들은 아주 독특한 걸음을 걷는다. 때로는 지나치게 빨리, 때로는 부자연스러울 정도로 천천히. 마치 사람들이 아무런 연기도 할 수 없는 역사의 위대한 무대로 그들을 내보낸 것처럼, 그들은 모두 수줍은 현대인의 모습으로 걸어가고 있다. 안전하게 돌아다닐 수 있는 익숙한 장소, 보행자가 자신의 주변 환경, 집과 행인, 도로 및 차량과 맺는 특유의 조화가 이곳에서는 지양되거나 아니면 적어도 방해를 받는다. 이 광장이, 아니 광장에 대한 가볍고도 흥분어린 공포가 그에게 자신의 의지와 전혀 상관없는 이상한 걸음을 걷도록 만든다. 그렇게 소리 없이 현재가 전율하는 순간, 우리가 아낌없이 경탄하는 화려한 무대 배경이자 위대한 무대 장면인 이 도시가 우리에게서 멀어져 간다. 그리고 비밀스러운 틈이 벌어진다. 어쩌면 그것은 과거로 들어갈 수 있는 유일한 출입구인지도 모른다. 역사는 살아 있다! 그리고 우리는 아주 작고 불안하면서도 호감이 가는 역사의 손님들이다.

콰드리 카페* 근처에 있는 어느 골목에서 맑고 힘찬 노랫소리가 들려온다. 한 젊은 여자가 자기 친구들 사이에서 일어나, 그들 앞에서 노래를 부른다. 베니스 노래가 아닌 러시아 노래이다. 그 노래는 성악곡이며, 그 목소리는 잘 훈련된 소프라노이다. 광장에 있는 몇 안 되는 사람들은 그 노래에 이끌려 자신의 고독에서 벗어나 골목으로 다가가, 노래를 부르고 있는 그 여자의 등 뒤에 모여든다. 왜냐하면 그녀는 단지 자기 친구들을 위해서 골목이 울리도록 노래를 부르고 있기 때문이다. 그녀 앞의 상륙용 목재 다리들 위에 앉아 있는 그녀의 친구들도 어쩌면 그녀처럼 성악을 공부하는 학생들일지도 모른다. 이제 자기 뒤에 청중들이 늘어나고 있다는 것을 느끼기 시작한 그녀는, 그 때문에 점잔을 빼기보다는 오히려 몸을 반쯤 돌려 우리를 쳐다본다. 그러더니 자신의 우울한 환호를 이제는 산마르코 광장이라는 거대한 강당으로 옮겨 놓는다. 양털 외투를 입은 그 젊은 여자는 주머니에 손을 넣은 채 머리를 비스듬히 치켜들고 서 있다. 어린아이 같은 그녀의 입에서 나오는 입김 사이로 해맑은 소리가 솟아오른다. 그녀의 입은 그녀 자신이 그 무엇보다도 사랑하는 이 음들을 만들어 내고 또 애무한다. 그녀는 모든 청중들이 만족하고 행복해하는 것을 느낀다. 그녀는 우리 모두를 대변하여 이 장소와 시간의 진동에 자신을 내맡겼다. 그러한 진동은 걸음걸이에 혼란을 줄 수 있을지는 몰라도, 그러한 노래를 이끌어 낸다.

이 모든 것이 바로 옆에서, 내가 이전에 한 번 지식의 고양과 분열의 순간을 체험해야 했던 곳에서 몇 미터 떨어지지 않은 장소에서 일어났다. 1969년 여름, 이곳 콰드리 카페의 주랑 밑에 한 노인의 슬픈 환영이 앉아 있었다. 나는 결코 그를 만난 적이 없었지만, 그럼에도 불구하고 그 누구보다도 그를 존경했다. 거기에는 내가 사진으로 보아서 알고 있는 둥근 대머리의 유명한 철학자가 앉아 있었다. 그의 검고 둥근 눈은 외적이고 가시적인 것과 영상적인 것보다는 청각과 이해와 시간의 유희로 인해 더 활기를 띠는 것처럼 보였다. 그는 북적대는 관광객들의 무리 사이에서 홀로 어느 카페의 테이블에 앉아 있었다. 나는 그를 쳐다보며, 내가 마음속으로 그렇게 자주 생각하던 바로 그 사람일 거라고 확신했다. 그러고 나서 얼마 후 나는 그가 그해 여름, 어쩌면 내가 그를 베니스에서 보았던 바로 그날, 스위스의 한 병원에서 사망했다는 것을 신문을 통해 알게 되었다.

　그렇다. 그것은 환영(幻影)의 도시였다. 이러한 사실은 아주 잘 알려져 있었다. 여기에 있으면 우리가 다른 그 어떤 곳보다 훨씬 더 경이로운 시선으로 바라볼 수밖에 없다는 단순한 이유에서 어떤 미지의 것, 눈에 보이지 않는 것이 우리의 마음속에 나타난다. 우리가 오랫동안 골목을 지나가면, 우리의 감각과 기억은 할 일이 너무 많아지고, 여러 시대의 형상과 장식과 기호를 더듬게 된다. 게다가 한 곳에 밀집되어 있는 이러한 것들은 생생하고 아주 실제적인 도시의 구역 내에서(박물관 내에서가 아니라) 서로 협력한다. 휑한 콘크리트 벽을 지속적으로 관찰해서 닳아 버린, 한결같은 우리 자신의 시간 차원은 여기에서 격렬하게 공격을 받아 움찔하며 자리를 옮겨 버린다. 그리고 이렇게 생겨난 틈새에서 환영, 심지어 고양된 이중적 시선이 생겨난다.

　오늘날 이 도시는 사실상 우리 인간들만 그 안으로 들어오도록 허용하는 동시에 우리를 고립시키기도 한다. 이 도시는 우리의 삶을 지배하는 주요 고리들, 즉 도로와 자동차 그리고 그 정도 세월의 집들, 우리 주거 지역의 모든 척도와 리듬과 형식들로부터 우리를 떼어 놓는다. 그렇게 분리되어 나온 우리는 처음에는 항상 무기력하며, 결코 여유만만한 관찰자가 아니다. 아키트레이브*, 다리의 아치가 우리의 기분을 꿈속 깊은 곳까지 전환시켜 줄 때, 역사는 자신의 고유한 빛으로 과거를 되돌아보고, 가끔씩 직육면체 모양으로 깎은 돌의 표면은 우리의 방사선 사진을 찍곤 한다. 그러고 나면 이 돌들 옆에는 그 못지않게 단단하고도 억눌려 있던 오래된 예감이 나타나, 결코 존재하지 않는 자신의 육체적 존재를 드러낸다.

나는 자신의 무리에서 빠져 나와 우리 모두에게 적절한 행동을 해 주었던 그 젊은 여성에게 감사한다. 노래를 부르기 위해, 자정에 안개 깔린 허공에서 숨을 들이쉬려고 머리를 우아하게 공중으로 치켜들었던 그녀에게.

21 "오소바주": 원어는 eau sauvage. 크리스티앙 디올에서 만든 남성
용 향수 이름.

26 "상투어": 앞에서 나온 '과장이나 열정의 불꽃'을 의미한다.

"작은 전체": 임산부 모임을 가리킨다.

42 "외적인 감각": 청각을 가리킨다.

"감각 안": '기억 속'으로 들어옴을 뜻한다.

"이제는 철거되어 사라져 버렸다": 그럼에도 불구하고 레지에서 춤
추는 장면이 현재 시제로 묘사되는 것은 과거의 사건을 생생하게 현
재적으로 표현하기 위한 것으로 볼 수 있다.

50 "먹음직하다": 원어는 aufreißend로, '다리를 벌릴 만한'이라는 성
적인 의미로도 해석될 수 있다. 원래는 앞의 젊은 여성이 '매력적
인'이라는 의미를 지닌 aufreizend라는 단어를 말하려고 했으나, 실
수로 발음을 잘못해서 aufreißend로 말하게 된다.

"단어가 뒤섞인 거라고": aufreißend라는 단어에는 aufregend,
reizend, aufreißen이라는 단어가 모두 뒤섞여 있다는 것을 의미
한다.

53 "자신": '어머니'를 가리킨다.

59 "문명화된 상품": 아이들을 가리킨다.

65 "크랩": 사무엘 베케트의 모노드라마『크랩의 마지막 테이프』에 나오는 주인공.

66 "네가": 피부 관리사를 가리킨다.

"올드 새터핸드": 칼 마이의 서부 소설에 등장하는 인물.

72 "블로업": 광고에서 광고 작품을 디스플레이하거나 Pop 광고 등에 사용하기 위해 확대하는 것을 말한다.

74 "라바터": Johann Caspar Lavater(1741~1801), 스위스 출신의 목사이자 철학자이며 작가. 독일을 편력하며 사람들을 사로잡아 남방의 마술사라는 별명을 가졌다. 그의 인상학은 찬반양론을 불러일으켰다.

77 "로제": 옅은 붉은 색 포도주.

81 "로도스 섬": 그리스에 위치한 섬으로 관광지로 유명하다.

82 "생각하는 기억": 우리가 무엇을 생각할 때에는 그와 동시에 이전의 사태에 대한 회상이 이루어지기 때문에 '생각하는 기억'이라는 말을 사용하고 있다.

"사보나롤라": Girolamo Savonarola(1452~1498), 이탈리아 도미니크회의 수도사이자 종교 개혁가.

"타피에스": Antoni Tàpies(1923~), 초현실주의의 작업 이후 독자적 양식으로 앵포르멜 예술을 추구한 에스파냐의 화가.

"스탠리 큐브릭": Stanley Kubrick(1928~1999), 미국의 영화감독.

"카를 슈미트": Carl Schmitt(1888~1985), 독일의 법학자이자 정치학자.

88 "골프": 폴크스바겐에서 생산된 차 이름.

96 "두 번째 음절": '아하'라는 말에서 두 번째 음절인 '하'를 가리킨다.

"느낌씨": Empfindungswort는 Interjektion의 순수한 독일어 표현으로 원래는 Interjektion과 같은 의미지만, 여기서는 Empfindung이 갖는 '감정'이라는 원뜻을 살려 '감탄사' 대신 '느낌씨'로 번역하였다.

100 "비스콘티": Luchino Visconti(1906~1976), 이탈리아의 영화감독으로, 주로 이탈리아의 사회적 현실에 나타나는 모순을 주제로 다루었다.

105 "베스터발트": 라인 강 유역의 편암질 산악 지방.

"란 강": 독일 서부 라인 강 지류.

"타우누스 산맥": 헤센 주 남부에 있는 산맥.

"킨츠발트": 독일의 숲 이름.

108 "그것을": 여기서는 타자를 가리킨다.

109 "옥타비오 파스": Octavio Paz(1914~1998), 멕시코의 시인.

"발레리": Paul Valéry(1871~1945), 프랑스 상징주의 시인.

110 "페이딩": 원래는 제동 기능의 감소를 의미하지만, 여기서는 '사라짐'이라는 의미를 가지고 있다.

111 "폴 비릴리오": Paul Virilio(1932~), 프랑스의 철학자이자 매체 비평가.

112 "전체": 보편타당성을 의미한다.

114 "나는 말을 도아하지 않아": '좋아하다'는 의미의 lieben을 발음할 수 없어 beben이라고 말하는데, beben은 원래 '떨다, 진동하다'라는 뜻이지만, 여기서는 이러한 의미와 무관하게 lieben을 잘못 발음한 것으로 볼 수 있다.

115 "로마적이고": 중세 기독교와 대비되는 밝고 활발한, 삶을 긍정하는 태도를 가리키는 비유로 사용되고 있다.

116 "라미아": 제우스의 사랑을 받아 낳은 아이들이 헤라의 질투로 모두 살아남지 못하자, 비탄에 잠긴 라미아는 요마가 되어 눈에 띄는 아이들을 잡아먹거나 그 피를 빨아먹었다고 한다.

117 "기록 보관소": 현재 방영되는 프로그램을 수동적으로 시청하고는 곧 망각해 버리는 텔레비전 시청자들의 나쁜 기억력을 빗대어 표현한 말이다.

118 "포이어바흐": Anselm Feuerbach(1829~1880), 낭만적 고전주의 양식의 그림을 그린 19세기 중반의 독일 화가. 고대 그리스, 로마 미술과 전성기 르네상스 회화의 영향을 받았으며, 특히 서정적이고 애조를 띤 이상화된 인물화를 많이 그렸다.

119 "피에타": 죽은 예수의 몸을 떠받치고 비탄에 잠긴 성모 마리아의 모습을 묘사한 기독교 미술에서 자주 등장하는 주제.

122 "에드몽 자베": Edmond Jabès(1912~1991), 유대계 프랑스 시인.

124 "곰브로비치": Witold Marian Gombrowicz(1904~1969), 폴란드의 유대계 극작가이자 소설가.

125 "벤": Gottfried Benn(1886~1956), 독일 표현주의 시인.

126 "클래시": 영국의 펑크 그룹.

"적군파": 좌익 테러 조직.

"슈바르체 보틴": 베를린의 페미니스트 잡지.

"오즈": 오즈 야스히로. 일본의 영화감독.

127 "르루아 구르앙": André Leroi-Gourhan(1911~1986), 프랑스의 인류학자.

130 "프랜시스 베이컨": Francis Bacon(1909~1992), 영국의 화가. 과거의 명화나 사진에서 얻은 인물이나 동물 주제를 상징적인 유기적 형태로 변형시켜, 기하학적으로 구성한 폐쇄 공간 안에 배치하였다. 또한 실재에 대한 인간의 불안과 공포를 표현한 그로테스크한 묘사를 주로 하였다.

"야곱처럼": 야곱이 천사와의 씨름에서 승리한 후, 이스라엘이라는 새 이름과 큰 축복을 받은 것을 가리킨다.

"근육의 탈구": 야곱이 생사를 건 천사와의 씨름에서 엉덩이뼈가 탈구된 것을 빗대어 표현하고 있다.

131 "황혼/여명": 독일어 단어 Dämmer는 황혼과 여명의 뜻 모두 가지고 있으며, 이 작품에서도 우주의 소멸과 생성의 뜻을 함께 내포하기 때문에 '황혼/여명'으로 번역하였다.

133 "바를라흐": Ernst Barlach(1870~1938), 독일의 조각가이자 화가 겸 작가.

134 "사브": 스웨덴 자동차 Saab.

135 "블레이크": William Blake(1757~1827), 영국의 화가이자 작가.

139 "엔데": 독일어로 '마지막'이라는 뜻을 가지고 있다.

142 "오든": Wystan Hugh Auden(1907~1973), 정치성이 짙은 사회주의적인 시를 주로 쓴 영국 시인.

149 "카노비츠": Howard Kanovitz(1929~), 미국의 화가이자 그래픽 예술가.

152 "키커": 독일의 유명한 축구 잡지 이름.

157 "미스터 미니트": 원래는 열쇠 제작이나 신발 수선을 하는 체인점 이름이다. 여기서는 그 체인점 이름을 별명으로 사용하고 있다.

164 "빔 툉케": Wim Thoelke(1927~1995), 독일의 쇼 프로그램 사회자.

170 "알프": 나쁜 밤의 정령.

172 "토마스 베른하르트": Thomas Bernhard(1931~1989), 오스트리아의 작가.
"베르가모": 이탈리아 롬바르디아 주에 있는 도시.
"나막신 나무": 이탈리아 영화로 1978년 에르마노 올미가 제작했다. 6킬로미터를 매일 걸어서 학교를 통학하던 아들이 어느 날 나막신이 다 닳아 학교에 갈 수 없게 되자, 새 신발을 살 돈이 없는 아버지가 나막신을 만들어 주기 위해 몰래 나무를 베다가 발각된다는 내용을 다룬 영화이다.

174 "라인의 황금": 바그너의 「니벨룽겐의 반지」4부작 중 전야(前夜)에 해당하는 오페라 이름.
"평화를 원한다면, 전쟁을 준비하라": 고대 로마의 전략가인 베게티우스가 설파한 경구.

182 "피에르 클라스트르": Pierre Clastres(1934~1977), 프랑스의 대표적인 정치 인류학자. 클로드 레비스트로스와 알프레드 메트로의 영

향을 받아 인류학을 전공하였다. 1963년에 구아야키 인디언에 대한 현지 조사에 나선 이후, 1960년대의 대부분을 파라과이와 베네수엘라 등에서 인디언들과 함께 생활하며 연구하였다.

188 "에데카": 독일의 슈퍼마켓 체인.

194 "카사베테스": John Cassavetes(1929~1989), 미국의 영화배우이자 감독.

195 "주네": Jean Genet(1910~1986), 프랑스의 극작가.

196 "멜빌": Jean-Pierre Melville(1917~1973), 프랑스 독립 영화의 대표적인 인물. 대표작으로 「바다의 침묵」, 「맨해튼의 남자」, 「야바위꾼」 등이 있다.

"알랭 들롱": Alain Delon(1935~), 프랑스의 영화배우.

197 "슈트로하임": Erich von Stroheim(1885~1957), 오스트리아 태생의 미국 영화감독, 배우 그리고 작가.

"홀거 마인스": Holger Meins(1941~1974), 좌파 테러 조직인 적군파 제1세대의 일원으로, 체포된 뒤 감옥에서 세 차례의 단식 투쟁 끝에 사망한다. 그의 죽음 후 그에 대한 동정과 정부에 대한 비난 여론이 생겨났다.

200 "치오란": Emil Cioran(1911~1995), 루마니아 출신의 사상가로, 전후의 가장 중요한 에세이스트이자 급진적인 문화 비평가 중의 한 사람. 그의 허무주의는 특히 니체와 불교의 영향을 많이 받았다.

205 "글라우베르 로샤": Glauber Rocha(1938~1981), 브라질의 영화감독.

"고트홀트 에프라임 레싱": Gotthold Ephraim Lessing(1729~1781), 독일 계몽주의의 대표적인 희곡 작가.

"에즈라 파운드": Ezra Pound(1885~1972), 미국의 시인. 파리와 런던에서 이미지즘과 신문학 운동을 주도하였으며, 시집으로는 『환희』, 『휴 셀윈 모벌리』가 있다.

206 "프리드리히 크라머": Carl Friedrich Cramer(1752~1807), 프랑스

혁명을 신봉한 독일의 계몽주의자로 교수, 서적상, 번역가 등으로 활동하였다.

207 "퐁주": Francis Ponge(1899~1988), 사물의 입장에서 인간에 비해 상대적으로 폄하되었던 사물을 복권시키려고 노력한 프랑스의 시인.

211 "아름다운 시대": 프랑스어로 Belle Epoque. 주로 유럽에서 19세기 후반에서 20세기 초반 제1차 세계 대전이 일어나기 직전의 약 30년 간을 일컫는 말.

"프로쿠라티에 베키에": 이탈리아어로 Procuratie Vecchie. 산마르코 대성당의 행정관을 위한 청사로, 산마르코 광장 북쪽에 있는 르네상스식 3층 건물이다. 원래 12세기에 시공되어 여러 차례 개축 과정을 거치며 16세기에 현재의 모습으로 완성되었다.

"프로쿠라티에 누오베": 이탈리어어로 Procuratie Nuove. 산마르코 바실리카의 행정관을 위한 신청사로, 1640년에 완공된 3층 건물이다. 프로쿠라티에 베키에 맞은편에 위치해 있다.

212 "콰드리 카페": 산마르코 광장에 있는 4대 카페(플로리안, 라벤나, 그랑, 콰드리) 중의 하나.

214 "아키트레이브": 고대 건축에서 주두 위에 놓여 기둥 사이를 잇는 수평 부재.

보토 슈트라우스의 작품과 신화에 대한 회상

정항균(서울대 독문과 교수)

1. 작가 소개

현재 독일어권 문학을 주도하고 있는 양대 산맥은 1920년대 출생 작가들과 1940년대 출생 작가들로 구분된다. 전자에는 귄터 그라스(1927), 마르틴 발저(1927), 크리스타 볼프(1929)가, 후자에는 페터 한트케(1942), 보토 슈트라우스(1944), 엘프리데 엘리네크(1946)가 포함된다.

노벨 문학상 수상 작가인 그라스와 엘리네크, 그리고 문학 논쟁으로 유명해진 발저와 한트케에 비해 슈트라우스는 국내 독자들에게 상대적으로 덜 알려진 것이 사실이다. 여기에는 그의 난해한 사상 및 문체도 한몫을 하였다. 그 때문에 그의 작품 가운데 극히 일부만 국내에 소개되어 있다.

보토 슈트라우스는 일반적으로 보수적인 성향의 작가로 알려져 있지만, 사실 동시대의 사상적, 문화적 흐름의 수용에 있어서 그 어떤 작가들보다도 더 적극적이었다. 또한 그의 지적인 관심은 문학과 철학에서 매체와 신화를 거쳐 자연과학에 이르기까지 대단히 포괄적이다. 이러한 폭넓은 지식과 난해한 사상이 그의 작품이 대중적으로 수용되는 것을 어렵게 만든 요인이 되었을 것이다. 다음에서는 슈트라우스의 작가적 발전 과정을 추적하는 가운데, 그의 사상과 시학의 핵심적인 내용을 간략히 소개하고자 한다.

1944년 12월 2일 독일의 나움부르크에서 출생한 보토 슈트라우스는 뮌헨에서 독문학, 사회학, 연극사를 공부한다. 하지만 그는 5학기를 끝마친 뒤 학업을 중단하고 레클링하우젠에서 조연출가로 일한다. 이어서 1967년부터 3년간 『테아터 호이테』라는 잡지에서 자유기고가 및 편집장으로 활동한다. 그 후 1970년 페터 슈타인과 클라우스 파이만 등이 연출가로 활동한 베를린 샤우뷔네 극단에서 극 평론가로 활동한다. 슈트라우스가 흔히 극작가로 소개되는 것도 이와 같은 그의 초기 활동과 무관하지 않다.

그의 첫 번째 에세이인 「미학적 사건과 정치적 사건을 함께 생각하려는 시도」(1970년 발표. 이 논문은 다른 논문과 함께 묶여 위와 같은 제목으로 1987년 출판되었다)는 현실을 재현하려는 사실주의 미학과의 거리를 잘 드러내고 있다. 이 글에서 그는 예술의 정치적 역할이나 현실 재현 시도를 비판하며, 무대 위의 사건은 역사나 현실이 아닌 스스로를 지시해야 한다고 강조한다. 즉 연극은 자신의 연극성을 드러내는 데 기본적인 기능이 있다는 것이다. 그러나 이것이 연극이 자족적인 영역이 되는 것을 의미하지는 않는다. 오히려 이와 같이 연극의 유희적 성격을 과도하게 제시함으로써 역으로 정치적 현실에 대해 성찰하게끔 유도하는 것이, 미학적 사건과 정치적 사건을 함께 생각하려는 그의 변증법적인 시도이다. 이러한 아도르노적인 생각은 1980년대에 『커플들, 행인들』 같은 작품에서 변증법적인 시도를 포기할 것을 제안할 때까지 그에게 지속적인 영향을 미친다.

　슈트라우스의 작가적인 발전의 첫 번째 단계는 아도르노와 프로이트 그리고 후기구조주의자들의 영향 아래 있던 1960년대 후반에서 1970년대 후반까지의 시기에 해당한다. 그는 이 시기에 자아를 자율적으로 행동하는 주체가 아니라 무의식의 지배와 조종을 받는 허상으로 간주한다. 이러한 생각은 그의 시학에도 영향을 미친다. 그는 롤랑 바르트와 줄리아 크리스테바의 이론을 수용하고, 텍스트 창조자로서의 작가를 부정하며, 상호텍스트성과 무의식에 의한 텍스트의 생산을 주장한다. 이러한 그의 생각은 특히 『협박의 이론』(1975)과 『헌정』(1977)에 잘 나타나 있다. 언어의 현실 재현 불가능성과 언어의 자율성에 대한 그의 생각은 또한 『큰 세계와 작은 세계』(1978)나 『재회의 삼부작』(1976) 같은 연극 작품에서도 주제화되고 있다. 이 작품들은 현대 독일 사회에서 나타나는 인간들 간의 의사소통 단절을 주제로 다루고 있다. 여기에서 등장하는 인물들은 대화를 할 때는 상대방의 무관심 때문에 독백을 하는 듯이 보이지만, 이와 반대로 독백을 할 때는 늘 상대방과 대화하듯이 말하기도 한다. 그러나 그들이 의사소통을 통해 추구하는 사랑은 궁극적으로 언어적으로 실현될 수 없는 것으로 간주된다. 그 때문에 진정한 사랑은 동시에 좀 더 높은 차원에서의 몰이해를 전제로 하며, 인간 사이의 의사소통이 아닌 침묵의 언어를 통해 도달 가능한 것으로 나타난다.

두 번째 단계는 독일 통일 이전까지의 1980년대로, 슈트라우스가 본격적으로 신화를 다루기 시작한 시기이다. 계몽주의의 진보적 역사관에 거리를 두고 있는 슈트라우스는 전통의 보존을 강조한다. 이 때문에 그는 보수주의자로 공격받기도 했다. 그가 관심을 가지고 있는 것은 역사적인 과거가 아니라 근원적인 과거로서의 신화이다. 신화는 슈트라우스의 이성 비판적인 입장과 관련하여 파편적이고 해체적인 특성을 지니고 있지만, 세계에 대한 또 다른 '해석'으로 기능하면서 통합적인 특성을 지니기도 한다. 신화는 이미 1980년대 초기의 작품인 『소요』(1980)에서 오르페우스와 연관하여 암시적으로 형상화된다. 신화를 좀 더 본격적으로 다루고 있는 작품으로는 『공원』(1983), 『젊은 남자』(1984) 그리고 『여자 관광가이드』(1986)를 들 수 있다. 셰익스피어의 『한여름 밤의 꿈』을 각색한 『공원』에서는 원작의 바탕이 된 오비드의 신화도 다루어진다. 그러나 원작과 달리 이 작품에서는 요정들의 왕인 오베론이 인간으로 변신한 후 원래의 상태로 되돌아가지 못하는 것에서 드러나듯이, 현실에서 신화적 세계가 붕괴되었다는 것을 보여 준다. 그러나 다른 한편 슈트라우스는 『2차적인 세계에 대한 저항』(1990)에서 밝히고 있듯이, 신화가 결코 완전히 사라진 것이 아니라 단지 파손되었을 뿐이며 그것이 언제든지 현재에도 순간적으로 체험될 수 있음을 강조한다. 이와 같이 현실 속에 감추어진 신화적 차원을 형상화한 대표적 작품이 『여자 관광가이드』이다. 이 작품의 주인공인 관광가이드 크리스티네는 마르틴이라는 선생에게 그리스를 관광시켜 주다가 사랑에 빠진다. 이들은 나중에 산속 작은 집에 칩거하며 몰락하는 모습을 보이지만, 현실적으로 퇴행을 겪는 상황에서 역설적으로 신화적인 위대한 감정을 체험할 수 있는 가능성이 열리게 된다. 『시간과 방』(1988)에서 묘사되듯이, 신화적인 체험의 순간은 흔히 축제의 모티프로 나타나곤 한다. 이것은 이와 같은 체험이 목적 지향적인 일상적 삶에서 빠져 나온 순간 일시적으로 가능하다는 것을 암시한다. 보토 슈트라우스의 대표적인 소설 『젊은 남자』에서도 과거, 현재, 미래를 모두 내포한 동시성의 시간으로서 신화적 시간의 체험이 서술된다.

신화 외에 이 시기의 보토 슈트라우스의 작품에 중심적인 테마로 등장하는 것이 바로 타자의 문제이다. 엠마누엘 레비나스의 영향을 받은 슈트라우스는 타자의 문제를 자신의 소설이나 연극 외에 에세이에서도 빈번히 다룬다. 특히 『커플들, 행인들』(1981)과 『그 어느 누구도 아닌 바로 그』(1987)에서 타자의 문제는 사랑이나 신화의 문제와 관련해 나타난다. 주체의 입장에서 마음대로 대상화할 수 없고 제대로 파악할 수도 없는 타자는 언어적으로 표현할 수 없는 사랑의 순간이나 일상적 삶에서 빠져 나오는 신화적 체험의 순간에 등장한다. 1990년에 들어서면서 이러한 타자는 신의 모습으로 바뀌어 나타난다.

마지막으로 세 번째 단계는 1989년 통일 이후의 시기이다. 통일은 독일 민족 전체뿐만 아니라 또한 슈트라우스 개인에게도 큰 변화를 가져왔다. 이것은 소재나 주제뿐만 아니라 그의 시학적 구상에서도 잘 드러난다. 1989년 조지 스타이너의 『실재 현존에 관하여』라는 책에 실린 슈트라우스의 후기(後記)는 그의 새로운 미학 프로그램을 담고 있다. 이 글에서 그는 '창발성(Emergenz)'이라는 생물학적 개념을 미학적 개념으로 바꿔 사용한다. 창발성은 이전의 경험으로부터 도출될 수 없는 것이 갑자기 나타나 체계 전체를 바꿔 놓는 것을 의미한다. 헝가리의 국경 개방이 독일 통일이라는 예기치 못한 결과를 가져왔다면, 이러한 창발성의 경험은 신적인 것의 현현으로서 미학적인 차원에서도 일어날 수 있다. 슈트라우스는 스타이너의 생각을 좇아 성찬식의 포도주와 빵이 상징이 아니라 예수님의 몸 자체이듯이, 예술 작품에서도 기표와 기의가 구분되지 않고 언어 자체에 신이 항상 임재해 있다고 말한다. 따라서 글을 쓰거나 읽는 체험은 더 이상 어떤 대상에 관한 글쓰기나 독서의 체험이 아니라 신적인 것의 현현을 체험하는 것이 된다. 이와 같은 '성스러움의 시학(sakrale Poetik)'이 이 시기의 슈트라우스가 표방하는 새로운 시학이다.

1991년에 첫 공연된 『마지막 합창』은 독일 통일의 순간을 다루고 있지만, 이 작품에서 독일적인 것을 상징하는 독수리와 숲 그리고 독일이라는 말은 단지 기호로만 등장할 뿐 그것의 진정한 실체를 재현하지는 못한다. 이로써 독일 통일은 창발성의 순간적 체험으로만 일어날 수 있는 것으로 묘사된다. 1992년에 출판된 『시작의 부재』는 무엇보다도 자연과학적 담론과 인문과학적 담론의 경계를 넘어서려고 시도하는 작품으로서 의미를 갖는다. 이 작품에서는 카오스 이론과 급진적 구성주의 이론 그리고 정상우주론 같은 자연과학 이론에 대한 성찰뿐만 아니라, 또한 신화와 종교에 대한 성찰과 일상사에 대한 서술도 나타난다. 여기에서도 신경세포들 간의 결합으로 생겨나는 지각 및 인식과, 질서 속에서 생겨나는 카오스적인 상황 등의 창발적 과정이 언급되고 있다. 이때 유의할 점은 슈트라우스가 인간은 완전한 혼돈 상태에서 살 수 없으며 어느 정도 질서에 대한 환상을 필요로 한다고 생각한다는 것이다. 점과 선으로 대변되는 이 두 가지 측면, 즉 카오스와 코스모스, 파편적 서술과 순차적 서술을 모두 고려할 때 비로소 슈트라우스의 세계관과 미학을 올바로 이해할 수 있다. 1993년 『슈피겔』지에 실린 「번져 가는 속죄양의 노래」라는 에세이는 크리스타 볼프의 동독 시절 전력, 한트케의 세르비아 옹호, 발저의 아우슈비츠의 도구화에 대한 언급, 그라스의 나치 친위대 전력과 함께 1990년대에서 2000년대 초반의 독일 문학계를 강타한 논쟁을 불러일으켰다. 그는 좌파와 현대 매체를 비판하고 전통과 진정한 우파를 강조함으로써 보수주의자로 공격받기도 하였다. 그러나 슈트라우스 자신은 극우주의와 자신의 진정한 우파 개념을 구분하며, 이데올로기적인 대립이 사라지고 내부의 적을 상실한 서구 사회가 그 사회의 완전한 타자인 전통적이고 근원적인 세계와 대립하고 있다고 지적한다. 1996년에 상연된 『이타카』는 호메로스의 『오디세이아』를 각색한 것이다. 작가는 이 책의 서문에서 독창적인 생각은 오직 베껴 쓰는 인용의 과정에서 생겨나는 실수를 통해서만 가능하다고 말한다. 이러한 생각은 자신의 자전적 체험을 문학적으로 다루고 있는 『모방자의 실수』(1997)에서도 잘 나타난다. 상호텍스트성의 그물망 속에서 움직이는 작가는 오직 실수를 통해 그것으로부터 이탈하는 순간에만 창발성의 미학을 구현할 수 있다.

슈트라우스 미학의 핵심적인 키워드 중의 하나는 회상이다. 그는 컴퓨터나 텔레비전 같은 현대 매체들이 인간의 기억 능력을 위축시키고 현재의 시간에만 몰입하게 만든다고 비판한다. 그는 이러한 망각에 맞서 자아와 타자가 분리되기 이전의 과거를 회상할 것을 촉구한다. 문학은 타자에 대한 회상을 가능하게 하는 수단이다. 이 타자가 신화로 불리든 신적인 것으로 불리든 상관없이, 타자에 대한 회상은 1980년대 이후 슈트라우스의 작품을 관통하는 미학적인 핵심 요소라고 할 수 있다.

2. 작품 소개

서론

1981년에 출판된 『커플들, 행인들』은 보토 슈트라우스의 사상 전반을 함축하는 그의 대표작이라고 할 수 있다. 이 작품은 소설이 아니라 에세이지만, 단순히 작가의 사상을 전달하는 글이라기보다는 이야기와 성찰이 혼재해 있는, 치밀하게 구성된 미학적인 작품이라고 할 수 있다.

이 산문은 「커플들」, 「차량의 강물」, 「글」, 「황혼/여명」, 「단독자들」 그리고 「현재에 빠져 사는 바보」의 장들로 구성되어 있다. 각각의 장은 모두 서로 관련이 없는 독자적인 내용들로 구성된 듯 보이지만, 이러한 외관상의 혼돈 속에서 주제상의 연관성을 드러내며 일련의 질서를 보여 주기도 한다. 또한 각각의 독립된 내용들로 이루어진 파편적인 부분들의 공존은 동시적인 글쓰기를 보여 주지만, 이 산문에 서술자 내가 등장하여 이따금씩 과거의 사건을 이야기할 때는 통시적인 흐름도 감지된다. 이러한 '요동하는 동시성'의 글쓰기는 시간에 대한 슈트라우스의 생각을 보여 줄 뿐만 아니라 그의 미학적 토대를 이루기도 한다.

다음에서는 사랑, 고향, 문학, 회상이라는 네 가지 테마를 중심으로 슈트라우스가 문학을 매개로 어떻게 목적 지향적이고 사물화한 현대 사회의 일상과 단절하고, 신화라는 근원 세계, 즉 타자로 향하는 길을 열어 주고 있는지 살펴볼 것이다. 이를 통해 사랑이 타자와의 만남을 의미하며, 단독자로서의 예술가가 그러한 만남의 중개자라는 사실을 확인할 수 있을 것이다.

1) 사랑

보토 슈트라우스의 작품들에서 지속적으로 등장하는 사랑이라는 테마는 그의 산문집 『커플들, 행인들』, 그 중에서도 특히 첫 번째 장인 「커플들」의 중심 주제이기도 하다. 이 장에서는 대상화되고 목적 지향적으로 변질된 현대 사회의 남녀 관계가 다루어진다. 여기에서 펼쳐지는 다양한 남녀 관계의 스펙트럼에 공통적으로 나타나는 것은 그들의 관계에 주관인 열정이 결여되어 있다는 점이다.

불륜 관계에 있는 어느 독일 여자와 페르시아 남자 커플이나, 갑작스러운 유산 상속으로 부유해진 어느 젊은 여성과 그녀의 직장 동료인 기혼 남성 커플에게는 모두 성적 욕망과 물질적 욕망이 서로 얽혀 있다. 이 커플들에게 있어서는 사랑과 계산이 명확히 구분되지 않으며, 사랑은 계산적 사랑으로 변질되고 만다. 이제 에로티즘은 남녀 간의 거래가 이루어지는 '관계 시장'에서 펼쳐지는 것이다.

관계라는 말은 인간의 가장 근원적이고 꿰뚫어 보기 힘든 복잡미묘한 영역인 사랑에 예측 가능성을 끌어들이려고 한다. 이렇게 맺어지는 관계는 영구적인 것이 아니며, 자유로운 욕망의 지배를 받아 끊임없이 해체와 결합을 반복하게 된다.

육체적인 관계 역시 사랑의 순수한 감정 및 본능으로서의 순수한 자연과는 거리가 멀다. 아무런 사랑 없이 육체적인 관계만 맺는 두 남녀의 관계는 주어지는 감각적 자극만 충실하게 따를 뿐이다. 주어지는 욕망과 기분의 자유로운 유희에 의해 맺어지는 관계는 한편으로 개개인에게 독립과 자유를 선사하지만, 다른 한편으로 고독으로 인한 외로움을 견디지 못한 사람들이 더욱 더 결합 자체에 의존하게 만든다. 아무런 구속력 없는 남녀 관계는 이 작품에서 흘러가는 물결의 지배를 받는 것으로 묘사된다. 남녀 관계를 결정짓는 변덕스러운 마음은 스스로를 자유롭다고 믿는 인간을 더욱 더 강력하게 구속하고 지배하는 것이다.

인간의 수동적인 감정이 지닌 변덕과 냉혹성은 「현재에 빠져 사는 바보」장에서도 언급된다. 여기에서는 남녀 관계보다는 상황에 따라 변덕스럽게 바뀌는 대중들의 감정 동요에 초점이 맞춰진다. 적군파의 일원인 홀거 마인스는 그의 사후에, 동정하기를 좋아하면서도 무관심한 텔레비전 시청자들에 의해 우선은 영웅이 되었다. 하지만 그의 반대 진영에 있는 지방 법원장이 살해되면서 여론은 돌변한다. 통일된 정체성을 가지고 있다고 믿었던 이전 시대의 개인이라면 이렇게 과도하게 바뀌며 제공되는 정체성의 모범들로 인해 정신분열을 일으켰겠지만, 오늘날 매체에 의해 온갖 모순되는 것을 동시적으로 체험하는 현대의 개인은 더 이상 그런 것에 동요하지 않는다. 현대 사회에서는 억압적인 관습이나 규범의 지배를 전혀 받지 않는 자유롭고 냉혹한 감정이 인간의 개인적, 사회적 결속을 절대적으로 규정하지만, 슈트라우스는 그렇게 맺어진 결속이 지속되지 못하고 결국 해체될 것으로 예상한다.

슈트라우스는 피나 바우쉬의 무용극을 언급할 때, 인간의 성애마저 완전히 자연적인 것이 아니라 사회적인 형식과 프로그램으로 가득 차 있으며, 따라서 인간은 성애를 통해 결코 자연의 절정을 체험할 수 없음을 강조한다. 모든 가치와 규칙, 문화적인 형식을 벗어나 있는 성애는 불가능하며, 인간은 아무리 자유롭게 행동하더라도 사회적인 인간으로 남을 수밖에 없다는 것이다.

그러나 슈트라우스가 사물화된 남녀 관계에 대해 비판하더라도, 다른 한편 사회적 존재로서의 인간이 사랑을 통해 일상과 노동의 세계로부터 일순간 이탈할 수 있음을 지적하기도 한다. 이 경우 그는 모든 사회적인 규칙과 일상적인 삶의 틀을 넘어서는 열정적인 사랑의 예로 오시마의 영화 「감각의 제국」을 든다. 이 영화에서 사다와 기치조라는 인물이 보여 주는 열정적인 사랑은 사실은 모든 남녀가 사랑을 하는 첫 순간에 경험하게 되는 감정으로서, 우리에게 익히 잘 알려진 것이다. 인간이 그렇게 모든 것을 잊고 열정적으로 사랑하는 순간, 목적 지향적인 삶과 노동에서 벗어나고 일상적인 삶의 시간에서 이탈하게 된다. 그러나 시간이 지남에 따라 이들은 다시 그러한 열정적 도취 상태에서 벗어나 사회적 삶에 순응한다. 「감각의 제국」에 등장하는 사다와 기치조가 보여 주는 사랑의 예외성은 이들의 사랑이 시간이 경과함에 따라 줄어들지 않고 오히려 점점 더 커지고 강해진다는 데 있다. 이러한 의미에서 이 영화는 '시간에 대한 사랑의 승리'를 보여 준다. 물론 이 영화에서와 달리 현실에서는 어떤 사람도 사회적인 요구를 영구히 무시하는 '순수한' 육체적인 사랑을 할 수 없기 때문에, 이 영화는 인간 종족이 지닌 근본적인 딜레마를 보여 준다고 하겠다. 이러한 순수하고 자연적인, 즉 문명과 사회에 총체적으로 저항하는 육체적 사랑의 완전한 승리는 단지 이상으로만 제시될 수 있을 뿐이다.

「감각의 제국」에서와 달리 현실에서의 사랑은 영속적이지 못하고 불화와 갈등으로 점철되어 있다. 여행 중 다툼으로 인해 이틀간 아무 말도 하지 않는 한 커플의 예는 이를 잘 보여 준다. 이들은 커플로 제시되지만, 사실은 서로에게 귀속되지 않은 두 명의 행인들일 뿐이다. 그런데 여기에서 눈에 띄는 것은 이 커플 중 여자가 바의 스피커에서 울려 퍼지는 옛날 유행가를 엄청나게 큰 소리로 같이 흥얼거리는 장면이다. 그녀가 흥얼거리는 옛 유행가는 우리가 잊고 사는 아득한 옛날의 노래를 세속화한 것이다.

　　모든 사랑은 등 뒤에 유토피아를 만든다. 이 보잘것없는 파트너 관계의 근원도 행복과 노래로 넘쳐나던 아득한 옛날에 있다. 그러한 시작은 이제 꽁꽁 얼어붙은 경직된 순간으로 바뀌어 그 여인의 가슴속에 간직된다. 세월이 흘러 모든 것이 끔찍하게 타락하고 변해 버린 지금도 그녀의 마음속에는 여전히 그 시간이 존재한다. 꽁꽁 얼려 냉동된, 그래서 별로 영양이 풍부하지 않은 여행용 식량과 같은 바로 그 최초의 시기가.(9쪽)

　　모든 사랑은 유토피아를 등 뒤에, 즉 과거에 만든다. 이러한 과거는 역사적인 시대로서의 과거가 아니라 아득한 옛날, 즉 신화적인 시대까지 거슬러 올라가는 근원으로서의 과거이다. 모든 남녀 관계의 근원이라고 할 수 있는 원형적인 사랑은 오늘날 꽁꽁 얼어붙어 있고 끔찍하게 타락해 버렸지만, 그래도 여전히 사라지지 않고 남아 있다. 비록 슈트라우스가 이 작품에서 아무런 열정도 없는 남녀 관계나 엇갈린 사랑의 감정을 묘사하더라도, 앞의 구절에서처럼 유토피아로서의 사랑을 제시하기도 한다는 사실을 간과해서는 안 된다. 이것은 사랑의 부정적 형태를 변증법적으로 극복하는 대신, 이에 맞서 이분법적 코드에 따라 긍정적인 사랑의 이상을 제시하는 것으로 볼 수 있다.

도구적 이성이 지배하는 현대 사회에서 인간의 행동은 목적 지향적이 되며, 이러한 삶에서 타인과의 관계는 대상적인 관계로 변질된다. 일반적으로 말하는 사랑의 경우에, 사랑의 주체는 상대방을 자신의 나르시시즘을 실현할 수 있는 대상으로 격하하며 사랑을 대상화한다. 그러나 슈트라우스에 따르면, 사랑은 이러한 대상화된 인간 관계에서 벗어나고 일상적인 삶의 시간에서 이탈할 수 있는 위대한 체험의 순간이 되어야 한다. 이와 같이 일상적인 삶에서 벗어남으로써 인간은 그러한 표면적 삶에 숨겨진 타자와 만날 수 있게 된다. 그러한 타자는 인간의 언어로 포착하거나 이성적으로 인식할 수 없는 존재로서, 신화와 같은 근원적인 세계로 표출된다. 사랑은 바로 이러한 근원적 세계로의 길을 열어 주는 하나의 통로인 것이다.

2) 고향

현대 사회의 급속한 발전은 개개인의 삶에도 큰 변화를 가져왔다. 현대인들은 도시의 발달에 따라 빠르게 진행되는 생활 패턴에 적응해야 했을 뿐만 아니라 빈번히 삶의 거처를 옮기는 유동적인 삶에도 익숙해져야 했다. 이로 인해 자신의 준거점을 상실하거나 정체성의 혼란을 느끼는 사람들도 급속히 늘어났다. 대도시의 등장으로 인한 폐해와 위기 의식은 이미 20세기 초반 표현주의 문학에 의해 묘사된 바 있지만, 20세기 중반 이후 삶의 속도가 더욱 가속화되고 포스트모더니즘의 확산과 함께 기존의 가치 체계가 붕괴되면서 뿌리 상실의 감정은 더욱 증폭된다. 한트케, 발저, 슈트라우스 같은 독일 현대 작가들은 이러한 문제를 인식하며 자신들의 문학 작품에서 고향이라는 테마를 본격적으로 다루기 시작한다. 물론 여기에서 고향이 지니는 의미는 작가들마다 각기 다른데, 가령 발저에게서 고향이 문자 그대로의 고향을 의미한다면, 슈트라우스에게 있어 고향은 이를 넘어서 인간의 근원과 뿌리를 의미하는 좀 더 포괄적인 의미를 가진다.

빠른 속도로 움직이며 변화하는 현대 사회에서는 확실하고 안정된 것은 아무것도 존재하지 않는 것처럼 보인다. 이러한 불확실성과 불안정성은 「차량의 강물」이라는 두 번째 장에서 잘 표현되고 있다. 가령 빠른 속도로 지나가는 자동차나 끊임없이 이어지는 도시의 차량 행렬은 인간 관계에 나타나는 소외 현상을 상징적으로 보여 준다. 이 장의 첫 번째 단락에서는 서술자인 내가 차를 타고 지나가면서 옛 애인 N을 쳐다보며 느끼게 되는 낯선 감정이 표현되고 있다. 그는 친숙한 사람을 낯선 사람으로 바꿔 놓는 '망할 놈의 행인의 세계'를 저주한다. 차량과 마찬가지로 자신의 목적지를 향해 빠른 속도로 걸어가는 행인의 세계는 목적 지향적이고 사물화한 인간 세계를 의미한다. 다음 단락에 등장하는 나와 친구 H의 만남 역시 이와 비슷한 양상을 띤다. 나와 친구 H는 철학과 예술에 관한 깊이 있는 대화를 나눈 뒤 헤어진다. 이때 차를 타고 친구 H 곁을 지나가는 나는 장난삼아 그의 바로 앞까지 가서야 브레이크를 밟고 반갑게 다시 한 번 인사를 나누려고 하는데, 그 친구는 나를 보고도 '얼굴'을 알아보지 못하고 주먹을 흔들며 화난 보행자의 표정만 짓는다. 여기에서 나는 그에게 힘없는 행인을 칠 뻔한 차량에 지나지 않으며, 사물의 모습으로 나타난다. 서술자인 나는 이것을 단순한 일시적 착각이 아니라 인간들 사이에 뿌리 깊게 자리 잡은 소외의 표현으로 간주한다.

차량과 행인의 세계로 대변되는 문명화된 현대 사회에서 인간은 고요함과 정지가 지배하는 타자의 세계를 동경하게 된다. 그것은 한 노부부가 통행량이 많은 사거리에서 횡단보도 밖에서 길을 건너지 못하도록 설치된 통행 차단기에 기대어, 높은 전망대에서 흘러가는 아름다운 강물을 바라보듯이 도로와 아스팔트를 바라보는 데서 드러난다. 이 노부부는 빠른 흐름 속에 정지의 측면을 간직하고 있는 강물을 상상하며 그러한 세계를 동경하지만, 이들의 꿈은 현실 세계에서는 지나가는 차량에 의해 파괴된다. 즉 우회전 차량들이 그들을 무아지경으로 빠뜨렸던 그 지점을 통과하며 그들의 희망을 좌절시킨 것이다. 여기에서 또 하나 주목할 것은 바로 '통행 차단기'이다. 이것은 『젊은 남자』에 나오는 '동시성의 시간'으로 향하는 '통행 차단기'와 같은 의미를 지니며, 일직선으로 흘러가는 일상의 시간에서 이탈하여 '요동하는 동시성'으로 향하는 경계 지점을 나타낸다.

이와 비슷한 경계 지점은 호텔 식당에서 로비로 가기 위해 통과해야 하는 유리문의 모습으로 나타나기도 한다. 이 유리문은 '알 수 없는 이유'에서 폐쇄되어 있다. 하지만 많은 사람들이 우회 표시를 한 화살표를 제때에 인식하지 못해 그 문에 부딪혀 상처를 입곤 한다. 그런데 이 유리문에 부딪혀 크게 상처를 입은 한 남자는 이러한 사고에도 불구하고 침착함을 유지하며, 흥분하거나 경악하기보다는 뭔가 '무거운 것'에 몰두하며 진지한 모습을 보인다. 그 유리문 뒤에는 검은 옷을 입고 레이스가 달린 하얀 앞치마를 두른 금발 처녀가 담배 가판대 뒤에 앉아 잡지를 읽고 있다. 어떤 사고가 일어나도 전혀 관심을 보이지 않는 그녀는 비인간적인 존재 내지 초인간적인 존재처럼 여겨진다. 그녀는 사람들로 하여금 무의식적으로 그 문을 통과하도록 유혹하는 욕망의 대상이었던 것이다. 이렇게 죽음을 상징하는 검은 옷과 생명을 상징하는 하얀 앞치마를 두른, 즉 우주의 소멸과 생성을 관장하는 신성한 여인의 세계와 일상적인 인간 사회 사이에는 넘어설 수 없는 듯 보이는 유리문이 가로막고 있다. 유리문과 충돌하는 이 사고는 비록 그 여인의 세계로 진입하게 만들지는 못할지라도, 뭔가 그러한 존재를 예감하고 그것에 대한 욕망을 갖게끔 만든다.

유리문에 부딪힌 사람을 몰두시키는 무거운 존재와 아름다움의 세계는 「황혼/여명」의 장에서 다시 한 번 등장한다. 정신박약아들의 인도로 육중하면서도 우아하게 춤추는 코끼리의 세계에 발을 들여놓은 서술자 나는 코끼리를 대상화해 관찰하며 서툴게 문을 밀어 젖히다가 코끼리에게 상처를 입힌다. 이것은 인간이 자연을 합리적이고 대상화하는 시각으로 관찰해서는 타자의 세계를 파악할 수 없음을 의미한다. 아무런 욕망도 갖지 않고 대상을 바라보는 정신박약아들의 호위를 받으며 서술자인 내가 발을 들여놓은 '육중함과 아름다움의 제국'은 합리성과 이성의 피안에 있는 세계를 의미한다.

유리문 뒤에 서서 우리를 유혹하며 사고를 유발하는 여인의 모델은 바로 로렐라이이다. 실제로 강물과 여인이 욕망의 자극이라는 상징적인 의미를 가지고 있다는 것은 비젠트 강에서 보트를 타고 강을 건너다 사고를 당한 후 무사히 살아난 어느 아이들의 이야기에서 잘 드러난다. 이들 중 한 소녀는 물속에서 빠져 나왔을 때 가슴이 빳빳하게 부풀어 올랐는데, 그러한 모습은 그것을 바라보는 서술자인 나에게 마치 어린애가 익사의 위험에서 살아나면서 성숙한 여인으로 변한 것처럼 느껴진다. 그러나 강물 속에서 나온 여인이 우리의 욕망을 자극하기 위해서는 그 전에 사고(事故)가 선행해야 한다. 강물은 그 안에 덫과 같은 위험한 지점을 가지고 있어서 사고를 발생시키며, 이를 통해 성애를 만들어 낸다. 여기에서 사고는 사랑과 마찬가지로 일상적인 삶으로부터의 이탈을 의미한다. 일상의 피안에 있는 로렐라이에 대한 욕망으로 인해 사고는 사랑과 직접적으로 연결될 수 있다. 사고로서의 사건은 일직선으로 흘러가는 일상의 시간 흐름을 정지시키는 초시간적인 특성을 가지고 있다. 이것은 일상의 피안에 있는 어떤 존재에 대한 욕망을 품게 만드는데, 그러한 피안의 상징이 바로 고향과 집이다.

「커플들」 장에서 평소에는 무관심하고 정신이 늘 딴 데 팔려 있는 울프의 애인이 집이 불타 버린 날 밤에는 이상하게 활기차고 흥분해서 뭔가 같이 대화에 참여하려는 모습을 보인다. 어느 누구도 그녀의 말에 귀 기울이지 않았고 그녀 역시 이 사실을 알고 있었지만, 그녀는 여느 때와 달리 말하려는 욕구를 버리지 않는다. 이러한 변화의 원인은 집의 전소이다. 일상적인 세계로서의 집이 불타 버린 후 근원으로서의 집으로 향하는 길이 반쯤 열렸기에 그녀는 평상시와 다르게 행동할 수 있었던 것이다.

집의 의미는 시위대들이 몰려와 집을 점거하고 자신들을 침대에서 끌어낼지도 모른다는 서술자 나의 염려에서도 잘 드러난다. 시위대들이 사회를 개혁하려는 운동 세력으로 이해될 경우, 이들의 집 점거는 집으로 상징되는 전통과 근원 세계를 전도시키고 파괴하는 것을 의미한다. 흔히 68세대로 대변되는 이러한 사회 운동 세력은 전통과의 단절을 시도하며 새로운 이상향을 꿈꾸지만 그들 역시 결국은 사회의 규범적 가치에 순응하게 되며, 더 나아가 그들과 마찬가지로 아버지 세대를 부정하는 자신들의 자녀 세대에 의해 비판받고 고립되는 운명에 처한다. 이와 같이 서술자 나는 아버지 세대를 부인하고 전통과 단절하는 68운동 세대의 아버지와 그 68운동 세대의 아버지를 부정하는 그의 딸 중 어느 쪽도 지지하지 않으며, 이들 모두에게 거리를 둔다.

슈트라우스는 「차량의 강물」 장 마지막 단락을 서술자인 나의 고향에 대한 회상으로 끝맺는다. 이것은 강물과 고향의 연관성을 뚜렷이 부각시켜 준다. 서술자인 나의 고향 역시 급속히 변화하는 현대 사회의 영향에서 완전히 자유롭지는 못하다. 왜냐하면 이곳에 대형 병원 건물이 들어서 있을 뿐만 아니라, 이곳을 휴양객들이 컴퓨터로 조종되는 산악 철도를 타고 방문하기 때문이다. 반면 산비탈에 있던 내 집터는 황폐해져 있다. 집 정원의 철문은 부서진 채 반쯤 전소되었고, 작은 석조 가옥도 무너져 버렸다. 현재의 고향과 집은 원래의 모습을 상실한 채 알아볼 수 없게 변한 것이다. 그러나 나는 이렇게 변한 고향에서도 회상을 통해 이전의 장면들을 그대로 떠올려 낸다. 근원으로서의 고향은 일상의 현실에 파편처럼 남아 있으며, 결코 완전히 사라지지 않는다. 고향은 일상적인 삶에서 벗어날 때 비로소 도달하게 되는 일상의 타자이다. 그것은 근원적인 것에 대한 회상을 통해 현재로 불러내어져 초시간적인 것으로 나타날 수 있다.

나는 부모의 집 창문에서 바라본 강물을 통해 진정한 시간 체험을 하게 된다. 강물은 한편으로 차량의 행렬처럼 끊임없이 흘러가지만, 다른 한편으로 영속성과 고요함이라는 또 다른 측면을 감추고 있다. 이처럼 운동 중의 정지를 내포하고 있는 시간은 다름 아닌 '요동하는 동시성'의 시간이다. 그것은 과거, 현재, 미래의 일직선적인 시간에서 이탈한 휴지부로서 탈시간을 의미하며, 이로부터 동시성이 생겨난다. 그러나 이렇게 생겨난 동시성은 '요동하는 것'으로서 통시적인 흐름을 완전히 배제하지는 않는다. 하지만 이러한 통시성은 일직선으로 진행되는 일상적인 시간을 의미하기보다는, 신화적 원형들이 반복되고 있는 현재에 '선행'하는 아득한 옛날, 즉 근원적인 신화의 시간을 가리킨다. 다시 말해 종교와 신화로 대변될 수 있는 어떤 전통적인 근원의 시간이 '순수한 과거'로서 존재한다는 의미에서 통시성이 완전히 배제되지는 않는 것이다. 이러한 요동하는 동시성의 시간 속에서 우리는 고향(내지 집)에 이르게 되며, 그곳에서 바로 일상의 타자를 만난다.

슈트라우스는 근원적인 장면(신화적 원형)의 '변신'에 의해 다양한 상황들(신화적 원형의 반복)이 생겨나는 것으로 간주한다. 이렇게 생겨난 다양한 상황들은 근원적인 장면이 변신한 것이기 때문에 동시적으로 존재하며, 이들 사이에는 근본적으로 시간적 차이가 상실된다. 그러나 추후적인 반복과 근원적 장면 간의 관계에는 이후와 이전의 관계가 존재하므로 통시적인 차원이 도입될 수 있다. 다양한 상황들을 통해 이러한 근원적 장면으로의 길을 열어 주는 것이 바로 보토 슈트라우스가 말하는 문학의 임무이다.

3) 문학

슈트라우스는 『커플들, 행인들』의 세 번째 장인 '글'에서 문자라는 매체가 갖는 의미에 대해 성찰하고, 텔레비전이나 컴퓨터 같은 매체가 지배하는 현대 사회에 문학이 갖는 위상과 의미를 살펴본다. 이미 「차량의 강물」 장에서 텔레비전 광고 문구의 확산과 판매원의 자동판매기 모방이 언급되고 있다. 이를 통해 슈트라우스는 언어의 상투화 및 사물화 현상을 비판한다. 또한 서술자는 감정을 표현하는 언어로서 감탄사가 지닌 의미를 성찰하면서, 어쩌면 모든 언어가 그 의미를 명확히 포착할 수 없는, 중얼거림으로서의 감탄사일지도 모른다는 견해도 피력한다. 이것은 언어를 내적인 의도를 표현하거나 의미를 담아내는 전달 수단으로 간주하면서 언어의 진술적 기능을 강조하는 입장과 대조를 이룬다.

슈트라우스는 「글」이라는 장에서 기표와 기의가 일치하고 언어가 의미를 전달하는 수단이라는 입장에 본격적으로 회의를 표명한다. 그는 문학을 포함하여 예술 전체를 사회 비판적인 가치나 주관적인 관련성에 따라 평가하고 비판하는 것을 잘못으로 간주하며, 오히려 예술의 본질은 인간 욕망의 산물로서 쾌락을 선사하는 데 있다고 본다. 그래서 "무언가에 관해서 글을 쓰는 것이 아니라, 그것을 쓴다."(108쪽) 이것은 바로 앞 장에서 어린 시절 화자가 가지고 있던 문학관에 대한 수정을 의미한다. 그 시절 서술자인 나는 모든 것에 '관한' 무한한 책을 쓰려고 계획했다. 그러나 이러한 생각은 「글」 장에서 말라르메에 대한 비판과 함께 지양된다. 책을 문화의 보편적 문서 보관소로 끌어올리려는 말라르메의 시도는 텔레비전과 컴퓨터가 책을 훨씬 능가하는 수동적인 저장 공간의 역할을 하면서 시대착오적인 것이 되고 만다. 이러한 상황에서 문학은 근본적인 위기에 처한다. 또한 그 때문에 문학 내의 아웃사이더를 자처하며 풍자적인 글을 쓰는 안티 작가들의 활동은 의미가 없게 된다. 왜냐하면 이들 역시 문자 자체가 문화의 중심에서 사라지는 곳에서 함께 휩쓸려 갈 위기에 처해 있기 때문이다.

그렇다면 슈트라우스는 문자 및 문학의 위기 상황에서 문학의 종언을 고하고 있는 것일까? 「글」 장을 자세히 읽어 보면 그렇지 않음을 알 수 있다. 앞에서 서술자는 "무언가에 관해서 글을 쓰는 것이 아니라 그것을 쓴다"고 말하였다. 여기에서 그것이란 언어의 피안에 있는 타자를 지시한다. 슈트라우스는 라캉과 유사하게 문자를 결핍의 장소로 해석한다. 문자는 이러한 사라져 버린 것을 욕망하기에 근원적인 성애의 장소가 된다. 바로 이 점에서 문학은 사랑과 교차한다. 왜냐하면 둘 다 결핍에 시달리며 회상을 통해 잃어

버린 것을 되찾으려고 하기 때문이다. 문자는 그 본성상 상징적일 수밖에 없으며, 그 때문에 본원적인 것으로서의 타자를 포착할 수 없다. 그러나 글쓰기는 이러한 타자에 대한 욕망을 드러내며 문자에 부재하는 (그러나 문자 속에 함께 공명하는) 타자의 존재를 지시한다. 그래서 "우리는 언어 속에 있음으로써 심층의 고향과 망명지를 얻게 된다."(108쪽) 문학은 창조적인 상상력과 생산적인 회상을 통해 현실에 부재한 타자를 지시할 수 있어야 한다.

'나는 존재하지 않고 나의 잠적을 유발하는 파동(波動)의 언저리에만 문자라는 네가 존재한다'라고 말할 수 있을 때에야 비로소 우리 자신에게 적절한 자리를 지정해 줄 수 있다. 도와 달라고 외치기 직전, 꼬르륵거리며 다시 물속으로 가라앉는 만취한 사람의 머리가 흘러가는 물결 속에서 이리저리 구르고 있다. 이것이 예술 작품에 나타나는 페이딩이며, 이렇게 달아나는 가운데 붙잡힌 것이 리얼리즘의 핵심을 이룬다.(110쪽)

자아는 문자가 만들어 내는 상징적 질서에서 생겨난 상상적인 존재에 지나지 않는다. 이러한 자아가 완전히 해체되어 정신착란 상태에 빠지기 전에, 문학은 문자로 포착될 수 없지만 문자 속에 부재자로 '존재'하는 타자를 익사 직전에 있는 자아와 만나게 한다. 그 때문에 문학의 진정한 리얼리즘은 현실 세계를 있는 그대로 재현하는 것이 아니라 타자와의 순간적 만남이라는 사건을 창조해 내는 것이다.

슈트라우스는 시인의 실존적 위치가 최저점에 이른 지금이 바로 역설적으로 시인의 시간이라고 강조한다. 시인은 이제 자신의 시간과 단절하고 현대 사회를 총체적으로 지배하는 현재라는 시간을 파괴함으로써 근원의 시간과 만나야 한다. 문학은 상실된 것으로서의 근원적 장면을 지시하되, 그러한 것이 계속해서 다른 장면들로 변신하여 반복될 수 있음을 보여 주어야 한다. 이를 통해 시인은 상실로서의 시간 차원과 장면들의 동시성을 함께 구현하는 '요동하는 동시성'의 문학을 실현할 수 있을 것이다.

4) 회상

근원 세계로 들어가기 위한 수단인 회상은 슈트라우스의 세계관과 미학을 이해하기 위한 핵심 개념이라고 할 수 있다. 슈트라우스의 회상 개념을 이해하기 위해서는 우선 그가 근대 이후의 사회적 발전을 어떻게 해석하는지를 파악할 필요가 있다.

슈트라우스는 68운동 세대가 내세운 과거 극복과 이상적인 사회에 대한 유토피아가 더 이상 유효하지 않음을 인식한다. 실제로 68운동 세대가 내세운 나치 과거 청산의 이념은 현실에서 완전히 실현되지 못했고, 현재에도 새로운 형태의 극우주의가 끊임없이 나타나고 있다. 이 때문에 과거와의 단절을 내세우거나 역사의 진보적 발전을 주장하는 이데올로기는 공허한 것으로 비판받는다. 역사 시대에 개인은 회상을 통해 자신의 정체성을 형성해 나갔다. 그러나 이렇게 해서 만들어진 자아 정체성은 오늘날 허구적인 것으로 밝혀진다.

사람들이 **찾는** 정체성이란 존재하지 않는다. 몇 가지 외적인, 관청에서의 식별 자질을 제외하면, 축약된 개개인의 실존을 보증할 어떤 것도 존재하지 않는다. 심지어 육체조차도 단일한 목소리를 내지 않으며, 그 자신과 일치하지도 않는다. 〔……〕 대담한 정신 신체 의학적인 관점에서 보면 모든 신체 기관은 매일매일 다른 이야기를 한다. 선험적인 타자의 규정을 빼앗긴 이 자아는 오늘날 단지 무수한 질서와 기능, 인식과 반사 및 영향의 강물 속에서 개방된 분할체로만 존재할 뿐이다. (183~184쪽)

　「현재에 **빠져** 사는 바보」의 장에서는 이와 같이 자아상이 분열되거나 해체되고 역사 시대의 질서가 와해되는 새로운 탈 역사 시대를 다루고 있다.

　슈트라우스가 역사 시대 이후에 등장하는 것으로 간주하는 시대는 보드리야르가 주장하는 시뮬라시옹의 시대이다. 혁명과 사회 변혁의 이데올로기가 존재하고 사회 체제를 조종, 통제할 수 있다고 믿는 시대는 과부하 상태에 이르렀으며, 실재와 가상 사이의 경계가 더 이상 분명하지 않은 시대가 도래했다는 것이다. 진보에 대한 믿음이 사라지고 실재로서의 현실에 대한 믿음이 사라진 시대는 컴퓨터라는 매체가 지배하는 시대이기도 하다. 이 시대는 시간이 직선적으로 흘러가는 역사 시대가 아니라 현재의 시점에서 모든 것을 동시적으로 불러낼 수 있는 '총체적인 현재'의 시대이다. 슈트라우스에 따르면, 거대한 문서 보관소인 컴퓨터는 서로 상이한 이질적인 것들을 보존하고 불러낸다. 이렇게 불러내어진 것들은 ― 그것이 설령 작가 에즈라 파운드와 쇼 프로그램 사회자 빔 튈케 간의 거리를 갖고 있다고 할지라도 ― 서로 동일한 현상 가치를 갖게 되며, 이러한 문화적 평등은 의식을 황폐화시키고 인간을 정신착란 상태로 이끈다.

아주 여러 세대, 특히 지난 세대가 혁명의 행복한 관점 내지 파국적인 관점을 견지하며 역사의 빠른 속도에 맞춰 살았던 반면, 오늘날에는 역사가 무관심이라는 안개를 뒤로 남긴 채, 역사의 강물이 그 속을 가로지를지라도 역사적인 모든 연관을 비워 버리고는 퇴각하는 듯한 모습을 보여 준다. 〔……〕 이러한 공허함, 이러한 역사와 정치의 백혈병, 이러한 가치들의 절대성으로부터 벗어날 수만 있다면, 무엇이든 좋다.(210쪽)

서로 이질적인 것들의 공존, 공존할 수 없는 것들의 동시성이 불러일으키는 정신착란 상태에서 벗어나 '요동하는 동시성'으로 들어가기 위해서는 어떤 회상이 필요한가? 슈트라우스에 따르면, 텔레비전과 컴퓨터가 지배하는 시대의 기본적인 특성은 망각이다. 인간은 자신이 자연적으로 타고난 것보다 더 나은 것을 발명하도록 끊임없이 강요당했지만, 이렇게 생겨난 발명품이 자신을 거부하고 있음을 경험해야만 했다. 인간은 주체로서 자연이라는 대상을 지배하였다고 믿었지만, 실제로는 스스로가 사물화를 경험하며 오히려 자연의 지배를 받고 있다. 『커플들, 행인들』의 서술자는 산업 기계가 손의 퇴화를 가져온 것처럼, 컴퓨터 같은 기억 기계의 발전이 기억의 퇴화를 가져올 것이라고 말한다. 기억은 과잉을 알지 못하며, 능동적인 활동을 통해서 더 증대되고 강화될 수 있다. 그런데 컴퓨터는 엄청난 양의 지식을 저장하고 기억할 수는 있지만, 인간이 회상 과정에 주관적으로 참여하는 것은 가로 막는다. 그 때문에 인간은 주어지는 정보의 단순한 수동적 소비자가 되고, 정보의 과잉만 알 뿐 망각이나 상실에 의한 결핍을 알지 못하게 된다. 이로써 우리에게서 떨어져 나가 있는 타자의 세계에 대한 동경 역시 갖지 못한다.

기계 문명의 발전과 함께 사물화 현상은 가속화된다. 컴퓨터는 인간의 기억을 기계에 위임함으로써 인간의 회상 능력을 약화시켰다. 따라서 현대 사회에서 근원적인 것을 회상할 수 있기 위해서는, 앞에서 언급한 기억에 대한 인간의 주관적인 참여를 증대해야만 한다. 이러한 맥락에서 '커플들' 장에 나온 남녀의 회상 차이에 대한 언급은 중요한 의미를 갖는다. 여성은 어머니가 되어 아이의 양육 때문에 자신의 유년기를 빼앗김으로써 회상의 온상이 파괴된다. 어머니는 사방으로부터 과도한 헌신을 요구받기에 자신의 시선을 앞으로만 향하게 되고, 설령 그렇지 않더라도 아무런 열정도 없이 과거의 에피소드만을 회상할 뿐이다. 이에 반해 아버지는 자신의 황폐한 노후의 삶에 대한 저항으로 아들에게 열정적으로 자신의 과거를 이야기하며 과거를 수호하려고 한다. 이러한 회상에는 현실의 결핍에 대한 인식 및 그러한 결핍된 현실에 맞선 '존재했던 것'의 저항이 담겨 있다. 이러한 열정적인 주관적 회상은 회상의 주체가 빠져 있거나 그러한 주체의 주관적 참여가 결여된 회상과 근본적으로 구분된다. 바로 이러한 회상의 형식이 현재의 총체적 지배가 일어나고 망각이 지배하는 동시성의 시대에 필요한 기억의 형식이다.

그러나 이러한 회상 형식을 단순히 개인적인 차원의 기억 내용과 연결하는 것이 슈트라우스의 목적은 아니다. 주관적인 열정적 회상은 자아를 넘어서 자아의 타자로 존재하는 좀 더 근원적인 것에 대한 회상으로 연결되어야만 한다. "가장 소중한 최후의 자산이 구멍투성이가 되어 갈기갈기 찢겨 있다. 존재했던 것이"(187쪽). 그러나 이러한 파편화된 존재는 일상의 표면 뒤에 숨어 여전히 존재한다. 그것은 시간의 흐름과 함께 사라지지 않는다는 점에서 동시적이다. 그러나 다른 한편 그것은 현상적인 것들에 항상 선행하여 존재한다는 점에서 역사성과 통시성을 보여 준다. 그것은 선형적인 역사의 발전과는 구분되는 역사성이다. 그러한 존재와의 만남은 결코 전기적인 형태의 회상을 통해서가 아니라, 재현의 질서를 파괴하는 위대한 감정의 순간, 자신의 일상적인 시간을 부수고 나오는 열정적 회상에 의해 비로소 가능해진다.

감상적인 비판의 근원에는 동경과 회상, 희망과 향수가 작열하는 불빛 한가운데에 함께 녹아 들어가 있었다. 그러한 열기를 식히는 이성이 사회 계몽적 전망이라는 요소들과 반이성적이고 '병적인' 귀환 욕구를 서로 분리한 것은 그 후의 일이었다. 그것은 어쩌면 결코 진정한 분리가 아닐지도 모른다.(57쪽)

이성 중심적인 계몽주의와 달리, 슈트라우스는 동경과 회상, 희망과 향수를 서로 대립되는 것으로 간주하지 않는다. 이것은 「황혼/여명」 장에서 '그'라는 인물이 검은색 단발머리를 한 '미지의 여인'의 얼굴을 집 앞에서 보게 되는 장면을 통해 이해될 수 있을 것이다.

그가 어느 미지의 여인을 쫓아다닌다. 그 여인이 항상 그가 아직도 자신을 쫓아오고 있는지 돌아다보았기에 하는 수 없이 그녀 뒤를 쫓지 않을 수 없다. 하지만 그녀를 앞에서 본 적은 한 번도 없었다. 그가 어디로 가는지도 모르는 채 그녀를 쫓아가다가 마침내 그녀를 추월해 도달한 곳은 바로 집이다.

'곧 그녀가 모퉁이를 돌겠지' 하고 그는 생각했다. '방금 나는 그녀의 얼굴을 보았어.' 그리고 실제로 그렇게 되었다.(140쪽)

이 미지의 여인은 타자의 세계를 의미한다. 그가 그녀를 보게 되는 곳은 근원으로서의 고향을 상징하는 '집' 앞이다. 얼굴은 모든 합리적인 분석을 좌절시키며 꿈처럼 해독되어야 하는 상징적인 장소이다. 그런 수수께끼 같은 장소로서의 바라보는 얼굴은 파괴적인 인식을 하는 합리적인 인간의 시선이 미치지 못하는 곳에 멀리 떨어져 있다. 그러한 미지의 얼굴을 바라본다는 것은 타자와의 대면을 의미한다. 항상 자신을 뒤에서 쫓아다니던 타자가 근원적인 것으로서 과거의 차원에 있다면, 이제 그가 그것을 추월하여 앞에서 보기를 희망할 때 그것은 미래의 차원에 있게 된다. 그리고 그가 마침내 타자로서의 미지의 여인을 보게 될 때, 과거와 미래, 타자에 대한 회상과 타자에 대한 동경이 현재의 순간에 서로 만나게 된다. 과거를 반성하고 미래에 더 나은 새로운 어떤 것의 출현을 기대한다는 의미에서가 아니라, 이미 존재했던 것의 의미를 새롭게 인식하고 그것과의 만남을 기대한다는 의미에서 '동경과 회상', '희망과 향수'가 서로 만나는 것이다. 바로 이 점에 슈트라우스가 지닌 회상 개념의 독특성이 존재한다.

결론: 타자의 세계로 향하는 입구들

지금까지 슈트라우스의 『커플들, 행인들』을 사랑, 고향, 문학, 회상이라는 네 가지 주제를 중심으로 살펴보았다. 이제 마지막으로 이러한 주제와 연관하여 이 작품 제목의 의미를 살펴보기로 하자.

현대 사회에서 커플은 서로 마음으로 맺어지지 못한 채 제 갈 길을 가는 행인들로 나타나고, 행인은 서로 구분되지 않을 정도로 개성을 상실한 대중의 모습으로 나타난다. 이로써 커플과 행인은 각각 서로의 부정적 모습을 자신 안에 간직한 채 위기에 처해 있다. 이러한 위기 상황에 직면하여 슈트라우스는 이 작품에서 일상적인 커플과 일상적인 행인의 모습에 타자로서 간직되어 있는 진정한 커플과 진정한 행인의 모습을 보여 주려고 한다.

이 작품에 등장하는 커플들은 대부분 부정적인 모습으로 묘사된다. 커플은 사랑을 하기 위한 필요 조건이지만, 현대 사회에서 사랑이라는 이름으로 맺어진 커플은 실제로는 냉혹한 감정의 지배를 받고 있다. 이러한 상황에 직면해 "누군가를 사랑하는 것이 아니라 그녀를(사랑 자체를) 사랑한다"(108쪽)는 말의 의미를 생각해 볼 필요가 있다. 이 구절에서 그녀는 특정한 대상으로서의 여자가 아니라 앞에서 여러 차례 언급된 타자로서의 미지의 여인을 가리킨다고 볼 수 있다. 이러한 미지의 여인과의 만남, 즉 타자와의 만남은 목적 지향적이고 합리적인 일상 세계로부터의 이탈, 즉 사랑의 순간에 이루어질 수 있다. 따라서 나르시스적인 이기적인 사랑이 아니라 그것으로부터 벗어나 있는 열정적 감정으로서의 사랑이 문제가 되는 것이다. 이로부터 커플 간의 사랑이 타자와의 만남을 의미하는 위대한 사랑을 체험하기 위한 중개자 역할을 한다는 것을 알 수 있다.

행인의 지위 역시 이러한 양가적인 입장에서 살펴볼 수 있다. 앞에서 살펴보았듯이 바쁘게 목적지를 향해 걸어가는 행인들의 세계는 부정적인 것으로 서술된다. 그러나 이러한 행인은 이 산문의 어느 장 제목처럼 '단독자'로서의 예술가를 의미할 수도 있다. 「차량의 강물」에 나오는 시위 장면에서 서술자인 나는 시위 동조자가 되지 않고 유일한 행인으로 시위자들과 반대 방향으로 걸어간다. 자기 자신에 대해서조차 조금도 감정을 느끼지 못하는 이들 대중들이 내세우는 연대 의식이라는 거짓 감정에 저항하며, 그는 예술가로서 진정한 감정의 돌파구를 열어 주려고 한다. 여기에서 행인은 예술가로서 위대한 감정의 세계인 타자의 길을 열어 주려고 한다는 점에서, 마찬가지로 타자와의 만남을 위한 선행 조건이라고 할 수 있는 커플과 연결된다.

「커플들」 장에서는 "목소리와 걸음걸이 그리고 얼굴을 통해 인간에게로 이끄는 평범한 입구들을 다시 한 번 이용하도록 하자!"
(72쪽)라는 구절이 나온다. 목소리와 걸음걸이 그리고 바라보는
얼굴(눈)의 '삼위일체'는 이 작품의 맨 마지막에서 나타난다. 연
말의 베니스에서 서술자인 나는 자정에 홀로 산마르코 광장을 걸
어간다. 여느 때와 달리 이 시간에 배회하는 행인은 아주 독특한
걸음걸이로 걷는다. "공공장소를 엄숙한 내면 공간, 꿈의 강당으
로 변화시킬 수 있는"(211쪽) 이 광장은 이 시간에 걸어가는 행인
을 자신의 의지와 동떨어진 이상한 걸음걸이로 걷도록 만든다. 보
통 때는 특정한 목적지를 향해 바쁘게 걸어가는 행인이 이제 자신
의 의지와 상관없이 "때로는 지나치게 빨리, 때로는 부자연스러
울 정도로 천천히"(211쪽) 걸어갈 때, 현재는 전율하고 그는 이
도시에 숨겨져 있는 비밀스러운 과거로 출입할 수 있게 된다.

이어서 서술자는 젊은 여성의 노랫소리를 듣는다. 이 장소와 이
시간에 일어나는 진동은 걸음걸이에 혼란을 줄 뿐만 아니라 그러
한 노래를 이끌어 내기도 한다. 이 작품의 맨 앞에 나오는 레스토
랑 장면에서 한 남자가 손님들의 웅성거리는 소음 속에서 귀 기울
여 듣다 찾지 못한 그 소리를 이제 작품 마지막에 서술자인 내가
듣게 되는 것이다. 그것은 재현의 피안에 있는 미의 왕국에서 들
려오는 로렐라이의 아름다운 노래이기도 할 것이다. 상징적인 체
계인 '언어(Sprache)'의 피안에서 그리고 현대의 소음 속에서도
여전히 타자는 우리에게 말을 걸고 있다. 현대 사회에 나타나는
의사소통의 단절과 상투어가 지배하는 진부한 일상적 대화의 양
극단 사이에서 우리는 지금 이러한 타자의 '말(Sprechen)'에 귀

를 기울이도록 끊임없이 요청받는다. 이러한 소리에 귀를 기울임으로써 우리가 도달하게 되는 것은 타자의 세계이다.

우아하게 머리를 쳐드는 그 젊은 여성이 노래를 불렀던 곳 바로 옆 카페에서 1969년 여름 서술자인 내가 존경하는 한 노 철학자의 환영이 앉아 있었다. 나는 그를 한 번도 만난 적이 없었고, 내가 그의 환영을 본 날 그는 스위스의 병원에서 사망했다. 하지만 나는 이 환영의 도시에서 가시적으로 보이는 것을 넘어서 미지의 것, 눈에 보이지 않는 것을 바라본다. 이러한 예기치 않은 '잘못 보기'는 예기치 않은 잘못 걸은 걸음과 마찬가지로, 주체가 대상을 관찰하는 이성적인 시각으로는 볼 수 없었던, 재현의 피안에 있는 환영들을 보게 해 준다. 합리적으로 분석될 수 없고 꿈에서처럼 상징적으로 해독되어야 하는 '얼굴(Gesicht(er))'로부터 만들어진 '환영(Gesicht(e))'들은 일상에서 벗어나 신화적인 타자의 세계로 향하는 통로가 될 것이다.

---

* 이 해설은 옮긴이가 「타자와의 만남, 단독자로서의 예술가. 보토 슈트라우스의 『커플들, 행인들』 분석」이라는 제목으로 2007년 11월 『뷔히너와 현대문학』 제29호에 실은 논문을 수정, 보완한 것이다.

판본 소개

『커플들, 행인들』을 번역할 때 참조한 주 판본은 dtv 출판사의 *Paare, Passanten* (München : Deutscher Taschenbuch Verlag, 2000, 제9판)이다.

보토 슈트라우스 연보

1944 12월 2일 독일 나움부르크 출생.

1967 『테아터 호이테』라는 연극잡지에서 1970년까지 자유기고가 및 편집장으로 활동.

1970 베를린 샤우뷔네 극단에서 1975년까지 연극 평론가로 활동.

1972 『우울증 환자(*Die Hypochonder*)』 출판.

1974 『친숙한 얼굴들, 뒤섞인 감정들(*Bekannte Gesichter, gemischte Gefühle*)』 출판.

1975 『마를레네의 자매(*Marlenes Schwester*)』 출판.

1976 『재회의 삼부작(*Trilogie des Wiedersehens*)』 출판.

1977 『헌정(*Die Widmung*)』 출판. 실러 기념상 장려상 수상.

1978 『큰 세계와 작은 세계(*Groß und klein*)』 출판.

1980 『소요(*Rumor*)』 출판.

1981 『칼데바이(*Kalldewey*)』 출판. 『커플들, 행인들(*Paare, Passanten*)』 출판. 바이에른 예술아카데미 문학대상 수상.

1982 뮐하임 극작가상 수상.

1983 『공원(*Der Park*)』 출판.

1984 『젊은 남자(*Der junge Mann*)』 출판.

1985 『어느 하루 동안 손님으로 와 있었던 한 사람에 대한 회상(*Diese Erinnerung an einen, der nur einen Tag zu Gast war*)』 출판.

1986 『여자 관광가이드(*Die Fremdenführerin*)』 출판.

1987 『돼지저금통(*Das Sparschwein*)』, 『그 어느 누구도 아닌 바로 그(*Niemand anderes*)』, 『미학적 사건과 정치적 사건을 함께 생각하려는 시도(*Versuch, ästhetische und politische Ereignisse zusammenzudenken*)』 출판. 장 파울 상 수상.

1988 『방문객(*Besucher*)』, 『일곱 개의 문(*Sieben Türen*)』, 『시간과 방(*Die Zeit und das Zimmer*)』 출판.

1989 게오르크 뷔히너 상 수상. 『회의. 굴욕의 연속(*Kongreß. Die Kette der Demütigungen*)』, 『사랑에 관하여(*Über Liebe*)』 출판.

1990 조지 스타이너의 『실재 현존에 관하여』에 실린 후기 『2차적인 세계에 대한 저항(*Der Aufstand gegen die sekundäre Welt*)』 출판.

1991 『마지막 합창(*Schlußchor*)』, 『앙겔라의 옷(*Angelas Kleider*)』 출판.

1992 『시작의 부재(*Beginnlosigkeit*)』 출판.

1993 『슈피겔』 지에 에세이 「번져 가는 속죄양의 노래(Ansch-wellender Bocksgesang)」 기고. 『균형(*Das Gleichgewicht*)』 출판. 베를린 연극상 수상.

1994 『주거, 여명, 거짓말(*Wohnen, Dämmern, Lügen*)』 출판.

1996 『이타카(*Ithaka*)』 출판.

1997 『모방자의 실수(*Die Fehler des Kopisten*)』 출판.

1998 『망각의 키스(*Der Kuß des Vergessens*)』, 『닮은 사람들(*Die Ähnlichen*)』 출판.

1999 『몸짓수집가(*Der Gebärdensammler*)』 출판.

2001 『오늘 밤 판코메디아에서 광대와 그의 아내(*Der Narr und seine*

Frau heute abend in Pancomedia)』출판. 자유 한자도시 함부르크 레싱 상 수상.

2003 『율리아가 집 모퉁이를 몰래 돌아갔을 때, 알리체와 보낸 밤(*Die Nacht mit Alice, als Julia ums Haus schlich*)』출판.

2004 『까치발을 하고 아래에 서 있는 사람(*Der Untenstehende auf Zehenspitzen*)』출판.

2005 『능욕(*Schändung*)』, 『한 여자와 또 다른 여자(*Die eine und die andere*)』출판.

2006 『미카도(*Mikado*)』출판.

2007 『서투른 사람들(*Die Unbeholfenen*)』출판. 실러 기념상 수상.

2008 현재 베를린과 우커마르크에 살고 있다.

새롭게 을유세계문학전집을 펴내며

을유문화사는 이미 지난 1959년부터 국내 최초로 세계문학전집을 출간한 바 있습니다. 이번에 을유세계문학전집을 완전히 새롭게 마련하게 된 것은 우리가 직면한 문화적 상황에 적극적으로 대응하기 위해서입니다. 새로운 을유세계문학전집은 세계문학의 역할이 그 어느 때보다 중요해졌다는 인식에서 출발했습니다. 오늘날 세계에서 타자에 대한 이해는 우리의 안전과 행복에 직결되고 있습니다. 세계문학은 지구상의 다양한 문화들이 평등하게 소통하고, 이질적인 구성원들이 평화롭게 공존할 수 있는 문화적인 힘을 길러 줍니다.

을유세계문학전집은 세계문학을 통해 우리가 이런 힘을 길러 나가야 한다는 믿음으로 만들어졌습니다. 지난 5년간 이를 준비하기 위해 많은 노력을 기울였습니다. 세계 각국의 다양한 삶의 방식과 문화적 성취가 살아 있는 작품들, 새로운 번역이 필요한 고전들과 새롭게 소개해야 할 우리 시대의 작품들을 선정했습니다. 우리나라 최고의 역자들이 이들 작품 속 한 문장 한 문장의 숨결을 생생히 전하기 위해 심혈을 기울였습니다. 또한 역자들은 단순히 번역만 한 것이 아니라 다른 작품의 번역을 꼼꼼히 검토해 주었습니다. 을유세계문학전집은 번역된 작품 하나하나가 정본(定本)으로 인정받고 대우받을 수 있도록 최선을 다했습니다. 세계문학이 여러 경계를 넘어 우리 사회 안에서 주어진 소임을 하게 되기를 바라며 을유세계문학전집을 내놓습니다.

을유세계문학전집 편집위원단
신광현 (서울대 영문과 교수)
신정환 (한국외대 스페인어과 교수)
최윤영 (서울대 독문과 교수)
박종소 (서울대 노문과 교수)
김월회 (서울대 중문과 교수)